Von Anne Perry sind als Heyne-Taschenbücher erschienen:

Frühstück nach Mitternacht · Band 01/8618
Die Frau in Kirschrot · Band 01/8743

ANNE PERRY

DIE DUNKELGRAUE PELERINE

*Ein Thomas-Pitt-Krimi
aus der
viktorianischen Zeit*

Aus dem Englischen
von Ingeborg Salm-Beckgerd

Deutsche Erstausgabe

WILHELM HEYNE VERLAG
MÜNCHEN

HEYNE ALLGEMEINE REIHE
Nr. 01/8864

Für Ruth, die mich reich beschenkt hat

Titel der Originalausgabe
BETHLEHEM ROAD

Redaktion: Martina Gorgas

Copyright © 1990 by Anne Perry
Copyright © der deutschen Ausgabe 1994
by Wilhelm Heyne Verlag GmbH & Co. KG, München
Printed in France 1994
Umschlagillustration: Walter Wyles / Luserke
Umschlaggestaltung: Atelier Ingrid Schütz, München
Satz: (1655) IBV Satz- und Datentechnik GmbH, Berlin
Druck und Bindung: Brodard & Taupin

ISBN 3-453-07163-8

1

Hetty stand am Rande der Westminster Bridge und schaute über die dunkle Straße zu dem Mann hinüber, der in einiger Entfernung in recht unbequemer Haltung an dem schönen dreiflammigen Laternenpfahl lehnte. In diesem Moment fuhr eine Droschke vorbei. Sie ratterte über den weitgespannten Brückenbogen nach Norden in Richtung der Parlamentsgebäude und der neuen elektrischen Lampen, die den Viktoriakai wie eine Reihe goldener Monde umsäumten.

Der Mann hatte sich nicht bewegt, seitdem Hetty ihn beobachtete. Es war nach Mitternacht. Solch ein gutgekleideter Herr mit Seidenhut, weißem Abendschal und frischen Blumen im Knopfloch würde hier wohl kaum auf einen Bekannten warten – eher auf eine Prostituierte.

Hetty schlenderte zu ihm hin. Sie raschelte kokett mit ihren glitzernden Röcken und legte den Kopf ein wenig schief. »Guten Abend, Schätzchen! Wie wär's mit ein bißchen Gesellschaft?«

Der Mann bewegte sich nicht, als sei er im Stehen eingeschlafen.

»Wohl einer von der scheuen Sorte?« meinte sie aufmunternd. Gewisse Herren verstummten, wenn sie zur Sache kommen sollten, vor allem, wenn sie nicht an den Umgang mit Dirnen gewöhnt waren. »Kein Grund, sich zu genieren«, fuhr sie fort. »Mein Name ist Hetty. Ich bin nicht zu teuer.«

Er rührte sich immer noch nicht.

»Was ist los mit Ihnen?« Sie bemerkte, daß seine Hände schlaff herunterhingen, obwohl man in dieser kalten Frühlingsnacht hätte erwarten können, daß er sie in die Taschen stecken würde. »Sind Sie krank?« fragte sie mitfühlend. Der Mann war älter, als sie ursprünglich gedacht hatte, vielleicht in den Fünfzigern. Sein silbergraues Haar schimmerte im Lampenlicht, und seine Augen wirkten ausdruckslos.

War er betrunken? »Alter Narr«, brummte sie ärgerlich vor sich hin.

Da sah sie, daß der weiße Schal nicht nur um den Hals des Mannes, sondern auch um die schmiedeeiserne Verzierung des Pfostens gebunden war. Gütiger Himmel – man hatte den Menschen an dem Laternenpfahl festgebunden: Und das glasige Starren rührte nicht von Trunkenheit her – es war das Starren des Todes!

Hetty stieß einen gellenden Schrei aus, der durch die Dunkelheit hallte und über die verlassene Straße bis in die Leere des Nachthimmels hinaufstieg. Die Frau schrie und schrie, als könnte sie nicht mehr aufhören, bis sich eine Erklärung für das Entsetzliche vor ihren Augen böte.

Am fernen Ende der Brücke tauchten verschwommene Gestalten auf, eine Stimme erklang, und Schritte näherten sich rasch.

Hetty trat von dem Laternenpfahl zurück und stolperte, so daß sie auf das Pflaster fiel. Einen Moment lang blieb sie wie betäubt und voller Zorn liegen. Dann beugte sich jemand über sie, und ihre Schultern wurden angehoben.

»Sind Sie in Ordnung, Mädchen?« Die Stimme war rauh, aber nicht unfreundlich, und der Geruch von feuchter Wolle drang in Hettys Nase.

Warum war ich nur so blöd? dachte die junge Frau erbittert. Ich hätte den Mund halten und weggehen sollen, damit ein anderer Esel die Leiche gefunden hätte. Nun versammelten sich ein paar Leute um Hetty.

»Mein Gott!« schrie jemand voller Schrecken. »Er ist tot!«

»Fassen Sie ihn lieber nicht an.« Das war eine gebieterische Stimme, selbstbewußt und gebildet. »Jemand muß die Polizei holen. Gehen Sie, Junge. Auf der Uferstraße müßten Sie einen Schutzmann finden.«

Schritte entfernten sich schnell und verhallten allmählich.

Hetty rappelte sich hoch und wäre am liebsten davongelaufen, bevor die Polizisten eintrafen. Doch um sie herum standen fünf Männer. Ihre Gesichter wirkten düster und unheimlich im gelben Licht der Lampen, und der Atem bildete kleine Dampfwölkchen in der Kälte. Die Männer waren kameradschaftlich und mitfühlend, doch an Flucht war nicht zu denken.

Polizeikommissar Thomas Pitt wurde um kurz nach ein Uhr nachts aus seiner Wohnung geholt, und um halb zwei stand er am südlichen Ende der Westminster Bridge in klirrender Kälte vor der Leiche eines Mannes im mittleren Alter, der einen teuren schwarzen Mantel und einen Seidenhut trug. Die rechte Halsschlagader des Opfers war durchschnitten und das Hemd blutgetränkt; die Wunde wurde jedoch fast völlig von dem Mantel und teilweise von dem gefalteten Schal verdeckt.

Eine Gruppe von Menschen hatte sich auf der anderen Straßenseite versammelt. Neben Thomas Pitt hielt der diensthabende Polizist eine Laterne in den Händen, obwohl die Beleuchtung auf der Brücke für das, was momentan unternommen werden konnte, ausreichend war.

»Miß Hetty Milner fand ihn, Sir«, erklärte der Polizist. »Sie sagte, sie wollte ihm helfen, weil sie ihn für krank hielt, aber ich glaube, sie hielt ihn eher für einen Freier. Der arme Teufel hat noch Geld in den Taschen, ebenso ist seine goldene Uhr mit Kette vorhanden, also sieht es nicht nach Raub aus.«

Pitt sah den Toten wieder an und tastete den Stoff seiner Mantelaufschläge ab. Er war weich und fest – Qualitätswolle. Im Knopfloch steckten frische gelbe Schlüsselblumen. Sie wirkten etwas gespenstisch im Lampenlicht und unter den schwachen Nebelfetzen, die von dem dunklen Fluß aufstiegen. Die Handschuhe des Opfers waren aus feinem Leder, nicht aus Wolle gestrickt, wie die von Pitt. Goldgefaßte Karneolmanschettenknöpfe lugten aus den Mantelärmeln hervor. Pitt schob den Schal beiseite, sah, daß die Kragenknöpfe an Ort und Stelle waren und ließ den Schal wieder fallen.

»Wissen wir, wer er ist?« fragte er ruhig.

»Ja, Sir«, erwiderte der Polizist. »Ich kenne ihn, weil ich hier in der Gegend Dienst tue. Es ist Sir Lockwood Hamilton, ein Mitglied des Parlaments. Er lebt irgendwo südlich des Flusses, und ich denke, daß er, wie gewöhnlich, von einer späten Sitzung kam. Einige der Herren gehen zu Fuß, wenn die Nacht angenehm ist und wenn sie nicht zu weit weg wohnen.«

»Ja.« Pitt lächelte freudlos. »Wo ist Hetty Milner?«

»Dort drüben, die mit dem hellgefärbten Haar, Sir. Sie ist ein leichtes Mädchen, hat aber mit dem Verbrechen wohl nichts zu tun.«

Thomas Pitt überquerte die Straße und näherte sich der Menschengruppe. Er betrachtete Hetty, ihr stark geschminktes Gesicht, das in dem unbarmherzigen Schein der Lampen eingefallen wirkte, das tief ausgeschnittene Kleid, die helle Haut, die in ein paar Jahren nicht mehr so glatt sein würde, und die billigen, geschmacklosen Röcke. Sie waren durch den Sturz zerrissen und gaben den Blick frei auf schlanke Fesseln und schöne Beine.

Der Inspektor stellte sich vor. »Ich bin Polizeikommissar Pitt. Sie fanden die am Laternenpfahl festgebundene Leiche?«

»Ja.« Hetty mochte keine Polizisten; es gehörte zum Berufsrisiko der jungen Dirne, daß Begegnungen mit dem Polizeiapparat stets zu ihren Ungunsten ausfielen. Sie nahm sich deshalb vor, möglichst wenig zu sagen.

»Haben Sie sonst noch jemand auf der Brücke gesehen?«

»Nein.«

»In welche Richtung sind Sie gegangen?«

»Ich kam von Süden und wollte heim.«

»Also in die Richtung des Westminsterpalastes?«

Sie hegte den Verdacht, daß er sich über sie lustig machte. »Das stimmt.«

»Wo wohnen Sie?«

»In der Nähe des Millbankgefängnisses.« Sie reckte ihr Kinn in die Höhe. »Das ist nicht weit von Westminster, falls Sie das nicht wissen!«

»Ich weiß es. Und Sie sind allein heimgegangen?« In seinem Gesicht zeigte sich keine Spur von Spott, doch sie sah ihn ungläubig an.

»Was ist los mit Ihnen? Sind Sie taub? Natürlich war ich allein.«

»Haben Sie die regungslose Gestalt angesprochen?«

»Ja.« Sie zögerte. »Ich fragte, ob er krank sei.« Sie war mit dieser Antwort sehr zufrieden – auch eine Dame konnte sich nach dem Gesundheitszustand eines Fremden erkundigen.

»Sah er denn krank aus?«

»Ja – nein!« Sie fluchte leise. »Er war so still und rührte sich nicht.«

»Haben Sie ihn angefaßt?«

»Nein. Ich bin keine Diebin.«

»Und Sie sind sicher, daß Sie niemand sonst sahen? Niemand, der heimging, keine Händler?«

»Um diese Uhrzeit? Was sollten die denn verkaufen?«

»Heiße Pasteten, Blumen, belegte Brote.«

»Nein, es war niemand da, nur eine Kutsche kam vorbei. Aber ich habe den Mann nicht getötet. Ich schwöre bei Gott, daß er schon tot war, als ich gekommen bin. Warum hätte ich ihn umbringen sollen? Ich bin doch nicht verrückt!«

Pitt glaubte ihr. Sie war eine gewöhnliche Prostituierte, wie es sie in diesem Jahr des Herrn 1888 zu Tausenden in London gab. Sie mochte eine kleine Diebin sein oder auch nicht, sie würde unwissentlich Krankheiten verbreiten und jung sterben, aber sie würde keinen potentiellen Freier auf der Straße ermorden.

»Geben Sie dem Polizisten Ihren Namen und Ihre Adresse«, sagte Thomas Pitt zu ihr. »Und bleiben Sie bei der Wahrheit, Hetty, sonst müßten wir Sie mitnehmen, und das wäre nicht gut fürs Geschäft.«

Sie sah ihn böse an, drehte sich um und ging zu dem Polizisten hinüber.

Pitt befragte noch die anderen Leute, doch keiner hatte etwas gesehen. Alle waren erst durch Hettys Schreie aufmerksam geworden. Der Kommissar konnte weiter nichts mehr tun. Er winkte den Männern mit dem Leichenwagen, die am Ende der Brücke darauf warteten, den Toten wegzubringen. Das Gewicht des Ermordeten hatte den Knoten des Schals so eng zugezogen, daß er nicht mehr zu lösen war. Die Männer durchtrennten ihn mit einem Messer, ließen den Toten herab und legten ihn vorsichtig in den Wagen. Dann fuhr der Karren davon, ein schwarzer Schatten, der über die Brücke ratterte, am Denkmal der Boadicea mit ihrem Streitwagen und den prächtigen Pferden wendete und sich schließlich entlang des Ufers in der Ferne verlor. Pitt kehrte zu dem Polizisten und dem zweiten Uniformierten zurück, der noch erschienen war.

Auf Pitt kam nun die Pflicht zu, die er am meisten haßte, abgesehen vielleicht von dem endgültigen Entwirren des Falles, dem Begreifen der Leidenschaften und des Schmerzes, den jede Tragödie hervorrief. Thomas Pitt mußte die betroffene Familie benachrichtigen, ihren Schock und Kummer beobachten und versuchen, aus ihren Worten, Gesten oder einem flüchtigen Gesichtsausdruck etwas herauszulesen, das ihn auf eine Spur brachte. Oft stieß er dabei auf ein anderes Leid, einen dunklen Fleck oder ein Geheimnis, auf eine häßliche Tat oder auf Schwächen, die mit dem Verbrechen nichts zu tun hatten und dennoch durch Lügen geschützt werden sollten.

Es war nicht schwierig festzustellen, daß Sir Lockwood Hamilton in der Royal Street Nummer siebzehn gewohnt hatte, ungefähr eine halbe Meile entfernt, mit Blick auf den Garten des Lambethpalastes, der offiziellen Londoner Residenz des Erzbischofs von Canterbury.

Die Strecke war zu kurz, um eine Kutsche anzuheuern, und Pitt beschloß, wie Sir Lokwood es getan hatte, zu Fuß zu gehen.

Zehn Minuten später stand er vor der eleganten Mahagonitür und pochte mit dem Messingknopf dagegen. In den Speicherräumen wurde Licht sichtbar, dann im zweiten Stock und schließlich in der Halle. Die Tür öffnete sich, und ein verschlafener Butler in einer schnell übergeworfenen Jacke blinzelte den nächtlichen Ruhestörer befremdet an.

»Kommissar Pitt von der Bow Street«, erklärte Thomas Pitt rasch. »Darf ich hereinkommen?«

Der Butler spürte sofort das Ungewöhnliche der Situation, und sein Ärger verflog. »Ist etwas passiert?«

»Es tut mir leid – ja.« Pitt folgte ihm ins Haus. »Sir Lockwood Hamilton ist tot. Wenn ich könnte, würde ich die näheren Umstände verschweigen, aber morgen wird alles in der

Zeitung stehen, und es ist besser, wenn Lady Hamilton und die anderen Familienmitglieder dann darauf vorbereitet sind.«

»Oh!« Der Butler schluckte. Einen Moment lang rasten alle möglichen schrecklichen Vorstellungen durch sein Gehirn, die Skandale und Schande mit sich brachten. Dann faßte er sich und sah Pitt an. »Was ist geschehen?«

»Er wurde ermordet – auf der Westminster Bridge.«

»Sie meinen ... hinabgestoßen?« Das Gesicht des Mannes drückte Unglauben aus, als sei diese Idee allzu abwegig.

»Nein.« Pitt atmete tief. »Er wurde mit einem Messer angegriffen. Es muß sehr schnell gegangen sein, und er hat bestimmt nicht viel gespürt. Ich denke, Sie sollten Lady Hamiltons Mädchen beauftragen, ihre Herrin zu rufen. Und sorgen Sie für irgendein Beruhigungsmittel, vielleicht einen Tee ...«

»Ja ... ja, Sir, natürlich.« Der Butler führte Pitt in den Salon, wo im Kamin noch das Feuer glühte, und überließ es ihm, die Gaslampen anzudrehen, während er selbst einer unglücklichen Aufgabe nachkam.

Pitt sah sich in dem Raum um, um etwas über seine Bewohner zu erfahren, die dieses Haus zu ihrem Heim machten, solange das Parlament tagte. Das Zimmer war groß und weit weniger mit Möbeln vollgestopft, als es gerade modern war. Es gab weniger Fransen an den Sofas und Stühlen, weniger Kristall an den Lampen, keine Sesselschoner oder gestickte Tücher, keine Familienporträts oder Fotografien, außer einem ziemlich finsteren Sepiagemälde einer älteren Frau mit weißer Witwenhaube, das in Silber gerahmt war. Es paßte nicht zur übrigen Einrichtung, vermutlich ein Relikt aus einer anderen Zeit. Falls Lady Hamilton das Bild aufgehängt hatte, mußte es wohl eine Verwandte von Sir Lockwood darstellen, vielleicht seine Mutter.

Auf den Ziertischen neben der Wand standen Zinngefäße von beachtlichem Alter.

Es verstrichen etwa zehn Minuten, bis sich die Tür öffnete und Lady Hamilton hereinkam. Sie war mittelgroß, mit interessanten klugen Gesichtszügen, die in ihrer Jugend wahrscheinlich recht hübsch gewesen waren. Nun hatten die

Jahre bei der ungefähr Fünfundvierzigjährigen den ersten Schmelz von ihrer Haut genommen und durch Charaktermerkmale ersetzt, die Pitt allerdings noch reizvoller erschienen. Das dunkle Haar war im Nacken zu einem hastig zusammengerafften Knoten geschlungen, und die Frau trug einen königsblauen Morgenmantel.

Sie strengte sich ungeheuer an, um ihre Würde zu bewahren. »Sie sind also gekommen, um mir zu sagen, daß mein Mann ermordet wurde«, meinte sie leise.

»Ja, Lady Hamilton. Es tut mir sehr leid, und ich bitte um Vergebung, wenn ich Sie mit Einzelheiten quälen muß, aber ich glaube, daß Sie diese lieber von mir als aus der Presse erfahren.«

Bei diesen Worten wurde sie so blaß, daß er kurz fürchtete, sie würde in Ohnmacht fallen, doch dann gewann sie ihre Fassung wieder.

»Vielleicht sollten Sie Platz nehmen«, schlug er vor und hielt ihr die Hand hin, doch sie übersah die Geste und ging zur Couch, während sie auch ihm einen Stuhl anbot. Ihre geballten Fäuste bebten in ihrem Schoß.

»Bitte fahren Sie fort«, sagte sie.

Er spürte ihren Schmerz und wußte, daß er ihn nur noch verschlimmern würde.

»Offenbar war Sir Lockwood nach einer späten Sitzung im Unterhaus auf dem Heimweg. Als er das südliche Ende der Westminster Bridge erreichte, wurde er von jemand mit einem scharfen Messer angegriffen. Er erlitt nur eine einzige Wunde am Hals, doch sie war tödlich. Wenn es Sie irgendwie trösten kann... er hat bestimmt kaum etwas gefühlt.«

»Wurde er beraubt?« fragte sie, nur um etwas zu sagen.

»Nein, anscheinend nicht, falls er nicht etwas bei sich trug, von dem wir nichts wissen. Natürlich hätte ein beabsichtigter Diebstahl auch unterbrochen werden können, aber es sieht nicht so aus.«

»Warum...« Ihre Stimme brach. »Warum nicht?«

Thomas Pitt zögerte.

»Warum nicht?« wiederholte sie.

Er mußte es ihr sagen, sie würde es doch erfahren. Morgen würde ganz London darüber reden.

»Der Mörder band ihn mit seinem weißen Schal an einem Laternenpfosten fest. Niemand, der gestört worden wäre, hätte Zeit gehabt, so etwas zu tun.«

Lady Hamilton starrte ihn sprachlos an.

Er fuhr fort, weil er keine andere Wahl hatte. »Ich muß Sie fragen, ob Sir Lockwood irgendwelche Drohbriefe erhalten hat. Besaß er geschäftliche oder politische Rivalen, die ihm etwas antun wollten? Die Tat mag von einem Irren begangen worden sein, aber auch ein Bekannter Ihres Gatten kommt in Frage.«

»Nein!« Das war instinktive Abwehr, und Pitt hatte sie erwartet. Kein Mensch konnte solch eine Greueltat für etwas anderes als ein zufälliges Verbrechen oder einen unvorhersehbaren Schicksalsschlag halten.

»Ging er nach späten Sitzungen oft zu Fuß nach Hause?«

Sie riß sich nur mühsam zusammen. Er sah es ihren Augen an, daß sie sich das entsetzliche Geschehen auf der Brücke in Gedanken vorstellte. »Ja... ja, wenn das Wetter gut war. Es ist kein weiter Weg, und bestens beleuchtet. Nur ein Wahnsinniger würde...«

Pitt blickte vor sich hin. »Eifersucht, Angst, Habgier können normale Grenzen sprengen und etwas enthüllen, das einer Art Wahnsinn nicht unähnlich ist.«

Sie schwieg.

»Möchten Sie, daß ich noch jemanden informiere?« fragte er sanft. »Irgendwelche Verwandte? Wenn wir Ihnen damit etwas ersparen könnten...?«

»Nein, nein, danke. Huggins wird meine Brüder anrufen.« Ihr Gesicht verschloß sich, es nahm einen seltsamen verletzlichen Ausdruck an. »Und Mr. Barclay Hamilton, den Sohn meines Mannes aus erster Ehe.«

»Anrufen?«

Sie stutzte und erkannte dann den Sinn seiner Frage. »Ja, wir besitzen eines dieser Telefone. Ich selbst schätze es nicht besonders. Ich finde es ein wenig unhöflich, mit einer Person zu reden, der man nicht ins Gesicht schauen kann. Wenn ein

Besuch nicht möglich ist, ziehe ich es vor zu schreiben. Aber Sir Lockwood findet... fand es bequem.«

»Bewahrte er Geschäftspapiere hier im Haus auf?«

»Ja, in der Bibliothek, aber die werden Ihnen nichts nützen. Es ist nichts Vertrauliches darunter. Geheime Papiere brachte er nie in die Wohnung mit.«

»Sind Sie da sicher?«

»Absolut. Er sagte es mir bei verschiedenen Gelegenheiten. Mein Mann war parlamentarischer Privatsekretär des Innenministers. Er wußte die Diskretion zu wahren.«

In diesem Moment erklang Lärm in der Halle. Die Stimme zweier Männer hoben sich gegen das Protestgemurmel des Butlers ab. Dann wurde die Tür aufgerissen, und einer der Männer erschien im Eingang. Sein Silberhaar glänzte im Lampenlicht, und sein hübsches Gesicht mit der kräftigen Nase und den breiten Brauen war vom Schock gezeichnet.

»Amethyst, meine Liebe.« Er ignorierte Pitt, kam herein und umarmte seine Schwester. »Es ist grauenhaft. Ich kann dir nicht sagen, wie es mir für dich leid tut. Natürlich werden wir alles tun, um dich zu beschützen. Jede Art von abweiger Spekulation muß unterbunden werden. Du solltest London für eine Weile verlassen. Wenn du magst, kannst du gern in meinem Haus in Aldeburgh bleiben. Dort hast du Ruhe, Tapetenwechsel und gesunde Meeresluft.« Er drehte sich um. »Mein Gott, Jasper, komm doch her. Du hast deine Tasche dabei – enthält sie nicht irgend etwas Hilfreiches?«

»Ich möchte nichts, danke.« Lady Hamilton krümmte die Schultern ein wenig. »Lockwood ist tot, und keiner von uns kann das ändern. Danke übrigens, Garnet, aber ich will jetzt nicht weggehen – später vielleicht.«

Endlich wandte sich Garnet auch Pitt zu. »Sie sind vermutlich der Polizist? Ich bin Sir Garnet Royce, Lady Hamiltons Bruder. Verlangen Sie, daß sie in London bleibt?«

»Nein, Sir«, erwiderte Pitt kühl. »Aber ich könnte mir vorstellen, daß Lady Hamilton daran interessiert ist, uns nach besten Möglichkeiten bei der Suche nach dem Täter zu helfen.«

Garnet betrachtete ihn mit kalten und klaren Augen. »Wie

sollte sie das anstellen? Sie wird kaum etwas über den Wahnsinnigen wissen, der diese Tat verübt hat.« Er hatte die Stimme eines Mannes, der es gewohnt war, Befehle zu erteilen und Gehorsam zu ernten.

Doch Pitt ließ sich nicht beeindrucken. »Hier handelt es sich um einen Mordfall, Sir Garnet. Bisher habe ich noch keinen Anhaltspunkt, aber da Sir Lockwood eine Person des öffentlichen Lebens war, kann er auch einen Feind gehabt haben. Es wäre verantwortungslos, schon jetzt zu einem Schluß zu kommen.«

Jasper kam nun näher, eine jüngere, weniger dynamische Ausgabe seines Bruders, mit dunkleren Augen und Haar und ohne Garnets Anziehungskraft. »Er hat recht, Garnet.« Er legte die Hand auf den Arm seiner Schwester. »Du solltest wieder ins Bett gehen, meine Liebe. Laß dein Mädchen hiervon einen Tee aufbrühen.« Er reichte ihr ein kleines Päckchen mit getrockneten Kräutern. »Ich komme am Morgen wieder.«

Sie nahm das Päckchen. »Danke, aber meinetwegen solltest du deine übrigen Patienten nicht vernachlässigen. Ich schaffe es schon allein. Es gibt viel zu erledigen... Wenn alles vorbei ist, ziehe ich mich vielleicht gern nach Aldeburgh zurück. Es ist aufmerksam von dir, Garnet, mir dein Heim anzubieten. Und jetzt...« Sie sah fragend zu Pitt hinüber, und er holte es schnell nach, sich vorzustellen. »Und jetzt, Kommissar Pitt«, fuhr sie fort, »möchte mich mich gerne zurückziehen.«

»Natürlich. Darf ich morgen noch einmal mit Ihrem Butler sprechen?«

»Selbstverständlich, wenn Sie es für nötig halten.«

Sie wollte gerade hinausgehen, als ein weiterer Mann auf die Bildfläche trat – ein schlanker dunkler Typ, sehr groß und etwa zehn Jahre jünger als sie. Sein Gesicht und seine Augen drückten Entsetzen und Trauer aus.

Amethyst Hamilton erstarrte, und alles Blut wich aus ihren Zügen. Garnet, der hinter ihr stand, breitete die Arme aus, doch sie machte eine abwehrende Geste.

Der junge Mann stand ebenfalls reglos und kämpfte um

Fassung. Mit der Verzweiflung, die in sein Gesicht geschrieben war, wirkte er betäubt, fast gebrochen. Er versuchte, etwas zu sagen, doch die Stimme versagte ihm.

Es war Lady Hamilton, die ihre Selbstbeherrschung zuerst wiederfand. »Guten Abend, Barclay«, sagte sie gepreßt. »Wie ich sehe, hat Huggins dir vom Tod deines Vaters erzählt. Ich weiß es zu schätzen, daß du zu dieser Nachtstunde noch hergekommen bist, aber es gibt jetzt nichts, das wir tun könnten. Dennoch danke ich dir für deine Anwesenheit.«

»Nimm mein Beileid entgegen«, erklärte er steif. »Falls ich dir von Nutzen sein kann, akzeptiere bitte meine Hilfe. Die Leute zu informieren...«

»Ich werde alles in die Hand nehmen«, unterbrach ihn Garnet. Entweder merkte er nichts von der Verzweiflung des jungen Mannes, oder er wollte sie bewußt übergehen. »Also danke. Natürlich halte ich dich auf dem laufenden.«

Danach war es einige Minuten still, keiner bewegte sich. Jasper sah hilflos aus, Garnet verwirrt und ungeduldig, Amethyst einer Ohnmacht nahe und Barclay Hamilton vom Schmerz überwältigt.

Schließlich neigte Amethyst den Kopf mit so eisiger Höflichkeit, daß es unter anderen Umständen eine grobe Beleidigung gewesen wäre. »Danke, Barclay. Du frierst vermutlich. Huggins wird dir einen Brandy bringen, aber wenn du mich entschuldigen würdest... Ich will mich zurückziehen.«

»Natürlich... Ich... ich...«, stammelte er.

Sie wartete, doch Barclay brachte kein weiteres Wort hervor. Sie ging schweigend an ihm vorbei und ließ sich von Jasper in die Halle geleiten. Ihre Schritte erklangen auf der Treppe und verhallten dann im oberen Stockwerk.

Garnet wandte sich an Pitt. »Danke, Kommissar, für Ihre... Rücksichtnahme.« Er wählte den Ausdruck sehr sorgfältig. »Jetzt müssen Sie wohl Nachforschungen anstellen, und wir wollen Sie nicht mehr aufhalten. Huggins wird Sie zur Tür begleiten!«

Pitt blieb, wo er war. »Ja, Sir, mit den Nachforschungen

fange ich am besten gleich an. Vielleicht könnten Sie mir etwas über die geschäftlichen Interessen Ihres Schwagers erzählen?«

Garnets Augenbrauen hoben sich ungläubig. »Gütiger Gott, jetzt?«

»Wenn es Ihnen recht ist, Sir. Dann bräuchte ich Lady Hamilton am Morgen nicht zu stören.«

Garnet betrachtete ihn mit wachsender Verachtung. »Sie können im Ernst doch nicht glauben, daß irgendein Geschäftskollege von Sir Lockwood solch eine Greueltat begehen würde. Sie sollten die Straßen durchkämmen und dort Zeugen suchen, anstatt sich hier vor dem Feuer zu wärmen und idiotische Fragen zu stellen.«

Pitt rief sich den Kummer vor Augen, den der Mann, zumindest für seine Schwester, empfinden mußte, und sein aufkeimender Zorn verflog wieder. »Damit haben wir bereits angefangen, Sir, aber es ist nicht viel, was wir heute nacht noch tun könnten. Erzählen Sie mir bitte etwas über Sir Lockwoods Karriere, geschäftlich und im Parlament.«

Der Unmut verschwand aus Garnets Gesicht und wich den dunklen Schatten von Müdigkeit und psychischer Erschöpfung.

»Ja«, stimmte er zu, »er war Parlamentsmitglied für einen Landwahlkreis in Bedfordshire, doch er verbrachte fast die ganze Zeit in London; er war verpflichtet, anwesend zu sein, wenn das Parlament tagte, und er zog das Stadtleben sowieso vor. Seine geschäftliche Tätigkeit bestand aus etwas sehr Alltäglichem: Er beteiligte sich finanziell an der Herstellung von Eisenbahnwagen irgendwo in den Midlands – ich weiß nicht genau, wo –, und er war Seniorpartner einer Firma, die hier in London mit Grundstücken handelt. Sein Hauptteilhaber ist ein Mr. Charles Verdun, dessen Adresse ich Ihnen nicht geben kann, aber zweifellos wird es Ihnen nicht schwerfallen, sie herauszufinden.

Seine parlamentarische Karriere war auf seinen guten Leumund begründet. Er hatte Erfolg, und alle erfolgreichen Menschen haben Feinde oder Neider, aber mir wäre keiner mit einem gewalttätigen Wesen oder gestörten Geist bekannt.« Er furchte die Stirn und blickte an Pitt vorbei auf die geschlossenen Vorhänge, als sähe er durch sie hindurch. »Natürlich gibt es augenblicklich in einigen Gemeinden unruhige Elemente, Leute, die eine gewisse Unzufriedenheit schüren und versuchen, ihr Streben nach Macht zu stillen, indem sie moralisch Schwache oder Unwissende ausbeuten. Möglicherweise könnte der Meuchelmörder auch einen politischen Hintergrund haben, als Tat eines Anarchisten, der entweder allein oder als Teil einer Verschwörung handelte.« Er sah Pitt an. »Wenn das so ist, müssen Sie die Täter schnellstens verhaften, ehe sich Panik in den Straßen ausbreitet und alle möglichen anderen Verbrecher die Gelegenheit ergreifen, Unruhen zu schaffen. Ich weiß nicht, ob es Ihnen wirklich klar ist, wie gefährlich das werden könnte. Aber ich versichere Ihnen: Falls es sich um Anarchisten handelt, haben wir allen Grund für größte Besorgnis, und es ist unsere Pflicht – die Pflicht der Verantwortungsbewußten –, daß wir uns um das Volk kümmern. Das wird von uns erwartet. Fragen Sie Ihre Vorgesetzten, und sie werden Ihnen bestätigen, daß ich die Wahrheit sage. Zum Wohle jedes Bürgers müssen diese Auswüchse unterbunden werden, ehe sie sich noch mehr ausweiten.«

Auch Thomas Pitt hatte sich bereits mit diesen Gedanken befaßt, doch er war überrascht, daß Garnet Royce über die Unruhen in den ausgedehnten Slums und Hafenvierteln des East Ends Bescheid wußte. Er hatte gedacht, das Parlament sei diesen Tatsachen gegenüber blind.

»Ja, Sir, der Ernst der Lage ist mir durchaus klar«, betonte Pitt. »Wir werden jedem Hinweis nachgehen. Ich danke Ihnen für Ihre Hilfe. Nun werde ich zum Polizeirevier zurückkehren und sehen, ob sich noch etwas ergeben hat, ehe ich Mr. Drummond Bericht erstatte.«

»Ist das Micah Drummond?«

»Ja, Sir.«

Garnet nickte. »Ein guter Mann. Ich bitte Sie, mich über die Ermittlungen auf dem laufenden zu halten.«

Thomas Pitt nickte kurz und verabschiedete sich dann.

Er kam kurz vor drei Uhr morgens in seiner Dienststelle an, wo ein übernächtigter Polizist nur bestätigen konnte, daß keine brauchbaren Aussagen mehr gemacht worden waren. Pitt beschloß, die wenigen Stunden bis zum nächsten Morgen in seinem Büro zu bleiben.

Um halb sieben saß er in einer Droschke, und etwas später stand er in einer ruhigen Straße in Knightsbridge, wo die Frühlingssonne kalt und klar auf das Pflaster schien und die einzigen Geräusche von Küchenmädchen herrührten, die das Frühstück vorbereiteten. Die Feuerstellen waren bereits gereinigt, geschwärzt und wieder angezündet, die Teppiche mit Sand bestreut und geschüttelt, so daß sie frisch rochen.

Pitt stieg die Stufen hinauf und klopfte an die Tür. Er war müde, durchfroren und hungrig, aber er durfte keine Zeit verlieren, um an Informationen zu kommen.

Ein erstaunter Diener öffnete die Tür und betrachtete Pitts hoch aufgeschossene Gestalt, die zerknitterte Kleidung, den gestrickten, zweimal um den Hals gewickelten Schal, das zu lange zerzauste Haar, dem Friseurhände fremd waren. Pitts Stiefel waren tadellos, aus feinstem Leder und hochglänzend, ein Geschenk seiner Schwägerin, aber sein Mantel mit den ausgebeulten Taschen war etwas abgetragen.

»Ja, Sir?« sagte der Mann unschlüssig.

»Kommissar Pitt aus der Bow Street«, erklärte der Inspektor. »Ich muß Mr. Drummond möglichst bald sprechen. Ein Mitglied des Parlaments wurde auf der Westminster Bridge ermordet.«

»Oh!« Der Diener war bestürzt, bewahrte aber die Fassung. Sein Herr war ein alter Polizeichef, und alarmierende Begebenheiten hatten nicht gerade Seltenheitswert. »Ja, Sir, kommen Sie herein. Ich werde Mr. Drummond Bescheid sagen.«

Micah Drummond erschien etwa zehn Minuten später – gewaschen, rasiert und für das Frühstück angekleidet. Er war groß, sehr schlank, und sein blasses Gesicht wurde von einer schönen Nase und einem Mund beherrscht, dessen Linien feinen Humor verrieten. Bei einem Alter von Ende Vierzig lichtete sich sein Haar schon ein wenig. Er musterte Pitt voller Sympathie, übersah dessen unordentliche Kleidung und achtete nur auf den müden Ausdruck seiner Augen.

»Frühstücken Sie mit mir.« Das war sowohl ein Befehl als auch eine Einladung. Drummond ging voraus in einen sechseckigen Raum mit Parkettboden und einer Terrassentür zum Garten. Draußen wanden sich Rosen um eine Ziegelmauer. Der Tisch war für eine Person gedeckt, doch der Polizeichef machte Platz für ein zweites Set. Er deutete auf einen Stuhl, und Pitt zog ihn heran.

»Hat Cobb recht verstanden?« Drummond nahm Platz, und Pitt tat es ihm nach. »Ein Mitglied des Parlaments wurde auf der Westminster Bridge ermordet?«

»Ja, Sir. Eine ziemlich schreckliche Geschichte. Der Täter durchschnitt den Hals des Opfers und band es am letzten Laternenpfahl auf der Südseite fest.«

Drummond runzelte die Stirn. »Was heißt das – band ihn fest?«

»Mit seinem Abendschal – am Hals.«

»Wie kann man denn jemand an einem Laternenpfahl festbinden?«

»Die Pfosten auf der Westminster Bridge haben drei Lampen mit drei Gabelungen, genau in der Höhe der Halspartie eines durchschnittlich großen Mannes. Für eine kräftige Person war das sicher keine schwierige Aufgabe.«

»Also kommt eine Frau nicht in Frage?« Drummonds Gesicht wirkte angespannt.

Cobb brachte ein heißes Frühstück mit Schinken, Eiern, Nieren und Kartoffeln herein und stellte es schweigend auf den Tisch. Dann reichte er jedem einen Teller und ging hinaus, um Tee und Toast zu holen. Drummond griff zu und gab die Schüssel an Pitt weiter. Ein köstlicher würziger Duft erfüllte den Raum. Pitt nahm sich soviel, wie es die guten Sitten gerade noch erlaubten, und antwortete, ehe er zu essen begann.

»Höchstens eine von ansehnlicher Statur und ungewöhnlichen Körperkräften.«

»Wer war das Opfer? Jemand in einer wichtigen Position?«

»Sir Lockwood Hamilton, parlamentarischer Privatsekretär des Innenministers.«

Drummond atmete langsam aus. Er aß ein wenig, ehe er sprach. »Das tut mir leid. Er war ein ordentlicher Bursche. Vermutlich haben wir keine Ahnung, ob die Tat einen politischen oder privaten Hintergrund hat – oder ob es sich um einen zufälligen Raubmord handelt?«

»Das letztere kaum. Es fehlte nichts, kein Wertgegenstand.«

»Wie lange war der Mann schon tot, als er gefunden wurde?«

»Ein paar Minuten. Der Körper war noch warm.« Pitt kaute genüßlich zwischen den Antworten.

»Wer fand den Toten?« fragte Drummond.

»Eine Prostituierte namens Hetty Milner.«

Drummond lächelte. Ein leises Vergnügen blitzte in seinen Augen auf, erstarb aber sofort wieder. »Sicher witterte sie ein Geschäft und mußte feststellen, daß ihr potentieller Freier ein Leichnam war.«

Pitt nickte.

Drummond beugte sich vor, und zwischen seinen Brauen bildete sich eine steile Falte. »Was wissen wir bisher, Pitt?«

Thomas Pitt berichtete kurz von den Ereignissen auf der Brücke, von seinem Besuch in der Royal Street und der Rückkehr in sein Büro.

Drummond lehnte sich zurück und wischte sich die Lippen mit der Serviette. »Was für ein Schlamassel! Das Motiv könnte beinahe alles sein – geschäftliche oder berufliche Rivalität, politische Feindschaft, anarchistische Verschwörung. Oder es könnte das Werk eines Wahnsinnigen sein, der uns nie ins Netz gehen wird. Wie denken Sie über ein persönliches Motiv: Geld, Eifersucht, Rache?«

»Das wäre durchaus möglich«, erwiderte Pitt. Er erinnerte sich an das verzweifelte Gesicht der Witwe und ihren tapferen Bemühungen, Fassung zu bewahren, an die kühle Höflichkeit zwischen ihr und ihrem Stiefsohn, hinter der sich alle Arten von Verletzungen verbergen konnten. »Eine häßliche Geschichte – und eine perverse Tat.«

»Mit einem Beigeschmack von Wahnsinn; doch vielleicht bedeutet das gar nichts. Gebe Gott, daß wir bald auf die Lösung stoßen, ohne Familientragödien ans Licht der Öffentlichkeit zerren zu müssen.«

»Das hoffe ich auch«, stimmte Pitt zu. Er hatte sein Frühstück jetzt beendet, und in dem warmen Raum übermannte ihn heftige Müdigkeit.

Cobb kam mit den Zeitungen herein und reichte sie wortlos seinem Herrn. Drummond las die Überschrift der einen: *Parlamentsmitglied auf der Westminster Bridge ermordet*, und der anderen: *Schockierender Mord – Leiche am Laternenpfahl*. Er sah zu Pitt auf. »Gehen Sie nach Hause und gönnen Sie sich etwas Schlaf. Kommen Sie am Nachmittag wieder, wenn wir ein paar Zeugen gefunden haben. Dann können Sie sich mit den geschäftlichen und politischen Kollegen des Opfers befassen.« Er blickte wieder auf die Zeitungen. »Man wird uns nicht viel Zeit lassen.«

2

Charlotte Pitt hatte noch nichts von dem Mord auf der Westminster Bridge gehört. Ihre ganze Aufmerksamkeit galt dem Treffen, dem sie gerade beiwohnte. Es war das erste Mal, daß sie an solch einer Versammlung teilnahm. Die meisten Anwesenden hatten wenig miteinander gemein, ausgenommen das Interesse an einer Vertretung der Frauen im Parlament. Die meisten spielten nur mit dem Gedanken an diese abenteuerliche und vor kurzem noch undenkbare Möglichkeit, daß Frauen wählen dürften, doch ein oder zwei außergewöhnliche Teilnehmerinnen hatten die Idee entwickelt, daß Frauen tatsächlich Mitglieder jener erhabenen Gruppe sein sollten. Eine Frau hatte sich sogar zur Wahl angeboten. Natürlich war sie sofort in der Versenkung verschwunden.

Nun saß Charlotte in der hintersten Reihe eines überfüllten Saales und beobachtete die erste Sprecherin, eine stämmige junge Frau mit einem kraftvoll groben Gesicht und roten Händen.

»Schwestern!« Eine derartige Anrede berührte sie seltsam angesichts dieser zusammengewürfelten Gesellschaft. Eine gutgekleidete Dame in grüner Seide, die vor Charlotte saß, krümmte die Schultern ein wenig, um zu den Leuten Abstand zu gewinnen, die ihr so dicht zu Leibe gerückt waren. »Wir sind alle aus dem gleichen Grund hier«, sagte die junge Frau auf dem Podium. Ihre Stimme war klangvoll, wurde jedoch durch den starken nördlichen Akzent in ihrer Wirkung herabgesetzt. »Wir glauben alle, daß wir dabei mitreden sollten, wie unser Leben gestaltet wird, welche Gesetze gemacht werden und wer das Sagen hat. Alle Männer dürfen die Mitglieder des Parlaments, die ihnen passen, wählen, und wenn einer gewählt werden will, muß er auf das Volk hören. Dabei besteht doch nur die Hälfte des Volkes aus Männern, nur die Hälfte, Schwestern!«

Sie sprach noch weitere zehn Minuten, aber Charlotte war

nicht mehr ganz bei der Sache. Sie hatte alle Argumente bereits früher gehört, und ihrer Meinung nach waren sie nicht zu widerlegen. Charlotte hatte sich eigentlich nur zu diesem Treffen begeben, um zu sehen, wieviel Unterstützung die neue Idee fand, und welche Frauen aus Überzeugung und nicht nur aus Neugier gekommen waren. Die meisten der Anwesenden waren einfach, zweckmäßig und wenig modisch gekleidet. Es waren gewöhnliche Frauen, deren Männer als Angestellte oder Händler arbeiteten und sich um ein Auskommen oder vielleicht auch um ein wenig Lebensart mühten.

Einige stachen hervor durch einen Hauch von Eleganz oder Matronenhaftigkeit, füllige Busen, behängt mit Pelzen und Perlen, Hüten, aus denen Federn sprossen.

Am meisten interessierte sich Charlotte jedoch für die Gesichter und deren flüchtigen Ausdruck, während die Frauen diesen Ideen lauschten, die man in beinahe jeder Gesellschaftsschicht als revolutionär empfand, als unnatürlich, lächerlich oder gefährlich, je nachdem, welche Veränderung man durch sie erwartete.

Von einigen Gesichtern konnte Charlotte Interesse ablesen, sogar einen Schimmer von Hoffnung, von anderen Verwirrung: der Gedanke war zu überwältigend, er verlangte einen absoluten Bruch mit der von Mutter und Großmutter überlieferten Tradition, mit einem nicht immer angenehmen Leben, dessen Nöte aber wenigstens vertraut waren. Es gab auch Zuhörerinnen, die sich jetzt schon Spott und Ablehnung anmerken ließen, aber auch die Angst vor einem Wandel.

Ein Gesicht fiel Charlotte besonders auf, rund und dennoch fein gezeichnet, intelligent, neugierig, sehr feminin, mit einem kräftigen trotzigen Kinn. Auf den Zügen lag ein Ausdruck, der Charlotte beeindruckte, eine Mischung aus Erstaunen und Zweifel, als bewegten Gedanken die junge Frau, die sofort gewaltige Fragen auslösten. Die Augen der Zuhörerin waren wie gebannt auf die Rednerin gerichtet, und sie schien nicht wahrzunehmen, was um sie her vorging.

Als die dritte Referentin, eine ernste dünne Person, sich zu Wort meldete, begannen die Zwischenrufe.

»Sie sagen, Frauen wüßten ebensoviel über geschäftliche Dinge wie Männer. Dann weiß Ihr Mann offenbar nicht viel, oder?«

»Wenn sie überhaupt einen hat!« Lautes, teilweise auch mitleidiges Lachen erklang: eine unverheiratete Frau war in den Augen der meisten Leute ein trauriges Subjekt, eine Kreatur, die ihre wichtigste Aufgabe verfehlt hatte.

Doch die Rednerin zeigte keine Betroffenheit, sie war an diese Art von Hohn gewöhnt.

»Sie haben einen?« gab sie scharf zurück. »Und auch Kinder?«

»Natürlich – zehn Kinder!«

Weiteres Gelächter erscholl.

»Haben Sie ein Dienstmädchen, eine Köchin und andere Hilfskräfte?« fragte die Rednerin.

»Selbstverständlich nicht! Was glauben Sie, wer ich bin? Ich habe ein junges Ding zum Putzen.«

»Dann führen Sie Ihren Haushalt ganz allein?«

Schweigen breitete sich aus. Charlotte blickte zu der reizvollen Frau mit dem interessanten Gesicht hinüber; ihre Augen drückten Anerkennung aus.

»Klar mach' ich das allein.«

»Rechnungen begleichen, Vorräte anschaffen, Heizmaterial einteilen, Kleidung kaufen, Ihre zehn Kinder erziehen? Es scheint mir, daß Sie eine Menge über Geschäftliches wissen – und über Menschen. Ich behaupte sogar, daß Sie auch den Charakter von Menschen recht gut einschätzen können. Sie merken, wenn man Sie anlügt, wenn jemand Ihnen zu wenig Geld herausgeben oder Schund andrehen will – ist es nicht so?«

»Ja...«, meinte die Frau zögernd. Sie wollte nicht klein beigeben, nicht vor so vielen Zuhörern. »Das heißt aber nicht, daß ich ein Land regieren könnte.«

»Könnte das Ihr Mann? Könnte er ein Land regieren – oder auch nur Ihren Haushalt führen?«

»Das ist nicht dasselbe!«

»Hat er ein Recht zu wählen?«

»Ja, aber...«

»Ist Ihr Urteilsvermögen nicht ebensogut wie seines?«

»Meine liebe gute Frau«, mischte sich eine andere Stimme ein, die vor Zorn bebte, und die Köpfe drehten sich in die Richtung, wo die Trägerin eines pflaumenfarbenen Hutes saß. »Sie können sicher sehr gut abschätzen, wieviel Kartoffeln Ihre Familie braucht, um satt zu werden, aber das liegt kaum auf derselben Ebene wie die Wahl eines Premierministers.«

Vereinzeltes Gekicher ertönte, und jemand rief: »Hört, hört!«

»Unser Platz ist im Haus«, fuhr die Frau mit dem Pflaumenhut fort. Sie kam offensichtlich in Fahrt. »Häusliche Pflichten gehören zu unseren naturgegebenen Talenten, und als Mütter wissen wir selbstverständlich, wie man Kinder erzieht; solche Instinkte erwachen in uns mit der Schwangerschaft. Dies ist Gottes Weltordnung. Doch unser Urteil über die allgemeinen Finanzen, die auswärtigen Angelegenheiten und Belange des Staates ist absolut unbedeutend. Weder die Natur noch Gott haben uns für diese Dinge geschaffen, und wir berauben uns und unsere Töchter unseres angestammten Platzes und Respekts sowie des Schutzes der Männer, wenn wir allem Natürlichen zuwiderhandeln wollen.«

Man hörte anerkennendes Murmeln und ein wenig zögernden Applaus.

Die Rednerin auf dem Podium war erbittert über diese unsachliche Argumentation. Auf ihren schmalen Wangen bildeten sich rote Flecke. »Ich möchte Ihnen nicht nahelegen, daß Sie Premierministerin werden sollen«, sagte sie schneidend, »sondern nur, daß Sie ebensoviel Recht wie Ihr Butler oder Geflügelhändler haben müßten zu wählen, wer Sie im Parlament unseres Landes vertritt! Und daß Ihre Beurteilung eines Charakters wahrscheinlich ebenso treffend ist wie die der Männer.«

»Oh! Sie unverschämte Person!« Die Frau in Pflaumenblau war wütend, ihr Gesicht färbte sich dunkel, und ihr kräftiger Kiefer begann zu mahlen, während sie sich das Gehirn zermarterte, um noch ein paar passende Worte zu finden.

Plötzlich brach die attraktive junge Frau das Schweigen. Sie wandte sich an die Rednerin. »Sie haben ganz recht!« Ihre Stimme war angenehm und ein wenig belegt. »Frauen können einen Charakter ebensogut beurteilen wie Männer, und im allgemeinen können sie es sogar besser als Männer. Und mehr ist nicht erforderlich, um sich eine nützliche Meinung darüber zu bilden, wer einen im Parlament vertreten soll.« Die Ausdrucksweise der jungen Dame zeugte von einer hervorragenden Kinderstube.

Jeder in dem überfüllten Saal schaute die mutige Sprecherin an, und sie errötete etwas, doch das hinderte sie nicht daran fortzufahren.

»Wir sind an die Gesetze gebunden; ich finde es daher nur angemessen, daß wir bei ihrer Festlegung mitreden können. Ich...«

»Sie sind absolut im Unrecht, Madame«, unterbrach sie eine dunkle Altstimme, die zu einer sehr großen Frau mit Jettperlen auf der Brust und einer feinen Trauerbrosche am Revers gehörte. »Das Gesetz, das von Männern gestaltet wird, die Sie so verachten, ist unser wunderbarster Schutz. Als Frau werden Sie von Ihrem Mann, oder – falls unverheiratet – von Ihrem Vater beschützt; er sorgt für Ihre geistigen und weltlichen Bedürfnisse, er setzt seine Weisheit ein, um das Beste für Sie zu erreichen – ohne die geringste Anstrengung von Ihrer Seite. Sollten Sie die Gesetze übertreten oder Schulden machen, steht er in jeder Hinsicht für Sie gerade. Also kann er auch die Gesetze formen oder diejenigen wählen, die sich damit befassen.«

»Was für ein Unsinn«, sagte Charlotte laut. Sie konnte sich nicht länger zurückhalten. »Wenn mein Mann sich verschuldet, bin ich genauso hungrig wie er; wenn ich ein Verbrechen begehe, schaut die Öffentlichkeit vielleicht auf ihn herab, aber ich bin diejenige, die ins Gefängnis wandert, nicht er! Und wenn ich jemanden ermorde, wird man mich, nicht ihn aufhängen!«

Ein Raunen und Zischen ging durch den Saal bei dieser unnötig groben Erwiderung.

Doch Charlotte ließ sich nicht beirren. Sie hatte beabsichtigt zu schockieren, und das Gefühl des Erfolges war äußerst anregend. »Ich stimme mit Miß Wutherspoon überein – Frauen können Charaktere mindestens so gut beurteilen wie Männer. Und was wäre wichtiger in Ihrem Leben als die Wahl Ihres Ehepartners? Nach welchem Kriterium wählt ein Mann, wenn er nicht beeinflußt wird?«

»Ein hübsches Gesicht«, kam die säuerliche Antwort.

Jemand drückte es weniger vornehm und viel drastischer aus und erntete dafür lautes Gelächter.

»Schönheit, Charme, ein gewinnendes Wesen«, beantwortete Charlotte ihre eigene Frage. »Oft auch Schmeichelei aus dem Mund der Frau, die Farbe der Augen, die Art eines Lachens. Ein weibliches Wesen wählt dagegen den Lebensgefährten, der später für die Kinder sorgen kann.« Hier schämte sich Charlotte ein wenig ihrer Falschheit; sie, die Thomas nur geheiratet hatte, weil er sie fesselte und anzog, sie mit seiner Direktheit ängstigte, sie lachen machte, sie ansteckte mit seinem Zorn über Ungerechtigkeit – und weil sie ihn liebte und ihm vertraute. Die Tatsache, daß er gesellschaftlich und finanziell eine schlechte Partie war, hatte kein bißchen gezählt. Doch Charlotte wußte genau, daß die meisten Frauen vernünftiger waren.

»Männer stürzen sich in alle möglichen Abenteuer und bieten den Folgen die Stirn, komme, was mag, während die meisten Frauen das Ergebnis einer Handlung bedenken. Sie wissen, daß ihre Kinder essen müssen und Kleidung benötigen, und daß sie ein sicheres Heim brauchen – nicht nur heute und morgen, sondern auch in den nächsten Jahren.« Sie dachte an all die klugen und tapferen Frauen, die sie kannte, und ließ ihre eigenen Dummheiten außer acht. »Wenn alles Geschrei verhallt und die Heldentaten begangen sind, wer kümmert sich um die Kranken, beerdigt die Toten und wagt einen neuen Anfang? Frauen! Unsere Meinung müßte zählen, unsere Beurteilung der Ehrenhaftigkeit eines Mannes und seiner Fähigkeit, uns zu repräsentieren, müßten mit in die Waagschale geworfen werden.«

»Richtig!« rief Miß Wutherspoon vom Podium aus. »Absolut richtig! Und wenn die Mitglieder des Parlaments für ihre Wahl auch mit Frauen zu rechnen hätten, würde es einige Ungerechtigkeiten nicht mehr geben.«

»Welche Ungerechtigkeiten?« fragte jemand. »Was braucht eine ordentliche Frau, das sie nicht hat?«

»Kein natürliches weibliches Wesen möchte sich der Lächerlichkeit aussetzen«, erklärte die Person mit dem pflaumenblauen Hut, und ihre Stimme hob sich in wachsendem Ärger, »indem es sich zur Schau stellt, um Gehör und Wähler bettelt in Dingen, von denen es nichts versteht. Miß Taylor ist eine Zielscheibe des Spottes und alles andere als eine Frauenfreundin – sie ist unsere schlimmste Feindin. Nicht einmal Dr. Pankhurst läßt sich in der Öffentlichkeit mit ihr sehen. Sich für das Parlament zu bewerben – so etwas! In Zukunft werden wir alle zu schlampigen alten Weibern, wie diese unmögliche Florence Ivory, die jeden Anschein von Anstand und Zurückhaltung hinter sich gelassen hat – Eigenschaften, die für Frauen unentbehrlich und für die Gesellschaft, ja, für die ganze Zivilisation, wertvoll sind.«

Zustimmende und ablehnende Zwischenrufe wurden immer lauter, und die Stimmung im Saal begann sich aufzuheizen.

Charlotte, die nicht in einen Krawall verwickelt werden wollte, zog sich zurück. Sie ging durch den hinteren Ausgang hinaus und entdeckte die junge Dame, deren Gesicht ihr aufgefallen war. Die Fremde kehrte ihr den Rücken zu und diskutierte mit einem schlanken elegant gekleideten Mann, dessen helles Haar in der Sonne fast weiß erschien. Er war offenbar sehr verärgert.

»Meine liebe Parthenope, das ist ungehörig und außerdem fast lächerlich. Du blamierst mich, indem du dich bei solch einer Versammlung sehen läßt, und es bekümmert mich, daß du darauf keine Rücksicht nimmst.«

Die Stimme der Frau klang erregt. »Ich gerate in Versuchung, Cuthbert, mich zu entschuldigen und zu sagen, daß mich niemand kannte, aber das ist unerheblich.«

»Das ist es wirklich! Das Risiko...«

Sie unterbrach ihn. »Ich spreche nicht von dem Risiko! Was macht es schon aus, wenn man weiß, daß ich für eine Vertretung der Frauen im Parlament bin?«

»Frauenvertretung!« Nun war er tatsächlich erzürnt. »Du wirst von den gegenwärtigen Parlamentsmitgliedern hervorragend vertreten! Bei Gott, wir stellen die Regeln doch nicht nur für uns auf. Wer hat dir denn diesen Floh ins Ohr gesetzt? Hast du diese erbärmliche Mrs. Ivory wieder getroffen? Warum gehorchst du mir nicht? Diese Person ist ein Mannweib, eine elende, unausgeglichene Kreatur, die all das verkörpert, was man an einer Frau mißbilligen muß.«

»Nein, ich habe sie nicht getroffen.« Parthenopes Stimme war leise, aber scharf. »Ich halte mein Wort. Doch ich höre mir an, was über ein zukünftiges Wahlrecht der Frauen gesprochen wird.«

»Hör es dir zu Hause an. Lies Artikel, wenn du es nicht lassen kannst, aber es wird nie ein Frauenwahlrecht geben. Jedes weibliche Wesen, das nur ein wenig Verstand hat, erkennt, daß das auch völlig überflüssig wäre.«

»Tatsächlich! Dann habe ich wenig Verstand – nur soviel, wie man braucht, um einen Haushalt mit acht Bediensteten zu führen, meine Kinder zu unterrichten, unsere geschäftlichen und politischen Freunde charmant zu unterhalten, ihnen feine Speisen in angenehmer Umgebung vorzusetzen und immer dafür zu sorgen, daß sich keiner beleidigt, gelangweilt oder ausgeschlossen fühlt, und dabei stets witzig und auch noch schön zu sein! Sicher befähigt mich das alles nicht, die zwei oder drei Kandidaten zu bestimmen, die mich im Parlament vertreten sollen!«

Das Gesicht des blonden Mannes wirkte angespannt, und die blauen Augen blitzten. »Parthenope! Jetzt wirst du albern. Ich verbiete dir, weiter hier in der Öffentlichkeit zu diskutieren. Wir fahren heim, wo du die ganze Zeit schon hättest sein sollen.«

»Natürlich.« Sie schrie nicht, aber ihr ganzer Körper war steif vor Wut. »Vielleicht sperrst du mich dann ein!«

Er griff nach ihren Armen, doch sie bewegte sich nicht. »Parthenope, ich will nicht grob zu dir sein, das weißt du. Daß du eine fantastische Hausfrau bist, habe ich dir immer gesagt, und es erfüllt mich mit Dankbarkeit. Ich halte dich in jeder Hinsicht für perfekt...« Er merkte, daß seine Worte nicht ankamen. Sie wollte keine Schmeicheleien, nicht einmal Anerkennung. »Verdammt, die Wahl eines Parlamentsmitgliedes ist nicht dasselbe, als ob du dir ein Hausmädchen aussuchst!«

»Ach, nein! Und warum nicht? Soll dein Parlamentsmitglied nicht absolut ehrlich, von sauberer moralischer Gesinnung, verschwiegen in vertraulichen Dingen, treu seiner Sache und tüchtig in seinem Fach sein?«

»Ich will nicht, daß ein Politiker die Möbel abstaubt oder Kartoffeln schält.«

»O Cuthbert!« Sie wußte, daß sie in der Debatte gewonnen, doch letztendlich verloren hatte. Er war in seinen Ansichten kein bißchen wankend geworden. Nun wollte er nur eines: daß sie in die bereitstehende Droschke stieg, ehe jemand sie erkannte. Zögernd erlaubte sie ihm, ihr beim Einsteigen zu helfen. Charlotte sah für einen Augenblick ihr sensibles trotziges Gesicht, in dem sich eine große Verwirrung spiegelte: Die neuen Ideen konnten nicht ausgelöscht, die alten Traditionen aber auch nicht verleugnet werden.

Als die Kutsche sich in Bewegung gesetzt hatte, trat Charlotte aus dem Schatten des Hauses hervor. Sie war soeben Zeugin eines Dilemmas geworden, das sicherlich nicht nur bei diesem Ehepaar zu Kontroversen führte.

3

Am Nachmittag kam Thomas Pitt in die Bow Street zurück. Es war einer jener leuchtenden Frühlingstage, an denen die Luft noch kalt ist und das Licht der Sonne klar und blaß auf die Pflastersteine fällt. Der scharfe Wind trug einen Geruch von Feuchtigkeit die Flußböschung herauf. Über den Strand klapperte eine Reihe Wagen. Die Pferdegeschirre waren poliert und klingelten, eine Drehorgel spielte ein bekanntes Lied. Straßenverkäufer priesen ihre Ware an: »Heißer Pflaumenkuchen, heiße Pflaumen!« Ein Zeitungsjunge rief sein ›Extrablatt‹ aus: *Schrecklicher Mord auf der Westminster Bridge! Mitglied des Parlaments mit durchschnittener Kehle gefunden!*

Pitt betrat das Polizeirevier und stieg die Stufen zu Drummonds Büro hinauf. Als er an die Tür klopfte, wanderten seine Gedanken ein paar Monate zurück, als noch Dudley Athelstan hier geherrscht hatte. Pitt war Athelstans Wichtigtuerei zuwider gewesen, ebenso wie die Tatsache, daß der ehrgeizige Mann nie gewußt hatte, welchem Herrn er dienen sollte. Athelstan hatte Thomas Pitts Frechheit und Unordentlichkeit empörend gefunden, doch am meisten ärgerte ihn die Unverfrorenheit seines Untergebenen, Charlotte Ellison zu heiraten, die höheren gesellschaftlichen Kreisen angehörte.

Drummond war ein völlig anderer Charakter. Er besaß genügend familiären Hintergrund und finanzielle Mittel, um sich freiheitliches Denken leisten zu können. In diesem Moment ließ er Pitt eintreten.

»Guten Tag, Sir.« Thomas Pitt sah sich in dem Raum um, der mit Erinnerungsstücken an frühere Fälle gefüllt war, die Pitt zum Teil aus eigener Mitarbeit kannte – tragische Rätsel und ihre Lösungen, Licht und Schatten.

Drummond deutete zum Kamin hin, dann wühlte er in den Papieren auf seinem Pult, die alle wie gestochen mit der Hand geschrieben waren. »Bisher haben wir keine nützlichen Hinweise; ein Kutscher, der ein Viertel nach Mitternacht über die Brücke fuhr, aber nichts sah, außer vielleicht einer Prostituierten an der Nordseite, und einer Gruppe von Herren, die aus dem Unterhaus kam. Hamilton könnte dieser Gruppe angehört haben – da müssen wir uns heute abend erkundigen, wenn das Haus tagt. Es sieht nicht gut aus. Wir werden feststellen, welche Parlamentarier auf der Südseite des Flusses wohnen und eventuell in diese Richtung heimgingen. Ich habe einen Mann mit der Erkundung beauftragt.«

Pitt stand vor dem Feuer, und die Wärme stieg wohlig an seinen Beinen hoch. Athelstan hatte diesen Platz immer für sich beansprucht.

»Ich befürchte, daß wir als möglichen Täter auch einen seiner Kollegen ins Auge fassen müssen.«

Drummonds Gesicht drückte Mißfallen aus, doch dann siegte die Vernunft. »Im Moment noch nicht. Zuerst werden wir nach persönlichen oder geschäftlichen Feinden suchen und – Gott helfe uns – nach irgendeinem Wahnsinnigen.«

»Oder Anarchisten«, fügte Pitt düster hinzu.

Drummond betrachtete ihn mit freudlosem Gesichtsausdruck. »Oder Anarchisten«, stimmte er zu. »So unschön das ist, wir sollten lieber beten, daß es sich um eine persönliche Abrechnung handelt. In dieser Richtung müssen Sie heute ermitteln. Wenn die Familie in das Verbrechen verwickelt ist, haben die Mitglieder den Mord bestimmt nicht persönlich begangen.« Er seufzte. »Wir werden Geldbewegungen beobachten, Bankabhebungen, den Verkauf von Juwelen oder Bildern, ungewöhnliche Bekanntschaften.« Er strich sich müde über die Stirn, denn er wußte, wie sich die höhere Gesellschaft bedeckt hielt, wenn ein Skandal drohte. »Überprüfen Sie die geschäftlichen Verbindungen des Opfers, Pitt, und dann seinen politischen Tätigkeitsbereich. Denken Sie an die Autonomiebestrebungen der Iren, an die Säuberung der Slums, die Reform des Armenrechts – der Himmel weiß, was die Menschen noch alles zur Gewalt anregen kann.«

»Ja, Sir.« Das waren die Punkte, die sich Pitt sowieso vorgenommen hätte. »Vermutlich lassen Sie alle uns bekannten Aufwiegler kontrollieren?«

»Ja, natürlich. Schließlich war es nur ein kurzer Zeitraum, in dem der Mord stattfinden konnte. Vielleicht erfahren wir noch etwas von den Leuten, die herbeigeeilt kamen, als Hetty Milner schrie. Bisher wußten sie nichts Nutzbringendes zu berichten, doch manchmal fällt den Leuten hinterher noch etwas ein.« Drummond legte ein Papier mit einem Namen und einer Adresse vor Pitt hin. »Das ist Hamiltons Geschäftspartner. Sie könnten mit ihm anfangen. Und Pitt...«

Thomas Pitt wartete.

»Um Gottes willen seien Sie taktvoll!«

Pitt lächelte. »Ich denke, daß Sie mich deshalb für den Fall ausgewählt haben, Sir.«

Drummonds Mundwinkel zuckten. »Gehen Sie jetzt«, sagte er ruhig.

Pitt nahm sich eine Droschke und fuhr zu den Büroräumen von Hamilton und Verdun. Er gab seine Visitenkarte ab, deren Druck er sich vor einiger Zeit geleistet hatte – eine Extravaganz, die er vor allem in solchen Situationen nicht bereute.

»Kommissar Thomas Pitt, Bow Street«, las der Angestellte mit offenkundiger Verwunderung. Polizisten besaßen keine Visitenkarten, ebensowenig wie ein Rattenfänger oder Kanalreiniger sich eine solche Überspanntheit erlaubte.

»Ich möchte bitte mit Mr. Charles Verdun sprechen«, sagte Pitt. »Über den Tod von Sir Lockwood Hamilton.«

»Oh!« Der Angestellte vergaß seine Überheblichkeit und war sogar ein wenig freudig erregt. Mit einem berühmten Mord im Zusammenhang zu stehen verlieh ihm, Harry Parsons, doch einen gewissen düsteren Glanz! Heute abend würde er Miß Laetitia Morris über einem Glas Porterbier in der ›Grinsenden Ratte‹ davon erzählen. Danach würde er der Angebeteten nicht mehr langweilig erscheinen. Mit seinen gewöhnlichen kleinen Unterschlagungen konnte er sich nicht halb so interessant machen. Er schaute Pitt kurz an. »Gut, wenn Sie hier warten wollen, frage ich Mr. Verdun. Er empfängt nicht jeden. Vielleicht könnte *ich* Ihnen etwas berichten? Ich habe Sir Lockwood regelmäßig gesehen. Hoffentlich fangen Sie den Verbrecher bald. Möglicherweise ist er mir mal unter die Augen gekommen, ohne daß ich es wußte?«

Pitt durchschaute den Burschen. »Wenn ich mit Mr. Verdun geredet habe, weiß ich eher, was ich Sie fragen muß.«

»Natürlich.« Der Angestellte zog sich zurück und führte Pitt ein paar Minuten später in einen großen, etwas unordentlichen Raum mit einem offenen Kamin. Verschiedene bequeme Ledersessel standen herum, die vom häufigen Gebrauch wie poliert glänzten. Hinter einem abgenutzten Schreibtisch, auf dem Stapel von Papieren lagen, saß ein Mann zwischen fünfzig und siebzig, mit einem langen Gesicht, buschigen grauen Augenbrauen und gütigen, etwas absonderlichen Zügen. Er lud Pitt mit einer Handbewegung zum Sitzen ein. Dann erhob er sich, trat vor das Feuer hin und wedelte mit den Armen, als wolle er den Rauch vertreiben. »Verdammt, was ist nur los damit? Vielleicht sollte ich ein Fenster öffnen.«

Pitt unterdrückte mit Mühe ein Husten und nickte. »Ja, Sir, eine gute Idee.«

Verdun machte sich an dem Schiebefenster zu schaffen, bis es mit einem Ruck nach oben glitt und einen Schwall kühler Luft hereinließ.

»Ah«, sagte Verdun zufrieden. »Nun, was kann ich für Sie tun? Es geht um den Tod des armen Lockwood – was für eine scheußliche Sache! Sicher wissen Sie nichts Näheres; es ist wohl noch zu früh, oder?«

»Ja, Sir. Soviel mir bekannt ist, war Sir Lockwood Ihr Geschäftspartner?«

»Ja, sozusagen.« Verdun griff nach einer Schachtel und nahm eine Zigarre heraus. Er zündete sie an und blies so beißend scharfen Rauch vor sich hin, daß Pitt erneut nach Luft schnappte.

Verdun deutete Pitts Keuchen vollkommen falsch. »Sie ist türkisch«, meinte er behaglich. »Wollen Sie auch eine?«

Kameldung, dachte Pitt. Laut erwiderte er: »Nein, vielen Dank, Sir. Was heißt ›sozusagen‹?«

»Ach.« Verdun schüttelte den Kopf. »Er war nicht oft hier. Die Politik fesselte ihn mehr – kein Wunder bei einem parlamentarischen Privatsekretär. Man hat seine Pflichten.«

»Aber er hatte doch wohl ein finanzielles Interesse an der Firma?«

»O ja, ja. Das kann man behaupten.«

Thomas Pitt war überrascht. »War er kein gleichwertiger Partner?« Sein Name stand zuerst auf dem Schild an der Tür.

»Doch«, antwortete Verdun. »Aber er kam höchstens einmal in der Woche her, oft noch seltener.« Er sagte das jedoch ohne eine Spur von Groll.

»Dann ruht die Hauptlast der Arbeit auf Ihren Schultern?« meinte Pitt. Er wollte taktvoll sein, doch bei diesem Mann waren Beschönigungen bestimmt fehl am Platz.

Verduns Augenbrauen hoben sich. »Arbeit? Nun, ja, schon möglich, aber so habe ich es nie angesehen. Man muß sich doch beschäftigen. Es liegt mir nicht, in Klubs herumzuhängen, mir den Klatsch anzuhören oder die Empörung darüber, wer mit wem ein Verhältnis hat. So etwas kann mich nicht aufregen, ich habe viel zuviel Verständnis für den Standpunkt jedes einzelnen.«

Pitt unterdrückte ein Lächeln. »Sie handeln also mit Immobilien?«

»Ja, das ist richtig.« Verdun zog an seiner Zigarre. Pitt war sehr froh über das geöffnete Fenster, denn das Kraut roch wirklich penetrant. »Was hat das mit dem Tod des armen Lockwood zu tun?« fuhr Verdun fort. »Warum sollte jemand wegen eines Grundstücksverkaufs einen Mord begehen?«

Pitt konnte sich mehrere Gründe vorstellen. Hamilton wäre nicht der erste Besitzer von Wohnungen in Slumgebieten gewesen, der maßlos übertreuerte Mieten verlangte oder fünfzehn Leute in ein Rattenloch pferchte. Er wäre auch nicht der erste gewesen, der seine Häuser als Bordelle, Ausbeutungsbetriebe oder Diebesnester nutzte. Falls Hamilton das getan hatte, konnte er aus Rache umgebracht worden sein. Oder Verdun hatte die Leute ausgebeutet, und als Hamilton das feststellte und ihn anzeigen wollte, tötete Verdun ihn, um ihn zum Schweigen zu bringen.

Oder es war einfach nur jemand, der aus Wut handelte, weil man ihn aus seinem Heim vertrieb, ihn schlecht bezahlte oder ihm ein gewinnbringendes Geschäft verdarb. Pitt sprach jedoch keinen dieser Gedanken laut aus.

»Ich vermute, daß hier immer eine Menge Geld im Spiel ist«, sagte er statt dessen möglichst unschuldig.

»Nein, nicht viel«, erwiderte Verdun offen. »Ich mache das mehr, um mich zu beschäftigen. Wissen Sie, meine Frau ist seit zwanzig Jahren tot. Ich hatte nie Lust, wieder zu heiraten, keine neue Frau war mir so lieb wie sie...« Seine Augen blickten mit weichem Ausdruck in die Ferne, als erinnerte er sich an längst vergangenes Glück. »Meine Kinder sind alle erwachsen. Ich muß irgend etwas tun.«

»Aber es bringt doch ein gutes Einkommen?« Pitt betrachtete Verduns Kleidung. Sie war abgetragen, aber die Stiefel waren von bester Qualität, die Jacke hatte einen hervorragenden Schnitt, und das Hemd stammte wahrscheinlich von Gieves und Sohn, einem noblen Herrenausstatter. Der Mann war nicht modisch gekleidet, sondern wie jemand, der sich seiner selbst und seiner Stellung in der Gesellschaft sicher war, der es nicht nötig hatte, modisch zu wirken. Sein Geld war alt, angestammt.

Verdun unterbrach Pitts Gedanken. »Nicht so sehr. Hamilton war nicht darauf angewiesen. Er bezog sein Einkommen aus Geschäften mit Eisenbahnwagen, irgendwo in der Gegend von Birmingham.«

»Und Sie, Sir?«

»Ich?« Die runden grauen Augen funkelten vor Ironie und unterdrückter Belustigung. »Ich brauche es nicht, ich habe genug. Unsere Familie ist wohlhabend.«

Pitt hatte es gewußt, und er wäre nicht erstaunt gewesen, wenn Verdun einen Ehrentitel gehabt hätte, den zu tragen er sich weigerte.

Draußen ertönte ein klapperndes unregelmäßiges Geräusch.

»Hören Sie das!« sagte Verdun aufgebracht. »Eine gräßliche Erfindung! Eine Schreibmaschine, stellen Sie sich vor! Ich habe sie für meinen jüngeren Angestellten gekauft; er hat eine Schrift, die nur ein Apotheker lesen kann. Doch was für ein abscheulicher Apparat. Er klingt, als würden zwanzig Pferde über einen gepflasterten Hof galoppieren.«

»Würden Sie bitte der Polizei eine Liste Ihrer Verkäufe in den letzten zwölf Monaten geben, Mr. Verdun?« fragte Pitt und biß sich auf die Lippen. Er war geneigt, diesen Mann zu mögen, doch dessen sanfte Art mochte auch Tarnung sein. Pitt hatte schon manchmal Sympathie für jemand empfunden, der sich später als Mörder herausstellte. »Und der Aktionen, die für die Zukunft geplant waren«, fügte er hinzu. »Die Angelegenheit wird so diskret wie möglich behandelt.«

»Mein lieber Freund, Sie werden das äußerst langweilig finden, aber wenn Sie es wollen... Ich kann mir nicht vorstellen, daß Sie Lockwoods Mörder in einer Liste alleinstehender Doppelhäuser in Primrose Hill, Kentish Town oder Highgate finden, aber ich denke, Sie wissen, was Sie tun.«

Die Adressen, die er nannte, waren alle wohlangesehene Vorortsgebiete. »Was ist mit dem East End?« fragte Pitt. »Kein Besitz dort?«

Verdun hatte eine raschere Auffassungsgabe, als Pitt gedacht hätte. »Hausbesitzer in den Slums? Sicher mußten Sie daran denken. Nein. Aber Sie können gerne die Bücher überprüfen, wenn Sie das für Ihre Pflicht halten.«

Pitt vermutete, daß es sinnlos sein würde, aber ein kluger Revisor würde vielleicht irgendeine Unstimmigkeit feststellen, die auf andere Bücher oder Geschäfte hinwies – oder sogar auf Unterschlagung? Gleichzeitig hoffte er, daß es nicht so wäre; daß Verdun genau der Mann war, der er zu sein schien.

»Danke, Sir. Kennen Sie Lady Hamilton?«

»Amethyst? Ja, flüchtig. Eine feine Frau, sehr ruhig. Sicher ist sie sehr traurig. Sie hat keine Familie. Lockwood hing sehr an ihr. Er sprach nicht viel, aber man spürte es. Wenn man selbst eine Frau von Herzen geliebt hat, spürt man so etwas.«

Pitt dachte kurz an Charlotte – daß sie die Wärme und den Mittelpunkt seines eigenen Lebens verkörperte. »Das stimmt.« Er ergriff die Gelegenheit, die das Thema ›Familie‹

ihm bot. »Aber es gibt doch einen Sohn aus Sir Lockwoods erster Ehe?«

»Oh, Barclay, ja. Ein netter Bursche. Ich habe ihn nicht oft gesehen. Er hat nie geheiratet, warum, weiß ich nicht.«

»War er seiner Mutter eng verbunden?«

»Beatrice? Keine Ahnung. Er kam mit Amethyst nicht gut zurecht, wenn Sie das meinen.«

»Wissen Sie, warum?«

»Nein. Vielleicht paßte ihm die zweite Ehe seines Vaters nicht. Das ist natürlich dumm. Er hätte froh sein sollen, daß sein Vater glücklich war, und Amethyst entwickelte sich rasch zu einer vorbildlichen Ehefrau. Sie unterstützte ihren Mann in seiner Karriere, unterhielt seine Freunde mit Geschick und Takt und leitete den Haushalt perfekt. Ich würde sogar sagen, daß er mit ihr glücklicher war als mit Beatrice.«

»Möglicherweise wußte Mr. Barclay das und nahm es ihm übel, um seiner verstorbenen Mutter willen.«

Verdun machte ein verblüfftes Gesicht. »Gütiger Himmel, Mann, Sie werden doch nicht sagen wollen, daß er zwanzig Jahre wartete und dann plötzlich eines Nachts auf der Westminster Bridge hinter seinem Vater herschlich, um ihm deshalb die Gurgel zu durchschneiden?«

»Nein, natürlich nicht.« Das war absurd. »Geht es Mr. Barclay Hamilton finanziell gut?«

»Zufällig weiß ich das: Er erbte von seinem Großvater mütterlicherseits – keine Menge, aber genug, um bequem zu leben; hat ein schönes Haus in Chelsea – ein sehr schönes sogar, in der Nähe der Albert Bridge.«

»Vermutlich haben Sie keine Ahnung, ob Sir Lockwood einen Rivalen oder Feind hatte, der ihm Böses wünschte? Gab es irgendwelche Drohungen?«

Verdun lächelte. »Es tut mir leid. Das hätte ich doch selbstverständlich erwähnt. Schließlich kann man nicht mit ansehen, wie einer herumrennt und Leute umbringt, oder?«

»Natürlich nicht.« Pitt erhob sich. »Danke für Ihre Hilfe. Darf ich nun Ihre Aufzeichnungen sehen? Das letzte Jahr müßte genügen.«

»Ja, gern. Telford soll Ihnen auf diesem scheußlichen Apparat eine Abschrift anfertigen, wenn Sie wollen. Dann geschieht doch etwas Nützliches mit dem Ding. Es klingt, als liefen hundert Igel in genagelten Stiefeln herum!«

Es war ein Viertel nach sechs Uhr, als Pitt in das Büro des Innenministers in Whitehall gebeten wurde. Es war sehr groß und sehr unpersönlich, und die Beamten in ihrem Gehrock und Eckenkragen machten deutlich, welche außergewöhnliche Ehre Pitt zuteil wurde, indem er die Schwelle des Hauses überschreiten, ja sogar das private Büro eines Kabinettsministers betreten durfte. Thomas Pitt versuchte, seine Krawatte zu glätten, was fehlschlug, und daß er sich mit den Fingern durch das Haar strich, brachte keine positive Veränderung.

»Ja, Inspektor?« meinte der Innenminister höflich. »Ich kann Ihnen zehn Minuten gewähren. Lockwood Hamilton war mein parlamentarischer Privatsekretär, ein sehr guter, tüchtiger und diskreter Mann. Sein Tod schmerzt mich zutiefst.«

»War er ehrgeizig, Sir?«

»Natürlich. Ich würde keinen Mann fördern, der seiner Karriere gegenüber gleichgültig wäre.«

»Wie lange hatte er diese Position bereits inne?«

»Ungefähr sechs Monate.«

»Und davor?«

»Ein Hinterbänkler bei verschiedenen Komitees. Warum?« Er furchte die Stirn. »Sie glauben doch nicht, daß das Verbrechen politische Hintergründe hat?«

»Ich weiß es nicht, Sir. Hatte Sir Lockwood mit irgendwelchen Aufgaben oder Gesetzgebungen zu tun, die starke Gefühle erzeugen konnten?«

»Er machte keine Vorschläge. Um Himmels willen, er war parlamentarischer Privatsekretär und kein Minister!«

Pitt erkannte, daß er einen taktischen Fehler begangen hatte. »Ehe Sie ihn in diese Position berufen haben, Sir«, fuhr er fort, »haben Sie sicherlich viel über ihn in Erfahrung gebracht: seine vorherige Laufbahn, seine Meinung zu wichtigen Vorhaben, sein Privatleben, seinen Ruf, seine geschäftlichen und finanziellen Angelegenheiten...«

»Natürlich«, stimmte der Innenminister etwas schroff zu. Dann erkannte er Pitts Absicht. »Aber ich glaube nicht, daß ich Ihnen irgend etwas Nützliches sagen kann. Ich lasse keine Männer aufrücken, von denen ich annehme, daß man sie wegen ihres Privatlebens ermorden könnte, und er war nicht wichtig genug, um ein politisches Ziel abzugeben.«

»Wahrscheinlich nicht, Sir.« Das mußte Pitt zugeben. »Ich würde jedoch meine Pflicht vernachlässigen, wenn ich nicht alle Möglichkeiten in Erwägung zöge. Jemand, der Mord als Problemlösung ansieht, dürfte nicht so vernünftig sein wie Sie oder ich.«

Der Innenminister warf ihm einen scharfen Blick zu, denn er witterte Sarkasmus, und ihm gefiel Pitts Dreistigkeit nicht, die Vernunft eines Kabinettsministers mit der eines Polizisten gleichzusetzen. Doch er bemerkte Thomas Pitts höflichen Gesichtsausdruck und befand daher die Sache einer Diskussion nicht für wert.

»Vielleicht haben wir es mit dem Irrationalen zu tun«, meinte er kalt. »Das hoffe ich zutiefst. In jeder Gesellschaft gibt es gelegentlich einen Wahnsinnigen. Ein familiäres oder geschäftsbedingtes Verbrechen wäre unerfreulich, aber nur ein Skandal, der nach ein paar Tagen vergessen wäre. Sehr viel schlimmer wäre eine Verschwörung von Anarchisten oder Revolutionären, die nicht den armen Hamilton persönlich haßten, sondern die Regierung erschüttern und Alarm in der Öffentlichkeit schlagen wollten.« Seine Hände verkrampften sich kaum merklich. »Wir müssen diesen Fall baldmöglichst klären. Ich nehme an, daß alle Ihre verfügbaren Männer sich darum kümmern?«

Thomas Pitt konnte seinen Gedankengang verfolgen, doch die Kälte des Mannes stieß ihn ab. Der Innenminister würde eine private Tragödie mit all ihrem Schmerz und den zerstörten Existenzen einem unpersönlichen Komplott vorziehen, das von machtgierigen Hitzköpfen in irgendeinem Hinterzimmer ausgeheckt wurde.

Laut sagte er: »Ja, Sir. Sie haben sicher außer Sir Lockwood noch andere Männer für die Position des parlamentarischen Privatsekretärs in Betracht gezogen?«

»Natürlich.«
»Vielleicht würde mir Ihre Sekretärin ihre Namen geben.«
Das war keine Frage.
»Wenn Sie es für nötig halten.« Er zögerte, doch er sah Pitts Beweggründe ein. »Es ist kaum eine Position, für die ein normaler Mensch töten würde.«
»Für welche Position würde ein normaler Mensch töten, Sir?« fragte Pitt mit möglichst ausdrucksloser Stimme.
Der Innenminister warf ihm einen Blick eisiger Ablehnung zu. »Ich denke, Sie sollten außerhalb der Regierung Ihrer Majestät nach dem Verdächtigen suchen, Inspektor!«
Pitt blieb ungerührt. Es war fast befriedigend, daß ihre Abneigung offenbar auf Gegenseitigkeit beruhte. »Können Sie mir Sir Lockwoods Ansichten über die strittigsten politischen Themen beschreiben, zum Beispiel über die Autonomie Irlands?«
Der Innenminister schob die Unterlippe nachdenklich vor, und sein Ärger verflog. »Damit könnte der Mord zusammenhängen. Dieses Thema ist äußerst emotionsgeladen. Hamilton hat sich deutlich für Irlands Unabhängigkeit ausgesprochen. Doch wenn sich alle Leute gegenseitig umbringen würden, die in der irländischen Frage nicht übereinstimmen, dann würden Londons Straßen wie nach der Schlacht von Waterloo aussehen.«
»Wie steht es mit anderen politischen Zielen, Sir? Strafrechtsreform, Armenrecht, Säuberung der Slums, Frauenwahlrecht?«
»Wie bitte?«
»Frauenwahlrecht«, wiederholte Pitt.
»Guter Gott, Mann, wir haben ein paar streitbare und irregeleitete weibliche Wesen, die nicht wissen, wo ihre wahren Interessen liegen, aber sie würden wegen des erweiterten Wahlrechts doch keinem Mann die Kehle durchschneiden!«
»Vermutlich nicht. Doch wie waren Sir Lockwoods Ansichten darüber?«
Der Innenminister wollte diesen Gesprächsgegenstand schon verabschieden, als er mißmutig zu erkennen schien, daß man jede Möglichkeit gleichwertig erörtern mußte. »Er

war kein Reformer«, erwiderte er. »Höchstens in kleinen bescheidenen Schritten. Er war ein höchst vernünftiger Mensch.«

»Und sein Ruf im Privatleben?«

»Untadelig.« Ein winziges Lächeln huschte über das Gesicht des Innenministers. »Und das ist keine diplomatische Antwort. Er war außergewöhnlich glücklich mit seiner Frau, einer sehr feinen Person, und er war kein Mensch, der... Ablenkung suchte. Die Kunst der Schmeichelei oder des oberflächlichen Plauderns war ihm fremd, und ich habe nie erlebt, daß er eine andere Frau bewundert hätte.«

Das zu glauben, fiel Pitt nicht schwer, nachdem er Amethyst Hamilton kennengelernt hatte. Charles Verdun war derselben Meinung gewesen.

»Je mehr ich von ihm höre, desto weniger kann ich ihn für einen Mann halten, der persönlichen Haß bis zum Mord hin erweckt haben könnte.« Pitt erlebte die schwache Genugtuung, daß der Innenminister ihn wegen dieser Schlußfolgerung anerkennend musterte.

»Dann sollten Sie lieber alle Anführer und die politischen Gruppen, die uns nötigen, unter die Lupe nehmen. Halten Sie mich auf dem laufenden.«

»Ja, Sir. Danke.«

»Guten Tag.« Pitt war entlassen.

Das Unterhaus tagte noch. Es war zu früh, um zu versuchen, Hamiltons Schritte in der vergangenen Nacht zurückzuverfolgen. Pitt fror, und er hatte Hunger. Deshalb beschloß er, in der Bow Street ein belegtes Brot und eine Tasse Tee zu sich zu nehmen und nachzusehen, ob es irgendwelche Neuigkeiten gab.

Doch als er das Polizeirevier erreichte, meldete ihm der diensthabende Wachtmeister, daß Sir Garnet Royce, Mitglied des Parlaments, ihn zu sprechen wünschte.

»Führen Sie ihn in mein Büro«, sagte Thomas Pitt. Er bezweifelte, daß dieser Besuch zu etwas nutze sein würde, doch er schuldete dem Mann die Höflichkeit, ihn zu empfangen. Er nahm also hinter seinem Schreibtisch Platz und sah die Papiere durch, die sich auf dem Pult angesammelt hatten. Darunter waren die Aufzeichnungen Verduns und eine hausinterne Notiz, daß diese offenbar absolut in Ordnung waren.

An der Tür ertönte ein Klopfen, und Garnet Royce kam herein. Sein Mantel mit Samtkragen und der seidene Hut, denn er auf das Pult legte, wirkten elegant. Garnet Royce war eine imponierende Erscheinung in dem sehr einfachen, von Gaslicht erhellten Büro.

»Guten Abend, Sir«, sagte Pitt neugierig.

»Guten Abend, Inspektor.« Er lehnte den Stuhl ab und drehte einen Spazierstock mit Silberknauf nervös in den Händen. »Die Zeitungen haben aus dem armen Lockwood Schlagzeilen gemacht. Aber das war wohl nicht anders zu erwarten. Es ist schlimm für die Familie und macht es zudem schwierig, die Angelegenheit mit einiger Würde zu handhaben. Eine Menge Müßiggänger hängen herum, und Leute, die man kaum kennt, versuchen, sich bei einem anzubiedern. Abstoßend! Sie werden meinen Kummer um meine Schwester sicherlich verstehen!«

»Natürlich, Sir.« Thomas Pitt meinte es ehrlich.

Royce beugte sich ein wenig vor. »Wenn es ein zufällig daherkommender Irrer war, was am wahrscheinlichsten ist, wie sind Ihre Chancen, ihn zu fassen, Inspektor? Antworten Sie mir aufrichtig, von Mann zu Mann.«

Pitt sah seinem Besucher ins Gesicht: sah die Kraft im Schwung der Nase und der Wangen, den breiten Mund und die schräg abfallenden Brauen. Es war kein sensibles Gesicht, aber eines voller Stärke und Intelligenz.

»Mit etwas Glück, Sir, sind unsere Chancen ganz gut; doch ohne Zeugen, und wenn der Mann nicht mehr auffällig wird, sind sie nicht groß! Aber falls es sich um einen Wahnsinnigen handelt, wird er sich weiterhin seltsam benehmen, und wir werden ihn sicherlich finden.«

»Ja, ja, natürlich.« Sir Garnets Hand umschloß den Silberknauf seines Spazierstocks.

»Gab es jemand, dem Lockwoods Aufstieg besonders übel aufstieß?« fragte Pitt.

Royce dachte einen Augenblick nach und kramte in seiner Erinnerung. »Vor einigen Jahren war Hanbury ziemlich verärgert über den Vorsitz eines parlamentarischen Komitees, und er schien auch jetzt noch Groll zu hegen. Und sie stritten sich über Irlands Autonomie – Hanbury war strikt dagegen und Lockwood dafür. Aber das sind alles keine Gründe für Mord.«

Pitt betrachtete das Gesicht seines Gegenübers noch einmal gründlich im Lampenlicht. Es lag kein Schatten von Wankelmut oder Täuschung darin, keine Ironie, kein Humor. Der Mann sprach das ehrlich aus, was er glaubte, und Pitt mußte ihm zustimmen. Wenn das Motiv für den Mord ein politischer war, hatte es viel tiefere Wurzeln, als Pitt mit seinen Begründungen bisher berührt hatte. Es war vermutlich eine Rivalität oder ein Verrat viel persönlicherer Natur, viel bitterer als die Frage irischer Autonomie oder sozialer Reformen.

Royce verabschiedete sich, und Pitt ging die Treppen hinauf, um sich mit Micah Drummond zu besprechen.

»Nichts, das uns weiterhelfen würde.« Drummond schob Pitt ein paar Papiere hin. Er sah müde aus, und dunkle Ringe zeichneten sich unter seinen Augen ab, wo die Haut dünn und fein war. Seit dem Mord war erst ein Tag vergangen, doch es gab bereits Druck, die einfachen Leute hatten Angst und die Mächtigen ebenfalls, die das wahre Gefahrenpotential kannten.

»Die Tatzeit«, sagte er, »ist zwischen zehn Minuten vor Mitternacht und zwanzig Minuten danach festgelegt, als Hetty Milner den Toten fand.«

»Haben sich irgendwelche Straßenverkäufer gemeldet, die ihn gesehen haben?«

Drummond seufzte und raschelte mit den Papieren. »Eine Blumenverkäuferin erklärte, sie habe ihn nicht bemerkt. Sie kannte ihn, deshalb halte ich ihre Aussage für verläßlich. Ein Bursche, der heiße Pasteten auf den Westminsterstufen verkauft, Freddie Soundso, hat nichts Wichtiges gesehen: ein paar Männer, von denen jeder Hamilton hätte sein können, aber er mag es nicht beschwören. Ein vornehm aussehender

Typ in feinem dunklen Mantel mit Seidenhut und weißem Schal, mittlere Größe, graue Schläfen – die Straßen rund um die Brücke sind voll von ihnen, wenn das Parlament tagt.«

»Vielleicht wollte man gar nicht Hamilton umbringen«, meinte Pitt ruhig.

Drummond blickte auf. »Ja, daran habe ich auch schon gedacht. Gott helfe uns, wenn der Mörder sich in der Person geirrt hat. Wo sollen wir dann beginnen?«

Pitt nahm auf dem Stuhl vor dem Schreibtisch Platz. »Falls es ein zufälliger Angriff auf die Regierung ist und Hamilton gerade anwesend war, dann muß es sich um Anarchisten oder Revolutionäre handeln. Kennen wir nicht die meisten dieser Gruppen?«

»Ja.« Drummond fischte ein paar Papiere aus der Schreibtischschublade. »Ich habe ein paar Männer losgeschickt, die sich um die Aktivitäten der Anführer kümmern sollen. Einige wollen keine Monarchie mehr, sondern eine Republik, andere wollen das totale Chaos – sie sind leicht festzunageln, weil sie meistens in Kneipen und an Straßenecken hitzige Debatten führen. Manche sind von Ausländern inspiriert, und die jagen wir ebenfalls.« Er seufzte. »Was haben Sie gefunden, Pitt? Irgend etwas Persönliches?«

Pitt erzählte ihm alles, was er erfahren hatte – von Charles Verdun, dem Innenminister und von Garnet Royce. Drummond mußte leider erkennen, daß es bisher keine einzige wirkliche Spur gab.

Pitt erhob sich. »Ich werde jetzt gehen und die Parlamentsmitglieder befragen, wenn sie das Unterhaus verlassen haben – wer zuletzt mit Hamilton gesprochen hat, zu welcher Zeit, und ob jemand beobachtet hat, wie sich der Mörder dem Opfer genähert hat.«

Drummond zog eine goldene Uhr aus der Westentasche. »Da müssen Sie vielleicht lange warten.«

Pitt stand über eineinhalb Stunden am Nordende der Westminster Bridge in der Kälte, ehe er die ersten Gestalten aus dem Unterhaus kommen und sich dem Fluß zuwenden sah. Inzwischen hatte er zwei heiße Pasteten und einen Rosinenauflauf gegessen, unzählige Pärchen beobachtet, die Arm in Arm am Ufer entlangschlenderten, und zwei Betrunkene laut singen gehört. Seine Finger waren taub.

»Entschuldigen Sie, Sir?« Er trat vor.

Zwei Herren blieben stehen. Sie fanden es ziemlich empörend, daß ein Fremder sie ansprach. Als sie seine ausgebeulten Taschen und den wollenen Schal bemerkten, schickten sie sich an weiterzugehen.

»Polizei von der Bow Street, Sir«, sagte Pitt scharf. »Ich untersuche den Mord an Sir Hamilton Lockwood.«

Jetzt reagierten sie betroffen, da sie gezwungen wurden, sich an etwas zu erinnern, das sie lieber vergessen hätten. »Schreckliche Sache«, sagte der eine. »Schrecklich«, wiederholte der andere.

»Haben Sie ihn gestern abend gesehen, Sir?«

»Ah, ja, ja. Du nicht auch, Arbuthnot?« Der größere wandte sich seinem Kollegen zu. »Ich weiß nicht, wie spät es war – als wir heimgingen.«

»Ich glaube, die Sitzung war ungefähr um zwanzig Minuten nach elf Uhr beendet«, meinte Pitt.

»Ah ja«, stimmte der stämmigere Mann zu. »So ungefähr. Ich sah Hamilton, als ich das Gebäude verließ. Der arme Teufel! Es ist schockierend.«

»War er allein, Sir?«

»Mehr oder weniger. Er verabschiedete sich gerade von jemandem.« Die Augen des Mannes blickten gütig. »Leider weiß ich nicht, von wem – es war irgendein Mitglied des Hauses. Dann ging er auf die Brücke zu. Er wohnt auf der Südseite.«

»Sahen Sie, ob ihm jemand folgte?« fragte Pitt.

Das Gesicht des Mannes wirkte plötzlich gequält, als sei ihm etwas Unangenehmes klargeworden. Ein lebendiges Bild entstand vor seinem geistigen Auge; er wußte, daß er etwas beobachtet hatte, das ein Mord werden sollte. Mit einem Mal spürte er die Verletzlichkeit des einsamen Mannes auf der Brücke, dem sich der Tod näherte, und er spürte es, als wäre es sein eigener Tod. »Ich denke, es folgte ihm jemand, aber ich habe nicht die geringste Idee, wer es gewesen ist. Es war nur der Eindruck eines Schattens, als Hamilton die erste Lampe auf der Brücke passiert hatte.«

Pitt wandte sich an den anderen Mann. »Und Sie, Sir? Haben Sie Sir Lockwood in Begleitung gesehen?«

»Nein, nein, ich wünschte, ich könnte Ihnen helfen. Es tut mir wirklich leid.«

»Ja, natürlich. Ich danke Ihnen.« Pitt neigte den Kopf zum Gruß und ging auf die nächste Gruppe von Männern zu.

Er stellte vielen dieselben Fragen, doch als einziges Ergebnis kam dabei heraus, daß Lockwood Hamilton die Westminster Bridge zwischen zehn und zwölf Minuten nach Mitternacht betreten hatte. Nachdem Hetty Milner um zwölf Uhr einundzwanzig geschrien hatte, stand fest, daß jemand in diesen neun oder elf Minuten Hamiltons Hals durchschnitten, die Leiche an den Laternenpfahl gebunden und sich dann davongeschlichen hatte.

Thomas Pitt kam kurz vor Mitternacht nach Hause. Er zog im Gang die Stiefel aus, um keinen Lärm zu machen, und ging leise in die Küche. Dort fand er einen Teller mit kaltem Fleisch auf dem Tisch, frisches, selbstgebackenes Brot, Butter und Gewürzgurken und einen Zettel von Charlotte. Der Teekessel stand auf dem Herd bereit; das Wasser darin war noch heiß.

Als Thomas Pitt beinahe mit dem Essen fertig war, öffnete sich die Tür, und Charlotte kam herein. Sie blinzelte im Licht. Ihr langes Haar glänzte wie Mahagoniholz im Feuer. Sie trug einen alten Morgenrock aus blauem bestickten Wollstoff, und als sie Thomas küßte, nahm er den zarten Duft von Seife und warmen Leintüchern wahr.

»Ist es ein großer Fall?« fragte sie.

Er sah sie neugierig an, denn sie ließ ihre gewöhnliche starke Wißbegierde vermissen – den Drang, sich einzumischen, der schon manchmal zu beachtlichen Erfolgen geführt hatte.

»Ja, Mord an einem Parlamentsmitglied«, antwortete er und beendete sein Mahl. Er wollte ihr nichts von den scheußlichen Einzelheiten erzählen, denn an diesem Abend verspürte er das Bedürfnis, den Fall aus seinem Gedächtnis zu verbannen.

Charlotte sah verwundert aus, aber lange nicht so interessiert, wie er es erwartet hatte. »Du mußt sehr müde und halb erfroren sein. Bist du weitergekommen in der Sache?« Sie schaute ihn nicht einmal an und schenkte sich eine Tasse Tee ein. Dann nahm sie ihm gegenüber am Küchentisch Platz. Verhüllte sie ihre Neugier so perfekt? Das paßte eigentlich nicht zu ihr.

»Charlotte?«

»Ja?« Ihre Augen waren dunkelgrau im Lampenlicht – und offenbar völlig unschuldig.

»Nein, ich bin noch gar nicht weitergekommen.«

»Oh!« Sie sah bekümmert, aber noch immer nicht interessiert aus.

»Ist etwas nicht in Ordnung?« Er machte sich ein wenig Sorgen.

»Hast du Emilys Hochzeit vergessen?« Ihre Augen weiteten sich, und plötzlich begriff er die Aufregung, die Sorge, daß alles gutgehen würde, die Einsamkeit bei dem Gedanken an Emilys Abreise, den Hauch von Neid wegen des Glanzes und der Romantik, die in diesem Ereignis lagen, und das ehrliche Glücksgefühl darüber, daß ihre Schwester wieder eine seelische Heimat gefunden hatte. Sie waren sich näher als viele andere Schwestern, und ihre verschiedenen Persönlichkeiten ergänzten sich eher, als daß sie Grund für Mißverständnisse gewesen wären.

Pitt nahm ihre Hand in seine und hielt sie sanft fest. Die Geste allein war schon ein Eingeständnis, und Charlotte wußte es, bevor er noch etwas sagen konnte.

»Ja, ich hatte es vergessen – nicht die Hochzeit, aber daß sie schon am Freitag stattfindet. Es tut mir leid.«

Enttäuschung huschte über ihr Gesicht. »Du kommst doch, Thomas, oder?«

Bis zu diesem Moment war er nicht sicher gewesen, ob sie ihn wirklich dabeihaben wollte. Emily hatte beim ersten Mal weit über ihre schon sehr komfortablen bürgerlichen Verhältnisse geheiratet, war Lady Ashworth mit Titel und beachtlichem Reichtum geworden. Nach dem Tod ihres Mannes wollte sie nun Jack Radley ehelichen, einen Gentleman aus gutem Haus, aber ohne jeden Pfennig Geld. Charlotte dagegen hatte das Unaussprechliche getan und einen Polizisten geheiratet, der im sozialen Gefüge einem Gerichtsdiener gleichkam. Die Ellisons hatten Thomas immer höflich behandelt. Denn sie wußten, daß Charlotte trotz ihrer sehr eingeschränkten Lebensumstände und des Verlustes ihres früheren Gesellschaftskreises glücklich mit ihm war. Emily schenkte ihr die Kleider, die sie ablegte, und hin und wieder neue, und sie gab ihnen beiden hübsche Präsente, sooft es der Takt erlaubte. Außerdem teilte sie mit Charlotte das Heitere und Tragische, die Gefahr und den Triumph der Fälle, mit denen Pitt zu tun hatte.

Doch trotzdem hätte Charlotte heimlich erleichtert sein können, wenn er der Hochzeit hätte fernbleiben müssen. Sie mußte auf der einen Seite Herablassung und von seiner Seite taktlose Bemerkungen fürchten. Die Unterschiede zwischen ihrer früheren Welt und seiner waren unermeßlich. Er freute sich geradezu unvernünftig, daß Charlotte auf seine Gegenwart Wert legte. Es war ihm nicht klargewesen, wie tief seine unterdrückte seelische Verletzung gegangen war, denn er hatte sie immer überspielt.

»Ja – wenigstens für eine Zeitlang. Ich kann vielleicht nur kurz bleiben.«

»Aber du kommst?«

»Ja.«

Ihr Gesicht entspannte sich, und sie lächelte ihn an. »Gut. Es ist Emily so wichtig, ebenso wie mir. Und Großtante Vespasia wird da sein. Du mußt mein neues Kleid sehen – hab keine Angst, ich war nicht verschwenderisch, aber es ist wirklich etwas Besonderes.«

Er lehnte sich zufrieden zurück. Die Knoten in seinem Inneren lösten sich. Es war so gewöhnlich, so unglaublich alltäglich: die Farbe eines Stoffes, die Anordnung eines Gesäßpolsters, wie viele Blumen auf einem Hut steckten. Ein Kleid! Es war lächerlich, grenzenlos unwichtig – und doch so herrlich vernünftig!

4

Pitt ging am nächsten Morgen um halb acht Uhr aus dem Haus, und danach trat Charlotte sofort in Aktion. Gracie, ihr Hausmädchen, kümmerte sich in der Küche um alles. Sie machte das Frünstück für Jemima, die Sechsjährige, die sich sehr in Selbstbeherrschung übte, und Daniel, den etwas jüngeren, der mühevoll versuchte, es ihr gleichzutun. Im ganzen Haus war die Aufregung fast greifbar zu spüren, und beide Kinder empfanden den Tag als so wichtig, daß sie gar nicht stillsitzen konnten.

Charlotte hatte die neuen Kleider für die Kleinen auf ihre Betten gelegt: cremefarbene Rüschen und Spitzen mit einer rosa Schärpe für Jemima und einen braunen Samtanzug mit einem Spitzenkragen für Daniel. Eine Stunde gutes Zureden und zuletzt eine kleine Bestechung waren nötig gewesen, um Daniel soweit zu bringen, daß er diese Kleidung akzeptierte. Die Bestechung bestand darin, daß er bei der nächsten Fahrt im Pferdeomnibus den Pfennigpreis beim Schaffner selbst bezahlen durfte.

Charlotte hatte ihr neues Kleid anfertigen lassen – was vor ihrer Hochzeit selbstverständlich für sie gewesen war. Doch jetzt nähte sie ihre Garderobe gewöhnlich selbst oder änderte die Kleider um, die sie von Emily und ganz selten auch von Großtante Vespasia bekam.

Dieses hier war jedoch prachtvoll, die feinste pflaumenfarbene Seide im Knitterlook, vorne ausgeschnitten, so daß man Charlottes Hals, die schönen Schultern und den Busenansatz sehen konnte – eng in der Taille und mit einem derart femininen Gesäßpolster, daß sich Charlotte schon unwiderstehlich fand, wenn sie es nur anschaute. Das Kleid raschelte betörend bei jedem Schritt, und die Farbe schmeichelte ihrer honigwarmen Haut und dem kastanienbraunen Haar, das sie mit einem Seidentuch gerieben hatte, bis es schimmerte.

Es kostete sie eine Stunde und verschiedene erfolglose

Versuche, das Haar so hochzustecken, wie es ihr gefiel, und ihr Gesicht bestmöglich herzurichten, ohne es geschminkt wirken zu lassen. Ein angemaltes Gesicht galt noch immer als Todsünde in der Gesellschaft und wurde nur bei Frauen von höchst zweifelhafter Moral geduldet.

Als nach weiteren dreißig Minuten die Kleinen angekleidet und Jemimas Haarbänder befestigt waren, schlüpfte Charlotte schließlich unter dem atemlosen Quieken der Kinder und Gracies bewundernden Seufzern in ihr eigenes Gewand. Gracie konnte sich vor Begeisterung kaum halten. Sie erlebte fast hautnah eine echte Romanze; sie hatte Emily oft gesehen und hielt sie für eine wahre Dame, und sie würde jedes Wort begierig in sich aufsaugen, das Charlotte ihr später von der Hochzeit erzählen würde. Mit dem Glockenschlag zehn Uhr sandte Emily einen Wagen, und zwanzig Minuten danach stiegen Charlotte, Jemima und Daniel vor der St. Marys Kirche am Eaton Square aus.

Direkt hinter ihnen kam Charlottes Mutter, Caroline Ellison. Sie war eine hübsche Frau Mitte Fünfzig und trug ihre Witwenschaft mit Energie und einem neuen, fast gewagten Gefühl von Freiheit. Ihr goldbraunes Kleid stand ihr hervorragend, und ihr Hut war beinahe so wunderbar wie der von Charlotte. An der Hand hielt sie ihren Enkel, Emilys Sohn Edward, der den Titel seines Vaters, Lord Ashworth, geerbt hatte. Er trug einen dunkelblauen Samtanzug, und sein blondes Haar war sorgfältig gekämmt. Er wirkte nervös und sehr ernst und klammerte sich mit seinen kleinen Fingern an seiner Großmutter fest.

Hinter ihnen erschien Carolines Schwiegermutter, der ein Diener diskret zur Seite stand. Sie war hoch in den Achtzigern und machte großes Aufhebens von jeder kleinen Unpäßlichkeit und ihren Altersbeschwerden. Ihre glänzenden schwarzen Augen nahmen alles wahr, während ihre Ohren mit den Jettgehängen nahezu taub waren, vor allem, wenn sie etwas nicht hören wollte.

»Guten Morgen, Mama.« Charlotte küßte Caroline vorsichtig, damit keiner ihrer Hüte verrutschte. »Guten Morgen, Großmama.«

»Du bist wohl die Braut?« fragte die alte Dame scharf und musterte die Enkelin von Kopf bis Fuß. »So ein Gesäßpolster habe ich in meinem ganzen Leben noch nicht gesehen. Und du hast zuviel Farbe aufgelegt – aber das war ja schon immer so.«

»Wenigstens kann ich Gelb tragen«, erwiderte Charlotte. Sie betrachtete die fahle Haut und das dunkelgoldene Kleid ihrer Großmutter und lächelte süß.

»Ja, das kannst du«, stimmte die alte Dame mit grimmigem Blick zu. »Und es ist ein Jammer, daß du es nicht tust, anstatt diesem... Farbton! Wie nennst du ihn? So etwas Auffälliges habe ich noch nie gesehen! Nun, wenn du Himbeermus darüber schüttest, sieht es keiner!«

»Wie tröstlich«, meinte Charlotte spöttisch. »Du hast stets das Richtige zu sagen gewußt, um einer Person ein angenehmes Gefühl zu vermitteln.«

Die alte Frau neigte den Kopf. »Was hast du gesagt? Ich höre nicht mehr so gut wie früher.« Sie schwenkte ostentativ ihr Hörrohr, um auf ihre Gebrechlichkeit aufmerksam zu machen.

»Und du warst immer taub, wenn es dir paßte«, entgegnete Charlotte.

»Was? Warum murmelst du so, Kind?«

»Ich sagte, ich nenne die Farbe rosenrot.« Charlotte sah sie direkt an.

»Nein, das hast du nicht gesagt«, widersprach die alte Dame zornig. »Du übernimmst dich, seitdem du diesen Einfaltspinsel von einem Polizisten geheiratet hast. Wo steckt er übrigens? Du wolltest ihn wohl nicht in der Gesellschaft herumzeigen? Sehr klug – vermutlich würde er sich die Nase in der Serviette putzen und nicht wissen, welche Gabel er benützen soll!«

Charlotte spürte erneut überdeutlich, wie sehr sie ihre Großmutter ablehnte. Das Leben als Witwe und die Einsamkeit hatten die alte Frau gehässig werden lassen. Sie erregte Aufmerksamkeit entweder durch Jammern oder durch den Versuch, ihre Mitmenschen zu verletzen.

Charlotte gab es auf, sich um eine ebenso kränkende Antwort zu bemühen. Statt dessen sagte sie: »Er arbeitet an einem Fall, Großmama. Es handelt sich um Mord, und Thomas soll ihn aufklären. Aber er wird zur Trauungszeremonie da sein, wenn er kann.«

Die alte Dame schniefte heftig. »Morde! Ich weiß nicht, wo die Welt noch hingerät! Aufruhr in den Straßen letztes Jahr. Sogar ein ›Blutiger Sonntag‹! Nicht einmal Dienstmädchen wissen sich heute noch zu benehmen. Sie sind nachlässig, aufdringlich und frech. Wir leben in einer traurigen Zeit, Charlotte. Die Leute wissen nicht mehr, wo ihr Platz ist. Und du gehörst auch dazu! Einen Polizisten zu heiraten! Was hast du dir bloß dabei gedacht – oder auch deine Mutter! Ich weiß, was ich gesagt hätte, wenn mein Sohn ein Stubenmädchen hätte ehelichen wollen!«

»Das weiß ich auch!« Charlotte ließ endlich ihrer Gereiztheit freien Lauf. »Du hättest gesagt: ›Geh mit ihr ins Bett, solange du es diskret machst, aber heirate eine Frau aus deiner eigenen sozialen Schicht oder darüber – besonders wenn sie Geld hat.‹«

Die alte Dame fuchtelte mit dem Stock, als wolle sie Charlotte gegen die Beine schlagen, doch dann erkannte sie, daß die üppigen Röcke ihrer Enkelin jede Wirkung vereiteln würde. Also suchte sie erneut nach bissigen Worten, die ihr aber gerade nicht einfielen.

»Was hast du gesagt?« meinte sie, momentan besiegt. »Du murmelst fürchterlich, Mädchen! Hast du künstliche Zähne, oder was?«

Das war so albern, daß Charlotte in lautes Lachen ausbrach und ihren Arm um die alte Dame legte, die daraufhin vor Staunen verstummte.

Sie hatten eben die Kirche betreten und waren zu ihren Sitzen geführt worden, als Lady Vespasia Cumming-Gould eintraf. Sie war so groß wie Charlotte, aber schlank bis zur Magerkeit, und hielt sich kerzengerade. Sie trug naturfarbene Spitzen über kaffeebraunem Satin und einen Hut von solch unglaublicher Eleganz, daß sogar Charlotte tief Luft holte. Sie war über achtzig; als Mädchen hatte sie im Haus ihres Vaters auf dem obersten Treppenabsatz gestanden und durch das Geländer gelugt, als die Gäste ankamen, um den Sieg von Waterloo mit einer durchtanzten Nacht zu feiern. Sie war zu ihrer Zeit eine berückende Schönheit gewesen, und ihr Gesicht, in das die Jahre und manche Tragödie ihre Spuren gegraben hatten, zeigte noch immer eine gewisse Anmut und gute Proportionen, die nicht ausgelöscht werden konnten.

Sie war die Lieblingstante von Emilys verstorbenem Ehemann gewesen, und Emily wie auch Charlotte liebten sie sehr. Es war eine Zuneigung, die von ihr erwidert wurde, und in die sie auch gegen alle Konvention Thomas einschloß. Es war ihr absolut egal, was die Leute dachten, wenn sie einen Polizisten in ihrem Haus empfing. Sie hatte immer die Klasse und auch die Schönheit besessen, die öffentliche Meinung zu mißachten, und mit fortschreitendem Alter tat sie das immer ungenierter. Bei Gesetzen und Bräuchen, die sie nicht schätzte, trat sie entschieden für eine Änderung ein, und sie war auch nicht abgeneigt, sich für die Lösung von Kriminalfällen zu engagieren, wenn Emily und Charlotte ihr die Gelegenheit dazu boten.

Die Kirche war kein Ort für Begrüßungen, also neigte Vespasia nur den Kopf in Charlottes Richtung und nahm ihren Platz am Ende der Bankreihe ein.

Der Bräutigam, Jack Radley, stand schon vor dem Altar, und Charlotte wurde unruhig, bis Thomas schließlich auf den Sitz neben ihr schlüpfte. Er sah überraschend schick aus und hielt einen schwarzen Seidenhut in der Hand.

»Wo hast du den her?« flüsterte Charlotte, alarmiert über die Ausgabe für ein Ding, das er nie mehr brauchte.

»Micah Drummond«, erwiderte er, und sie sah die Bewunderung in seinen Augen, als er ihr Kleid musterte. Er drehte sich zu Großtante Vespasia um und lächelte ihr zu, worauf sie den Kopf anmutig neigte und blinzelte.

Ein Murmeln der Erregung wurde hörbar, dann entstand Schweigen. Das zuerst leise Orgelspiel schwoll an zu einer prächtigen romantischen und ein wenig bombastischen musikalischen Orgie. Charlotte blickte nach hinten und sah Emily, von Sonnenlicht umrahmt, im Bogen der Kirchentür.

Sie schritt langsam vor am Arm von Dominic Corde, dem Witwer ihrer älteren Schwester Sarah. Charlottes Gedanken wanderten zurück zu Sarahs Hochzeit, und sie erinnerte sich an den Sturm ihrer eigenen Gefühle in jenen frühen Jahren, als sie sich so wild und hoffnungslos in ihren Schwager Dominic verliebt hatte. Dann sah sie sich selbst vor dem Traualtar. Trotz gewisser Ängste war sie sich sicher gewesen, das Richtige zu tun, obwohl sie wußte, daß sie dadurch viele Freunde und den Schutz von Rang und Geld verlieren würde.

Sie war auch heute noch sicher. Gewiß hatte es harte Zeiten gegeben, Dinge, die ihr vor acht Jahren als Plackerei erschienen wären. Doch dadurch war ihr Horizont unermeßlich erweitert worden, und sie wußte, daß sie selbst mit dem Gehalt eines Polizisten und ein wenig Zuschuß aus der eigenen Familie zu den glücklichsten Frauenseelen der Welt gehörte. Sie fror selten und hatte nie Hunger, auch fehlte es nie am Nötigen. Sie hatte reiche Erfahrungen gemacht, kannte keine Langeweile oder die Furcht, ihr Leben sinnlos zu verschwenden, nicht die endlosen Stunden über dem Stickrahmen oder beim Malen mit Wasserfarben, die schrecklichen Besuche und grauenhaften Teepartys voller Klatsch.

Emily sah wundervoll aus. Sie trug ihre Lieblingsfarbe: wassergrüne Seide auf elfenbeingetöntem Untergrund und mit Perlen bestickt. Ihr Haar war perfekt frisiert, wie eine blasse Strahlenkrone im Sonnenlicht, und ihre helle Haut schimmerte rötlich vor Erregung und Glück.

Jack Radley würde nie zu Geld oder einem Titel kommen, Emily war nicht länger Lady Ashworth, was sie einen kurzen Augenblick bedauerte. Aber Jack besaß Charme, Witz und eine bemerkenswerte gesellschaftliche Begabung. Seit Georges Tod hatte er Mut und geistige Größe bewiesen. Emily liebte ihn nicht nur, sondern sie schätzte seinen Charakter auch über alle Maßen.

Charlotte ließ ihre Hand in die von Pitt gleiten. Seine Finger umschlossen ihre mit Wärme. Sie beobachtete die Zeremonie mit einem Glücksgefühl und ohne den Schatten von Besorgnis, was die Zukunft betraf.

Thomas Pitt mußte sofort nach dem Ende der Trauung wieder gehen. Er blieb nur lange genug, um Jack zu gratulieren, Emily zu küssen und Caroline, Großmama und Großtante Vespasia zu begrüßen. Dann machte er sich auf den Weg zur Buckingham Palace Road.

In einem der Stadthäuser am Eaton Square hatte eine gute Freundin von Emily zu einem kleinen Empfang geladen. Dorthin begaben sich nun alle – zuerst Emily an Jacks Arm, dann Caroline und Edward, dahinter Charlotte mit ihren Kindern. Dominic begleitete Großtante Vespasia, und die ständig nörgelnde Großmama wurde von einem engen Freund des Bräutigams eskortiert.

Es gab Champagner und fröhliche Trinksprüche, Reden und Gelächter, und Charlotte stimmte beglückt mit ein. Sie freute sich für Emily und war von dem Glanz und der Romantik entzückt, von den Blumen mit ihrem schweren Duft, dem Rascheln von Taft und Seide.

Sie legte ein paar Stückchen Gebäck auf einen Teller und brachte ihn ihrer Großmutter, die auf einem Stuhl in der Ecke saß.

Die alte Dame musterte die Backwaren aufs genaueste und pickte sich das größte Stück heraus. »Wohin reist das Brautpaar?« fragte sie. »Du hast es gesagt, aber es ist mir entfallen.«

»Nach Paris und dann durch Italien«, erwiderte Charlotte. Sie versuchte, keinen Neid zu zeigen. Sie selbst hatte nur ein verlängertes Wochenende in Margate verbracht, dann hatte Thomas wieder seinen Dienst antreten müssen. Und sie war während des folgenden Monats in das winzige Haus umgezogen, in dem die Zimmer kleiner waren als die Dienstbotenräume in ihrer elterlichen Villa. Sie hatte lernen müssen, einen Monat mit dem Geld auszukommen, das sie vorher für ein Kleid ausgegeben hatte, und zu kochen, wo sie vorher dem Küchenpersonal Anweisungen gegeben hatte. Natürlich war das alles nicht wirklich wichtig, aber sie wäre gern nur einmal mit einem Schiff gefahren, um fremde Länder zu sehen und elegant zu speisen; nicht so sehr wegen des Essens, sondern wegen der Romantik der Situation. Sie hätte gern Venedig kennengelernt, um im Mondschein durch die Kanäle zu gleiten und die Gondolieri singen zu hören; und Florenz besucht, die Stadt großer Künstler, und sie träumte von einem Spaziergang durch Rom und seinen herrlichen Ruinen, die von der Größe und dem Glanz längst vergangener Jahrhunderte erzählten.

»Sehr schön!« Großmama nickte. »Jedes Mädchen sollte so eine Reise machen, je früher, desto besser. Man wird von der Kultur beeinflußt. Das ist gut, solange man sie nicht zu ernst nimmt. Man soll die Fremden kennenlernen, aber sie niemals nachahmen.«

»Ja, Großmama«, sagte Charlotte zerstreut.

»Du kannst davon nichts wissen«, fuhr die alte Dame fort. »Du wirst nicht einmal Calais sehen, geschweige denn Venedig oder Rom!«

Das stimmte, und diesmal mochte Charlotte nicht antworten.

»Ich habe dir das schon früher gesagt«, meinte ihre Großmutter boshaft. »Aber du kannst ja nicht hören, schon als Kind konntest du es nicht. Auf jeden Fall – wie man sich bettet, so liegt man.«

Charlotte wandte sich ab und ging zu Emily. Der formelle Teil der Feier war zu Ende, und das Brautpaar schickte sich an zu gehen. Emily sah so glücklich aus, daß Charlotte die Tränen in die Augen traten.

Sie umarmte ihre Schwester und drückte sie innig an sich. »Schreib mir. Erzähl mir von all dem Schönen, das du siehst: die Gebäude und die Gemälde, die Kanäle von Venedig. Erzähl mir von den Menschen – ob sie lustig oder reizend oder seltsam sind. Erzähl mir von der Mode, vom Essen und vom Wetter – einfach alles!«

»Natürlich! Ich werde dir jeden Tag einen Brief schreiben und ihn aufgeben, wo immer es geht«, versprach Emily und schloß ihrerseits Charlotte in die Arme. »Stürze dich nicht in Abenteuer, wenn ich weg bin – und falls du es doch tust, sei vorsichtig.« Sie drückte ihre Schwester liebevoll an sich. »Ich liebe dich, Charlotte. Und danke, daß du immer für mich da bist, seit wir Kinder waren.« Sie löste sich aus der Umarmung und ging zu Jack hinüber. Mit tränenfeuchten Augen lächelte sie jedem zu, während ihr prachtvolles Kleid über den Boden glitt und raschelte.

Mehrere Tage vergingen, in denen sich Pitt mit den geschäftlichen Angelenheiten des Ermordeten beschäftigte. Es kam jedoch nichts Neues zutage. Charles Verduns Angaben bestätigten sich bis ins Detail, und von unlauterem Geschäftsgebaren konnte keine Rede sein.

Die Geldquelle in Birmingham, aus der Hamilton den Großteil seines Einkommens bezog, bestand nur aus geerbten Aktien und war unverdächtig in jeder Hinsicht. Barclay Hamilton besaß ein sehr hübsches Haus in Chelsea. Er galt als ruhig, ein wenig melancholisch, aber unbedingt respektabel. Niemand sprach schlecht über ihn, und seine Finanzen waren absolut in Ordnung. Er war ein höchst begehrenswerter junger Mann, nach dem viele junge Damen aus gutem Haus schielten, doch ohne Erfolg.

Auch Amethyst Hamilton hatte noch nie auch nur der Hauch eines Skandals gestreift. Sie gab nicht zuviel Geld für Kleider oder Juwelen aus, sie führte ihren Haushalt geschickt, doch ohne Extravaganz, und sie bewirtete ihre Gäste großzügig im Interesse ihres Mannes. Sie unterhielt viele Freundschaften, aber keine war so eng, daß selbst die strengsten Kritiker sich darüber aufgeregt hätten. Auch das Studium von Hamiltons politischer Karriere ließ nichts entdecken, das auch nur im entferntesten einen Mord gerechtfertigt hätte. Er war ein tüchtiger und allseits geschätzter Mann gewesen, doch nicht von solch überragender Größe, daß er außergewöhnliche Leidenschaften entfacht hätte.

In der Zwischenzeit hatte Micah Drummond so viele Männer, wie er nur entbehren konnte, auf die Spur der bekannten Anarchisten und Pseudorevolutionäre gesetzt, doch ebenfalls ohne Ergebnis. Thomas Pitt forschte bei den kleinen Dieben, Hehlern und Zuhältern nach, die ihm einen Gefallen schuldig waren, doch auch sie konnten ihm nicht weiterhelfen und empfahlen ihm nur, sein Augenmerk auf den Kreis der Parlamentarier zu richten.

Es war fünf Tage nach Emilys Hochzeit und Abreise nach Paris, als Pitt zum erstenmal nach dem Mord früh zu Bett gehen konnte. Doch da wurde er durch lautes und drängendes Pochen an der Haustür geweckt. Unwillig tauchte er aus der sanften Dunkelheit des Schlafes in die Wirklichkeit auf und merkte, daß das Pochen nicht Teil eines Traumes war.

»Was ist los?« fragte Charlotte neben ihm nur halbwach. Es war seltsam, wie sie bei diesem Lärm schlafen konnte. Wenn eines der Kinder jedoch nur einen Piepser von sich gab, war sie sofort auf den Beinen, ehe er auch nur die Augen öffnete.

»Die Tür«, erwiderte er und griff in der Finsternis nach seiner Hose und Jacke. Es konnte nur für ihn sein; er würde in die kalte Nacht hinausgehen müssen.

Charlotte richtete sich auf und tastete nach den Zündhölzern, um das Gaslicht anzumachen. Sie wußte, daß vor der Tür ein Polizist mit einer dringenden Nachricht stehen würde. Sie mochte diese Überraschungen nicht, aber sie akzeptierte sie als Tatsache, die zu Thomas' Leben gehörte. Was sie dagegen panisch befürchtete, war ein nächtliches Klopfen, wenn Thomas nicht zu Hause wäre, und daß die Nachricht etwas bedeuten würde, was sie nicht ertragen könnte.

Pitt beugte sich hinüber und küßte Charlotte, dann schlich er auf Zehenspitzen die Treppe hinunter und öffnete die Haustür. Draußen stand ein Polizist.

»Schon wieder einer!« stieß er hervor. »Mr. Drummond sagt, Sie sollen gleich kommen. Ich habe eine Kutsche da, Sir, falls Sie fertig sind.«

Pitt sah die Droschke, die schräg gegenüber wartete. Das Pferd scharrte ruhelos, der Kutscher saß mit einer Decke über den Knien da und hielt die Zügel in der Hand. Der Atem des Pferdes bildete eine kleine Dampfwolke in der Luft.

»Schon wieder was?« fragte Pitt verwirrt.

»Ein weiteres Mitglied des Parlaments, Sir, mit durchschnittener Kehle und an einem Laternenpfahl festgebunden, wie das letzte Mal.«

Einen Moment lang war Pitt wie betäubt. Das hatte er nicht erwartet. Er hatte ein persönliches Motiv hinter dem Verbrechen vermutet. Nun schien die richtige Antwort die schlimmste von allen zu sein: ein herumstreifender Irrer war am Werk!

»Wer ist es?« meinte er laut.

»Vyvyan Etheridge. Ich habe nie von ihm gehört, aber ich kenne auch nicht viele Politiker – nur die, die jeder kennt.«

Pitt schlüpfte in seine Stiefel und nahm den Mantel vom Haken. »Gehen wir.« Er schloß die Haustür und folgte dem Polizisten. Sie stiegen in die Kutsche, die sich sofort in Bewegung setzte.

Pitt versuchte, sein Hemd unter dem Mantel in die Hose zu stecken. Er hätte sich dicker anziehen sollen – er würde bestimmt frieren.

»Was wissen Sie sonst noch?« fragte er nervös. In einer scharfen Kurve wurde er gegen die Seitenwand der Kutsche gedrückt. »Wie spät ist es?«

»Es muß ein Viertel vor Mitternacht sein, Sir. Der arme Mensch wurde kurz nach elf Uhr gefunden. Er wurde auf dem Heimweg getötet – wie der andere. Er wohnt in der Lambeth Palace Road, auch wieder auf der Südseite des Flusses.«

»Sonst noch etwas?«

»Soweit ich weiß, nicht, Sir.«

Pitt fragte nicht, wer die Leiche gefunden hatte. Er wollte sich am Tatort selbst ein Bild machen. Schweigend fuhren sie durch die kühle Frühlingsnacht. Am fernen Ende der Westminster Bridge hielt die Droschke.

Im Schein einer Gaslampe stieg Pitt aus. Eine Gruppe von Leuten stand da – ein angstvoller Haufen, der abgestoßen und dennoch fasziniert war. Keiner durfte den Platz verlassen, was auch keiner wollte. Das Entsetzen hielt sie alle zusammen.

Micah Drummonds magere Gestalt war leicht zu erkennen, und Pitt ging zu ihm hin. Auf dem Boden lag der Körper eines Mannes in den späten mittleren Jahren. Er war sehr gut gekleidet, und der seidene Hut auf dem Pflaster neben ihm mußte ihm ebenfalls gehören. Der weiße Seidenschal, der locker um seinen Hals geschlungen war, hatte sich mit Blut vollgesaugt, ebenso wie die Vorderseite des Hemdes. Eine gräßliche Schnittwunde verlief quer über die Kehle.

Pitt kniete nieder. Das Gesicht des Ermordeten wirkte friedlich, als habe der Mann den Tod nicht kommen sehen. Es war ein schmales aristokratisches Gesicht, nicht unschön, mit einer langen Nase und edlen Stirn, der Mund vielleicht ein bißchen humorlos, doch nicht grausam. Das Haar des Opfers war silberweiß, aber noch dicht. Frische Blumen schimmerten blaß im Knopfloch des Mantels.

Pitt blickte zu Drummond auf.

»Vyvyan Etheridge, Mitglied des Parlaments«, sagte Drummond leise. Er sah abgehärmt aus mit seinen eingefallenen Augen und den zusammengepreßten Lippen. Thomas Pitt hatte Mitleid mit ihm. Morgen würde ganz London, von der Putzfrau bis zum Premierminister, nach einer Lösung dieser unfaßbar greulichen Fälle schreien. Die Öffentlichkeit würde außer sich sein darüber, daß Mitglieder der höchsten Gesellschaft, die man für besonders geschützt hielt, in unmittelbarer Nähe des Parlaments still und ungesehen ermordet werden konnten.

Pitt erhob sich. »Wurde er beraubt?« fragte er, obwohl er die Antwort schon kannte.

Drummond schüttelte leicht den Kopf. »Nein. Alles ist noch vorhanden: eine sehr teure goldene Uhr, zehn Goldmünzen und ungefähr zehn Schillinge in Silber und Kupfer, eine noch volle silberne Brandyflasche, fein ziseliert und mit seinem eingravierten Namen versehen, goldene Manschettenknöpfe, ein Spazierstock mit Silberknauf. Oh, und französische Lederhandschuhe.«

»Keine Papiere?«

»Was meinen Sie damit?«

»Ich dachte, der Mörder könnte vielleicht eine Nachricht hinterlassen haben: irgendeinen Hinweis, eine Drohung oder Forderung.«

Drummond schüttelte erneut den Kopf. »Nein, nur Etheridges eigene Papiere – ein paar Briefe und Visitenkarten.«

»Wer fand ihn?«

»Der junge Bursche dort vorn.« Drummond machte eine

knappe Geste. »Ich glaube, er war ein wenig angetrunken, doch jetzt ist er sicher nüchtern, der arme Teufel. Er heißt Harry Rawlins.«

»Danke, Sir.« Pitt ging zu der Gruppe von Leuten hinüber. Die Situation ähnelte einem schlechten Traum – so als erlebe Pitt den ersten Fall noch einmal. Der Nachthimmel wölbte sich wie neulich über der Stadt, der Geruch war derselbe, das Wasser glänzte schwarz und seidig jenseits des Geländers und spiegelte die Lichter am Ufer wider, die dreifachen Lampen, die gotische Silhouette des Westminsterpalastes vor dem Hintergrund der Sterne. Nur die Leute waren andere: keine Hetty Milner mit ihrer hellen Haut und den grellfarbenen Röcken. Statt dessen befanden sich da ein Kutscher, der frei hatte, ein Schenkkellner auf dem Heimweg, ein Angestellter und seine verängstigte Freundin, ein Dienstmann vom Waterloo-Bahnhof und ein junger Mann mit blondem Haar und marmorbleichem Gesicht, in dem pures Entsetzen geschrieben stand. Er war gut angezogen; offensichtlich ein Gentleman, der in der Stadt ausgehen wollte. Es war ihm kein Privileg mehr anzumerken, und er war plötzlich wieder völlig nüchtern.

»Mr. Rawlins.« Pitt brauchte nicht zu fragen, wer die Leiche entdeckt hatte. Das Gesicht des jungen Mannes verriet das grauenhafte Erlebnis. »Ich bin Kommissar Pitt. Würden Sie mir bitte sagen, was geschehen ist, Sir?«

Rawlins schluckte. Es war nicht irgendein Herumstreuner, den er gefunden hatte, sondern ein Mann aus seiner eigenen Gesellschaftsschicht.

Pitt wartete geduldig.

Rawlins hustete und räusperte sich. »Ich kam von einer späten Party im Whitehall Club...«

»Wo wohnen Sie, Sir?«

»Charles Street, südlich vom Fluß, hinter der Westminster Bridge Road. Ich wollte zu Fuß gehen – wegen der frischen Luft. Mein Vater sollte mich nicht... beschwipst sehen...«

»Dann sind Sie also über die Brücke gegangen?«

»Ja.« Einen Moment lang schwankte er ein wenig. »Gott! Ich habe noch nie so etwas Schreckliches gesehen. Er lehnte am Laternenpfahl. Ich beachtete ihn erst, als ich neben ihm war, und dann erkannte ich ihn. Er war ein flüchtiger Freund meines Vaters, und ich dachte noch: Vyvyan Etheridge kann doch nicht betrunken hier herumhängen! Er muß krank sein...« Er schluckte erneut, und feine Schweißperlen bildeten sich auf seiner Stirn. »Und dann sah ich... sah ich, daß er tot war. Natürlich fiel mir sofort der arme Hamilton ein. Ich rannte zum Parlament zurück und schrie um Hilfe... Da kam ein Polizist, und ich erzählte ihm, was ich gesehen hatte.«

»Haben Sie irgendeine andere Person auf der Brücke bemerkt?«

»Hm...« Er blinzelte. »Ich kann mich nicht erinnern. Ich war wirklich ein bißchen angesäuselt, bis ich Etheridge entdeckte.«

»Könnten Sie versuchen, in Ihrem Gedächtnis zu graben, Sir?« Pitt betrachtete das offene, sehr ernste und gutmütige Gesicht des jungen Menschen.

Rawlins war totenblaß. Der Sinn von Pitts Fragen war ihm völlig klar.

»Ich glaube, auf der anderen Seite der Brücke kam mir jemand entgegen, eine große, kräftige Person. Ich hatte den Eindruck von einem langen Mantel, dunkel... Das ist wirklich alles, was mir einfällt, eine Art Dunkelheit, die sich bewegt... Es tut mir leid.«

Pitt zögerte und hoffte auf eine zusätzliche Information. Dann sah er jedoch ein, daß der junge Mann in seinem alkoholisierten Zustand wahrscheinlich nicht mehr wahrgenommen hatte.

»Und die Zeit, Sir?«

»Wie bitte?«

»Die Zeit! Big Ben liegt genau hinter Ihnen.«

»Oh... ja. Ich hörte es elf Uhr schlagen. Fünf Minuten danach, nicht später.«

»Und Sie sind sicher, daß Sie keine weitere Person gesehen haben? Auch keine Droschke, zum Beispiel?«

In Rawlins' Augen blitzte ein Funke der Erinnerung auf. »Ach, ja – ja, ich sah eine Droschke. Sie kam von der Brücke und fuhr am Victoria-Ufer entlang.«

»Danke. Falls Ihnen noch etwas einfallen sollte – ich bin im Revier an der Bow Street zu erreichen. Jetzt sollten Sie heimgehen, eine Tasse Tee trinken und sich schlafen legen.«

»Ja, das werde ich tun. Gute Nacht... Gute Nacht.« Er ging schnell und ein wenig unsicher davon.

Pitt überquerte die Straße und kehrte zu Drummond zurück. Der Polizeichef sah seinen Kommissar direkt an. »Es gibt nicht einen Hauch von einem Anhaltspunkt, um irgendeine Person mit diesem Verbrechen in Zusammenhang zu bringen. Gütiger Himmel, Pitt, ich hoffe, es ist kein Wahnsinniger.«

»Das hoffe ich auch«, meinte Pitt grimmig. »Wir werden die Polizeistreifen verdoppeln müssen, um ihn bei frischer Tat zu ertappen.« Er sagte das aus Verzweiflung, denn er wußte, daß man bei einem Verrückten kaum mehr tun konnte. »Es gibt aber auch noch andere Möglichkeiten.«

»Jemand verwechselte das erste Opfer?« sagte Drummond nachdenklich. »Sie meinten Etheridge und erwischten Hamilton aus Versehen? Bei der Beleuchtung auf der Brücke könnte das wohl passieren. Die beiden Männer waren ähnlich in der Statur, im Alter, dann das helle Haar... Ein verängstigter oder wütender Angreifer...« Er beendete den Satz nicht, die Vision war deutlich genug.

»Oder das zweite Verbrechen ist eine Nachahmung des ersten.« Pitt bezweifelte es schon, als er es aussprach. »Manchmal geschieht das, vor allem, wenn ein Mord soviel Aufsehen erregt wie der an Hamilton. Oder es könnte sein, daß nur einer der beiden Morde zählt, und wir sollen denken, es seien Anarchisten oder ein Irrer gewesen, während ein kaltblütiges Verbrechen begangen wurde, um das andere zu verschleiern.«

»Wer war das beabsichtigte Opfer, Hamilton oder Etheridge?« Drummond sah müde aus. Er hatte in der letzten Woche wenig geschlafen, und nun breitete sich dieser neue Mord mit seinen schrecklichen Folgen düster vor ihm aus.

»Ich werde zu der Witwe gehen.« Pitt zitterte. Die kalte Nachtluft schien durch die Kleidung in seine Knochen zu kriechen. »Haben Sie die Adresse?«

»Paris Road Nummer drei, hinter der Lambeth Palace Road.«

»Gut. Ich gehe zu Fuß.«

»Hier steht eine Droschke«, meinte Drummond.

»Nein, ich gehe lieber.« Er brauchte etwas Zeit, um nachzudenken und sich vorzubereiten. Er schritt schnell aus und bewegte die Arme, um sich zu erwärmen und zu überlegen, wie er dieser neuen Familie den Verlust beibringen sollte.

Er mußte über fünf Minuten an der Tür klopfen, bis ein Diener das Licht in der Halle anzündete und die Tür vorsichtig öffnete.

»Kommissar Pitt von der Bow Street«, sagte Pitt ruhig. »Es tut mir leid, aber ich habe schlechte Nachrichten für Mr. Etheridges Familie. Darf ich hereinkommen?«

»Ja... ja, Sir.« Der Diener trat zurück und ließ Pitt ein. Die Halle war groß und eichenholzgetäfelt. Eine einzige Gaslampe beleuchtete schwach die Umrisse von Porträts und das zarte Blau einer venezianischen Szene. Eine prächtige Treppe schwang sich nach oben in den Schatten des ersten Stockwerks.

»Hat es einen Unfall gegeben, Sir?« fragte der Diener besorgt. »Ist Mr. Etheridge krank geworden?«

»Nein, viel schlimmer – er ist tot. Er wurde ermordet, auf die gleiche Weise wie Sir Lockwood Hamilton.«

»Oh, mein Gott!« Das Gesicht des Dieners erbleichte, so daß die Sommersprossen auf seiner Nase scharf hervorstachen. Einen Moment lang dachte Pitt, er würde in Ohnmacht fallen. Der Diener war höchstens zwanzig Jahre alt.

»Gibt es hier einen Butler?« fragte Pitt. Der junge Bursche sollte die Bürde der Nachricht nicht allein tragen.

»Ja, Sir.«

»Vielleicht sollten Sie ihn und eine Kammerzofe wecken, ehe wir Mrs. Etheridge informieren.«

»Mrs. Etheridge? Es gibt hier keine Mrs. Etheridge, Sir. Er ist... er war Witwer. Es gibt nur Miß Helen, seine Tochter – Mrs. Carfax, so heißt sie jetzt, und Mr. Carfax.«

»Dann rufen Sie den Butler und ein Mädchen und Mr.

und Mrs. Carfax. Es tut mir leid, aber ich muß mit ihnen sprechen.«

Pitt wurde in das Frühstückszimmer geführt, das in dunklem Grün gehalten war, mit frischen Frühlingsblumen in einer marmorierten blauen Schale und Gemälden an den Wänden, von denen mindestens eines nach Pitts Ansicht ein echter Guardi war. Der verstorbene Vyvyan Etheridge hatte nicht nur einen exquisiten Geschmack besessen, sondern auch genügend Geld, um ihn zu befriedigen.

Fast eine Viertelstunde verging, ehe James und Helen Carfax hereinkamen. Sie waren beide blaß und trugen Morgenröcke. Etheridges Tochter war Ende Zwanzig. Sie hatte das schmale aristokratische Gesicht und die schöne Stirn ihres Vaters geerbt, doch ihr Mund war weicher. Die Zartheit ihrer Wangenknochen und ihrer Halslinie sprachen von Fantasie und vielleicht auch von Sensibilität, die ihr Vater in dem Maße gewiß nicht gezeigt hatte. Ihr dichtes mittelbraunes Haar war vom Schlaf zerzaust, und der Schmerz ließ ihr Gesicht leblos wirken.

James Carfax war viel größer als sie, mit einer schmalen schlanken Figur. Er hatte einen wunderbaren Kopf mit dunklem Haar und großen Augen. Er wäre sehr hübsch gewesen, wenn seine Züge Kraft statt bloßer Glätte aufgewiesen hätten. Sein lebhafter Mund konnte bestimmt ebenso schnell lächeln wie schmollen. James hatte den Arm um die Schultern seiner Frau gelegt und sah Pitt abwehrend an.

»Es tut mir schrecklich leid, Mrs. Carfax«, sagte Thomas Pitt sofort. »Wenn es Sie ein wenig trösten kann: Ihr Vater starb innerhalb von Sekunden. Sein friedliches Gesicht beweist, daß er keine Angst und keinen Schmerz verspürt hat.«

»Danke«, sagte sie gepreßt.

»Vielleicht sollten Sie sich setzen«, meinte Pitt, »und könnte Ihr Mädchen Ihnen nicht einen Beruhigungstee bringen?«

»Das ist nicht nötig«, erklärte James Carfax ungeduldig. »Wir haben die schlechte Nachricht gehört, und meine Frau wird sich jetzt zurückziehen.«

»Wenn es Ihnen lieber ist, daß ich morgen früh wiederkomme«, sagte Pitt und sah dabei Helen Carfax an, »dann gehe ich selbstverständlich. Aber je früher Sie uns jede mögliche Information geben, desto eher können wir den Täter einkreisen.«

»Unsinn!« meinte James grob. »Wir können Ihnen nichts sagen, was hilfreich wäre. Offensichtlich hat Sir Hamiltons Mörder auch meinen Schwiegervater umgebracht. Sie sollten ihn auf der Straße jagen; in diesem Haus finden Sie keinen Hinweis!«

Pitt war an den Schock der betroffenen Menschen gewöhnt und wußte, daß der erste Kummer sich oft in Ärger Luft machte.

»Ich muß trotzdem ein paar Fragen stellen«, erklärte Pitt. »Es ist möglich, daß persönliche Motive hinter dem Mord stecken. Es sollte auch an eine politische Feindschaft gedacht werden...«

»Bei Sir Lockwood und meinem Schwiegervater?« James' dunkle Augenbrauen hoben sich in spöttischem Unglauben.

»Ich muß alles in Erwägung ziehen, Sir.« Pitts Blick blieb ruhig. »Ich darf nicht schon vorher entscheiden, wie die Lösung aussehen wird. Manchmal ahmt ein Mörder eine Tat nach und hofft, daß dem ersten Täter beide Verbrechen zugeschrieben werden.«

James verlor die Beherrschung. »Wahrscheinlich waren es Anarchisten, und Sie sind einfach unfähig, sie zu fassen.«

Pitt überhörte die Beleidigung. Er wandte sich Helen zu, die sich unbequem auf der Kante des tannengrünen Sofas niedergelassen hatte. Sie saß gebeugt mit überkreuzten Armen da, als sei ihr kalt, obwohl die Wärme des glimmenden Feuers den Raum noch füllte.

»Gibt es weitere Familienmitglieder, die wir benachrichtigen sollen?« fragte er die junge Frau.

Sie schüttelte den Kopf. »Nein, ich bin das einzige Kind. Mein Bruder starb vor einigen Jahren, als er zwölf war, und meine Mutter folgte ihm bald darauf. Ich habe einen Onkel in der indischen Armee, aber dem schreibe ich selbst in ein oder zwei Tagen.«

Dann würde sie also erben. Pitt würde das natürlich nach-

prüfen, doch es wäre ungewöhnlich gewesen, wenn Etheridge sein Vermögen anderen Personen vermacht hätte.
»Dann war Ihr Vater seit längerer Zeit Witwer?« fragte er.
»Ja.«
»Hatte er je vor, wieder zu heiraten?« Das war eine relativ taktvolle Art, sich nach eventuellen Liebschaften Etheridges zu erkundigen, und Thomas Pitt hoffte, daß Helen Carfax das verstehen würde.

Ein müdes Lächeln erhellte ihr Gesicht für eine Sekunde und verschwand wieder. »Soweit ich weiß – nein. Das heißt aber nicht, daß es keine Damen gab, die ihn in Betracht gezogen hätten.«

»Das kann ich mir denken«, stimmte Pitt zu. »Er stammte aus einer feinen Familie, war erfolgreich und von untadeligem Ruf und jung genug, um noch einmal eine Familie zu gründen.«

James sah plötzlich auf, und ein undefinierbarer Ausdruck huschte über seine Züge, der sich jedoch im nächsten Augenblick wieder verflüchtigte.

Helen blickte ihren Mann an. Sie wurde noch bleicher, dann kehrte die Röte in ihre Wangen zurück, und sie sagte leise zu Pitt: »Ich glaube nicht, daß er je den Wunsch verspürte, wieder zu heiraten. Ich bin sicher, daß ich das gewußt hätte.«

»Hätte eine dieser Damen Grund gehabt, sich Hoffnungen zu machen?«

»Nein.«

Pitt sah James an, doch dieser vermied seinen Blick.

»Würden Sie mir am Morgen die Namen seiner Anwälte geben?« fragte Pitt. »Und die irgendwelcher Geschäftspartner?«

»Ja, wenn Sie es für nötig halten.« Sie war wieder sehr blaß geworden und verschränkte die Hände ineinander.

»Seine Angelegenheiten waren tadellos in Ordnung«, sagte James nun schroff. »Und sie haben wohl auch nichts mit dem Mord zu tun. Ich denke, daß Sie ohne Berechtigung in unsere Privatsphäre eindringen. Mr. Etheridges Reichtum war ererbt – durch Ländereien in Lincolnshire und im West

Riding und durch Aktien verschiedener Firmen in der Stadt. Sicher neiden ihm das einige Leute, aber jeder Besitz hat Neider.« Seine Augen glänzten, und er schob das Kinn ein wenig vor. Es sah fast wie eine Herausforderung aus, so als verdächtige er Pitt einer heimlichen Sympathie für jene Typen, die James in einen Topf mit Polizisten warf.

»Natürlich überprüfen wir auch das«, erklärte Pitt lächelnd und hielt James' Blick stand. Es war Carfax, der zuerst zur Seite schaute. »Und wir interessieren uns ebenfalls für seine politische Karriere«, fuhr Thomas Pitt fort. »Vielleicht geben Sie mir ein paar Anhaltspunkte, mit denen wir beginnen können?«

Helen räusperte sich. »Er war einundzwanzig Jahre lang ein liberales Mitglied des Parlaments, von der allgemeinen Wahl im Dezember 1868 an. Sein Wahlkreis ist in Lincolnshire. 1880 arbeitete er als jüngerer Minister im Finanzministerium, als Mr. Gladstone Premierminister und Kanzler des Schatzamtes war; dann im Indienministerium, als Lord Randolph Churchill Minister für indische Angelegenheiten war – 1885, soviel ich weiß. Und vorher war er parlamentarischer Privatsekretär von Sir William Harcourt, dem Innenminister, aber nur ungefähr ein Jahr – das muß 1883 gewesen sein. Und im Moment hat er... hatte er kein spezielles Amt inne, jedoch eine ganze Menge Einfluß.«

»Danke. Wissen Sie zufällig, ob er in der irischen Frage einen strikten Standpunkt eingenommen hat?«

Helen schauderte und blickte erneut zu ihrem Mann hinüber, der aber nichts davon merkte und in Gedanken versunken schien.

»Er war gegen die irische Unabhängigkeit«, antwortete sie sehr leise. Dann weiteten sich ihre Augen, und ein Funke erglühte in ihnen. »Glauben Sie, es könnten Fenier gewesen sein? Eine irische Verschwörung?«

»Möglich.« Pitt bezweifelte es allerdings; er erinnerte sich daran, daß Hamilton die Autonomie Irlands befürwortet hatte. Aber Hamilton war vielleicht irrtümlicherweise ermordet worden. »Schon möglich.«

»Dann sollten Sie mit den Nachforschungen beginnen«,

sagte James, der nun etwas entspannter wirkte. »Wir werden uns zurückziehen. Meine Frau hat einen Schock erlitten. Sie können gewiß alle notwendigen Informationen von den Kollegen meines Schwiegervaters bekommen.« Er wandte sich um. Seine Sorge um Helen ging nicht so weit, daß er ihr den Arm geboten hätte.

Daß Helen das als verletzend empfand, wurde nur den Bruchteil einer Sekunde in ihren Zügen sichtbar. Dann hatte sie sich wieder in der Gewalt. Pitt hätte ihr gern die Hand gereicht, doch er entsann sich seiner Position: er war ein Polizist und kein Gast oder Ebenbürtiger. Mrs. Carfax würde es als Beleidigung auffassen, und überdies würde es nur betonen, daß ihr Mann diese Geste der Höflichkeit versäumt hatte. James stand an der Tür und hielt sie offen.

»Waren Sie den ganzen Abend zu Hause, Sir?« fragte Pitt unfreundlicher als beabsichtigt, aber er ärgerte sich zu sehr über den Mann. James sah erstaunt aus, ehe eine leichte Röte sein Gesicht überzog.

Er zögerte. Wollte er lügen?

»Es ist nicht wichtig.« Pitt lächelte säuerlich. »Ich kann den Diener fragen und muß Sie nicht weiter aufhalten. Danke, Mrs. Carfax. Ich bedaure zutiefst, daß ich Ihnen so eine furchtbare Nachricht überbringen mußte.«

»Wir brauchen Ihre Entschuldigungen nicht – gehen Sie an die Arbeit!« erwiderte James gereizt und marschierte hinaus. Die Tür blieb für Helen offen.

Die junge Frau stand da und sah Pitt an. Offenbar kämpfte sie mit sich, ob sie etwas sagen sollte oder nicht.

Pitt wartete. Er wollte sie nicht drängen, weil er fürchtete, daß sie sich dann sofort zurückziehen würde.

»Ich war daheim«, erklärte sie und schien ihre Worte sofort zu bereuen. »Ich meine, ich ging früh zu Bett und weiß nicht, ob mein Mann... Aber mein Vater... er hat einen Brief bekommen, der ihn beunruhigte. Vielleicht war das ein Drohbrief...«

»Wissen Sie, wer ihn geschrieben hat?«

»Nein. Es war etwas Politisches, glaube ich; möglicherweise in bezug auf Irland?«

»Danke. Morgen werden wir in seiner Dienststelle nachforschen. Wissen Sie, ob er den Brief aufgehoben hat?«

Sie war jetzt einem Zusammenbruch nahe. »Nein, ich habe keine Ahnung.«

»Bitte, werfen Sie nichts weg, Mrs. Carfax. Es wäre gut, wenn Sie das Arbeitszimmer Ihres Vaters zuschließen würden.«

»Natürlich. Jetzt entschuldigen Sie mich bitte, ich muß allein sein.«

Pitt verneigte sich. Er empfand tiefes Mitleid für diese Frau, nicht nur, weil sie ihren Vater unter solch grauenhaften Umständen verloren hatte, sondern auch, weil er noch einen anderen Schmerz in ihr erahnte, eine Einsamkeit, die mit ihrem Mann zusammenhing. Wahrscheinlich liebte sie ihn mehr, als er sie, und sie wußte das.

Der Diener führte ihn hinaus, und er trat auf die stille, von Gaslaternen erhellte Straße. Pitt hatte das Gefühl, daß hier noch weitere Tragödien auf ihre Enthüllung warteten.

5

Am folgenden Tag schwärmten Polizisten aus, um irgendwelche Zeugen zu finden, die etwas Licht in das Dunkel dieses Mordes bringen konnten.

Bis zur Mitte der Woche hatten sie vier Kutscher aufgetrieben, die zwischen halb elf und elf Uhr die Brücke passiert hatten. Aber keiner hatte etwas Außergewöhnliches gesehen, keine herumlungernden Gestalten, außer den üblichen Prostituierten, die ihrem Gewerbe nachgingen.

Einige Mitglieder des Parlaments hatten noch kurz mit Etheridge gesprochen, ehe sie alle das Gebäude verließen und sich in die verschiedensten Richtungen auf den Weg machten. Niemand hatte etwas beobachtet oder auch nur darauf geachtet, daß Etheridge über die Brücke ging.

Zehn Minuten nach seinen letzten Worten war Etheridge ermordet gefunden worden – von Harry Rawlins.

Pitt richtete sein Augenmerk auf Etheridges persönliches Leben und begann mit den Finanzen. Er brauchte nur ein paar Stunden, um festzustellen, daß der Ermordete extrem reich gewesen war, und daß es außer seiner einzigen Tochter, Helen, keine weiteren Erben gab. Bei den Ländereien handelte es sich um freien Besitz, ebenso wie bei dem Haus in der Paris Road und den herrlichen Gütern in Lincolnshire und im West Riding – selbstverständlich ohne jede Hypothek.

Thomas Pitt verließ das Büro der Anwälte sehr unbefriedigt. Es fror ihn trotz der Frühlingssonne. In einem einfachen Lokal nahm er ein schnelles Mittagessen ein, dann hielt er eine Droschke an und fuhr erneut in die Paris Road.

Als er ausstieg, fand er das Haus so vor, wie er es erwartet hatte: alle Vorhänge waren zugezogen, und an der Tür war eine dunkle Girlande angebracht. Das Stubenmädchen, das die Tür öffnete, trug statt des weißen Häubchens schwarzen Krepp im Haar und keine weiße Schürze.

»Ich weiß nicht, ob Mrs. Carfax Sie empfangen wird«, sagte das Mädchen.

»Und Mr. Carfax?« fragte Pitt, als er der jungen Person in das Frühstückszimmer folgte.

»Er ist geschäftlich unterwegs. Vermutlich wird er nach dem Essen wiederkommen.«

»Würden Sie bitte Mrs. Carfax Bescheid sagen, daß ich da bin?«

»Ja, Sir.« Das Mädchen verschwand. Pitt sah sich inzwischen etwas genauer in dem Raum um. Hier wurden unerwartete Gäste empfangen, und Bewohner des Hauses konnten an dem Queen-Anne-Schreibpult in Ruhe ihre Korrespondenz erledigen.

Auf einem Tisch stand eine Anzahl gerahmter Fotografien, und Pitt betrachtete sie eingehend. Die größte stellte offenbar Etheridge als jungen Mann dar, neben ihm eine Frau mit einem sanften Gesicht. Sie wirkten steif, und doch war zwischen ihnen eine Vertrautheit spürbar, die mehr mit Glück als mit Disziplin zu tun hatte. Der Mode nach zu urteilen, war das Bild vor etwas zwanzig Jahren aufgenommen worden. Es gab noch ein schwarz umrahmtes Foto, das einen etwa dreizehnjährigen Jungen zeigte, der mit den großen, nach innen gekehrten Augen eines Kranken in die Welt blickte.

Die ältere Frau, die Pitt an ein lammfrommes kummervolles Pferd erinnerte, war wohl Etheridges Mutter. Es war eine unübersehbare Familienähnlichkeit da, die feine Stirn und der weiche Mund – Merkmale, die auch die Enkelin aufwies.

Auf der linken Seite des Tisches stand ein größeres Bild von Helen selbst und James Carfax. Sie sah überraschend unschuldig aus – sehr jung und hoffnungsvoll und strahlend verliebt. James lächelte ebenfalls, doch nur mit dem Mund und den schönen Zähnen. Seine Augen drückten Befriedigung, beinahe Erleichterung aus. Er schien sich der Kamera deutlicher bewußt zu sein als sie.

Das Datum stand in der Ecke: 1883; vermutlich war es kurz nach der Hochzeit.

Pitt ging zum Bücherschrank hinüber. Eines Mannes Bücherauswahl sagte viel über seinen Charakter aus, wenn er sie tatsächlich las; wenn sie nur da waren, um zu beeindrucken, enthüllten sie einiges von den Leuten, auf deren Meinung der Wert legte. Wenn sie aber nur dem Zweck dienten, die Wand zu schmücken, verrieten sie gar nichts, außer der Hohlheit ihres Besitzers. Bei diesen Büchern hier handelte es sich um sorgsam benützte Bände über Geschichte, Philosophie, und klassische Werke der Literatur.

Nach zehn Minuten erschien Helen, mit aschgrauem Gesicht und gänzlich schwarz gekleidet, was sie jünger wirken ließ, aber auch abgespannter, als erhole sie sich von einer langen schweren Krankheit. Doch ihre Haltung war bewundernswert.

»Guten Morgen, Kommissar Pitt«, sagte sie ruhig. »Sicher möchten Sie den Brief suchen, den ich gestern erwähnt habe? Ich bezweifle, daß Sie ihn finden werden – mein Vater hat ihn bestimmt nicht aufgehoben. Aber natürlich können Sie nachsehen.«

»Danke, Mrs. Carfax.« Er wollte sich zuerst entschuldigen, daß er sie störte, doch dann erschien es ihm unter den gegebenen Umständen als unpassend. Er folgte ihr schweigend durch die von Gaslicht erhellte Halle.

Die Bibliothek war ein ebenfalls sehr großer Raum mit eichenholzgetäfelten Wänden, riesigen Fenstern, die durch Vorhänge verhüllt waren und mehreren verglasten Bücherregalen. Es brannte kein Feuer im Kamin, doch die Asche war entfernt und das Kamingitter frisch geschwärzt worden.

»Das ist der Schreibtisch meines Vaters«, erklärte Helen und deutete auf ein breites Eichenpult mit kastanienbraunen Ledereinsätzen und neun Schubladen, je vier rechts und links und eine in der Mitte. Helen reichte Pitt einen kleinen, kunstvoll geschmiedeten Schlüssel.

»Danke, Madam.« Pitt hatte mehr als sonst das Gefühl, aufdringlich zu sein. Zögernd öffnete er die erste Schublade und begann, die Papiere durchzusehen.

»Sind sie alle von Mr. Etheridge?« fragte er. »Benützt Mr. Carfax dieses Zimmer nicht?«

»Nein, mein Mann hat Büroräume in der Stadt. Er bringt

niemals Arbeit mit nach Hause. Er hat viele Freunde, aber wenig persönliche Korrespondenz.«

Pitt fand unbeantwortete Briefe der Wähler, Schreiben, die sich um Landbegrenzungen, schlechte Straßen, kleine Nachbarschaftsstreitigkeiten und sonstige alltägliche Vorkommnisse drehten – alles Nichtigkeiten, wenn man an Etheridges gewaltsamen Tod dachte.

»Mußte Mr. Carfax heute morgen dringend etwas Geschäftliches erledigen?« fragte Pitt plötzlich und hoffte auf eine unüberlegte Antwort.

»Ja, ich meine...« Sie sah ihn an. »Ich... ich bin nicht sicher. Er sagte es mir, und ich... habe es vergessen.«

»Interessiert sich Mr. Carfax für Politik?«

»Nein. Er ist im Verlagsgeschäft tätig. Er fährt nicht jeden Tag in die Stadt, nur wenn eine Vorstandssitzung stattfindet, oder...« Sie sprach nicht weiter.

Pitt kam zur zweiten Schublade, die eine Menge Rechnungen enthielt. Seltsamerweise waren sie alle an Etheridge adressiert und keine an James Carfax, obwohl es sich um Ausgaben für diesen Haushalt handelte: um den Kauf von Nahrungsmitteln, Seife, Kerzen, Bohnerwachs, Bettzeug, Kohlen, Koks und Holz; dann um die Uniformen der Diener, die Kleidung der Dienstmädchen, Geschirr für die Pferde und sonstiges mehr. Was immer James Carfax bezahlte, konnte nicht mehr viel sein.

Das einzige, was fehlte, waren Rechnungen über Damenkleidung, Schuhe, Stoffe, Parfüm oder Arbeiten von Schneiderinnen. Entweder hatte Helen eigenes Geld, oder es waren diese Dinge, für die James sorgte.

Die anderen Schubladen brachten auch keine neuen Erkenntnisse – es war nichts darin, was auch nur im entferntesten einem Drohbrief ähnelte.

»Ich ahnte schon, daß er ihn nicht aufheben würde«, sagte Helen erneut, als Pitt seine Überprüfung abgeschlossen hatte. »Aber ich dachte, daß ich das Schreiben erwähnen müßte.«

»Natürlich.« Pitt hatte erkannt, daß ein innerer Zwang sie zum Sprechen bewegt hatte, und er glaubte auch, den Grund dafür zu wissen. Ein namenloser Anarchist, der nachts auf der Brücke mordete, war erschreckend genug, aber noch eher zu akzeptieren, als wenn sich hier in diesem Haus, in vertrauter Atmosphäre, so furchtbarer Haß entwickelt hätte, der zu einem grausamen Mord geführt hätte.

»Ich danke Ihnen, Mrs. Carfax«, sagte Pitt und trat vom Schreibtisch zurück. »Könnte dieser Brief sich vielleicht in einem anderen Raum befinden? Im Frühstückszimmer – oder möglicherweise oben?«

Auch Helen schien die Hoffnung nicht aufgeben zu wollen, noch fündig zu werden.

»Ja, mein Vater könnte ihn in seinem Ankleidezimmer aufbewahrt haben. Dort hätte ich das Schreiben nie gefunden und mich demnach auch nicht aufgeregt.«

Helen führte Pitt durch die Halle und die schön geschwungene Treppe hinauf. Neben dem Schlafzimmer des Herrn lag der Ankleideraum. Hier waren die Vorhänge nicht ganz zugezogen, und Pitt hatte ein paar Sekunden Zeit, die herrliche Aussicht auf die Gärten des Lambeth Palastes zu genießen.

Er drehte sich um und sah, wie Helen die oberste Schublade einer Kommode herauszog. Etheridges Schmuck lag darin, zwei Uhren, mehrere Paare Manschettenknöpfe mit Halbedelsteinen besetzt, drei Paar goldene mit eingraviertem Wappen, zwei Ringe, davon einer ein Damenring, der in der Mitte einen wunderschönen Smaragd enthielt.

»Er gehörte meiner Mutter«, sagte Helen leise neben Pitts Schulter. »Mein Vater wollte ihn bis zu seinem Tod behalten, dann sollte ich ihn bekommen.« Ihre Stimme brach, und sie wandte sich kurz ab.

Thomas Pitt konnte nichts tun, um die junge Frau zu trösten. Nicht einmal sein Mitgefühl durfte er zeigen. Sie waren Fremde, und die Kluft zwischen ihnen war unüberbrückbar. Jede vertrauliche Geste wäre unverzeihlich gewesen.

Also durchsuchte er rasch die Schubladen und erkannte schnell, daß sie vermutlich keinen Drohbrief enthielten. Er blickte auf und sah, daß Helen sich wieder gefaßt hatte.

»Nein?« meinte sie, als habe sie im Grunde doch nichts anderes erwartet.

»Nein«, stimmte er zu, »aber wie Sie schon sagten – so etwas hebt man wohl nicht auf.«

»Ja...« Sie schien noch etwas auf dem Herzen zu haben.

Pitt wartete. Er konnte ihr nicht helfen, obwohl er ihre Nöte deutlich spürte. Schließlich konnte er das Schweigen nicht länger ertragen.

»Im Büro Ihres Vaters im Unterhaus könnte ich noch nachschauen. Ich muß sowieso dorthin gehen.«

»Ah ja, natürlich.«

»Aber wenn Ihnen noch irgend etwas einfällt, was Sie mir sagen möchten, Mrs. Carfax, senden Sie bitte eine Botschaft in die Bow Street, dann werde ich schnellstmöglich herkommen.«

»Danke – ich danke Ihnen, Inspektor«, entgegnete sie und wirkte ein wenig erleichtert.

Auf dem obersten Treppenabsatz bemerkte er zwei helle Stellen auf der Tapeten. Ein Bild schien entfernt worden zu sein. Um wieder einen harmonischen Abstand herzustellen, hatte man zwei andere versetzt aufgehängt.

»Ihr Vater hat vor kurzem ein Gemälde verkauft«, sagte Pitt auf gut Glück. »Wissen Sie, an wen?«

Sie wirkte bestürzt, antwortete aber umgehend. »Das Gemälde gehörte mir, Mr. Pitt. Es kann mit seinem Tod nichts zu tun haben.«

»Ich verstehe. Ich danke Ihnen.« Also hatte sie vor kurzem einen Geldbetrag bekommen. Pitt mußte diskret nachforschen, wieviel das gewesen war.

Die Haustür öffnete sich, und James Carfax betrat die Halle. Ein Diener nahm ihm Hut, Mantel und Regenschirm ab. Als Helens Mann Pitt auf der Treppe entdeckte, verfinsterte sich sein Gesicht umgehend.

»Was, zum Teufel, machen Sie hier?« fragte er zornig. »Um Gottes willen, Mann, meine Frau hat gerade ihren Vater verloren. Suchen Sie den Täter und lassen Sie uns in Ruhe!«

»James...« Helen ging die Stufen hinunter, und Pitt wartete in gebührendem Abstand, um in dem trüben Gaslicht nicht auf ihre schwarzen Röcke zu treten. »James, er kam zurück, um einen Drohbrief an Vater zu suchen, von dem ich ihm erzählt hatte.«

»Wir werden den Brief suchen.« James konnte nicht so leicht besänftigt werden. »Wenn wir ihn finden, informieren wir Sie. Und jetzt guten Tag, Sir. Der Diener bringt Sie zur Tür.«

Pitt ignorierte ihn und wandte sich an Helen. »Mit Ihrer Erlaubnis, Madam, möchte ich mit den Dienern und Kutschern sprechen.«

»Wozu?« James hielt Pitts Anwesenheit offenbar immer noch für einen Hausfriedensbruch.

»Da Mr. Etheridge auf der Straße überfallen wurde, hat ihm wahrscheinlich jemand aufgelauert«, erwiderte Pitt gleichmütig. »Vielleicht wurde er schon vorher hier vor dem Haus beobachtet, und einer der Angestellten kann sich an etwas erinnern, das uns weiterhilft.«

Vor Ärger errötete James, denn er sah ein, daß er diesen Gesichtspunkt auch selbst hätte erkennen müssen. In vielem kam er Pitt jünger vor als die dreißig Jahre, auf die er ihn schätzte. James' Dünkel überzog wie eine dünne Haut seine Emotionen – die Unerfahrenheit eines Menschen, der sich, wie er selbst erkannte, im Leben noch nicht bewährt hatte. Vielleicht hatte sein Schwiegervater durch seine dominierende Rolle im Haushalt James mehr unterdrückt, als dieser sich eingestehen wollte.

Helen legte die Hand leicht auf den Arm ihres Mannes, als fürchtete sie, abgeschüttelt zu werden.

»James, wir müssen helfen, soviel wir können. Ich weiß, daß man diesen Wahnsinnigen oder Anarchisten vielleicht nie fangen wird, aber...«

»Darüber brauchst du kein Wort zu verlieren, Helen.« Er sah Pitt an; sie waren gleich groß. »Fragen Sie die Dienerschaft, wenn Sie müssen, und dann lassen Sie uns in Ruhe. Lassen Sie meine Frau ungestört und in Würde trauern.« Für einen kurzen Moment legte er den Arm um Helens Schultern, und Pitt sah, wie sich das Gesicht der Frau entspannte.

Er entschuldigte sich und ging hinaus zum Trakt der Dienerschaft, wo er dem Butler erklärte, wer er war, und daß Mr.

Carfax ihm erlaubt hatte, das Personal zu befragen. Kühle Ablehnung war die Reaktion.

»Mrs. Carfax sagte mir, ihr Vater habe einen Drohbrief erhalten«, fügte er hinzu. »Sie wünschte natürlich, daß ich der Sache nachgehe.«

Bei der Erwähnung von Helen wurde der Butler plötzlich zugänglicher. Offenbar war er nicht daran gewöhnt, daß James im Haushalt Befehle gab. »Natürlich können Sie sich bei unseren Leuten erkundigen, aber wenn wir etwas wüßten, hätten wir es Ihnen schon berichtet.«

Im Lauf der Gespräche gewann Pitt allmählich Einblick in die Ausmaße von Etheridges üppigem Lebensstil. Der Mann hatte zehn Mädchen und eine Haushälterin beschäftigt, dazu vier Diener und den Butler im Haus sowie zwei Pferdeknechte und einen Kutscher für die Stallungen.

Thomas Pitt nahm Helens Kammerzofe, ein ungefähr fünfundzwanzigjähriges Mädchen, besonders unter die Lupe. Als er auf Helen und James zu sprechen kam, wurde die junge Person sichtlich reserviert. Sie war nicht bereit, etwas vom Kummer ihrer Herrin zu verraten, nicht der übrigen Dienerschaft und nicht diesem neugierigen Polizisten.

Pitt gab sich zufrieden, bedankte sich und ging ins Freie, um den Kutscher aufzusuchen. Der Mann war gerade dabei, im Stall ein Pferdegeschirr zu putzen.

Pitt fragte ihn, ob ihm jemand aufgefallen wäre, der sich für Etheridges Reisen interessierte, doch er erwartete eigentlich keine aufschlußreiche Antwort. Eher wollte er wissen, wohin James Carfax ging – und wie oft.

Er erfuhr, daß Mr. Carfax Mitglied in dem feinen Herrenclub ›Klimbim‹ war, und begab sich gleich mit einer Droschke dorthin. Geschickt entlockte er dem Türsteher die Information, daß James regelmäßig den Club besuchte, daß er viele Freunde unter den Mitgliedern besaß und oft mit ihnen bis in die späte Nacht Karten spielte, und daß er auch einigen Alkohol trank, wie das in solchen Clubs so üblich war. Er fuhr nicht immer mit seiner eigenen Kutsche nach Hause, sondern benützte manchmal die eines Freundes.

War Mr. Carfax beim Kartenspiel ein Gewinner oder ein

Verlierer? Der Mann wußte es nicht, doch gewiß zahlte James seine Schulden, sonst wäre er kein Mitglied mehr.

Pitt mußte sich mit dieser Auskunft zufriedengeben, obwohl ihn störende Gedanken plagten, die durch die neuen Erkenntnisse nicht zerstreut werden konnten.

Noch etwas konnte er tun, ehe er nach Hause fuhr. Er nahm wieder eine Kutsche, von der St. James die Buckingham Palace Road hinunter und südlich zum Chelsea Ufer, wo in der Nähe der Albert Bridge Barclay Hamiltons Haus lag. Es hatte keinen Sinn, irgendwelche Bekannten von James Carfax über das auszufragen, was Pitt gern wissen wollte. Doch Barclay Hamilton hatte seinen Vater auf die gleiche schreckliche Weise verloren wie Helen Carfax. Er konnte Fragen freier beantworten, ohne sich vor gesellschaftlicher Ächtung oder dem Gefühl, Freunde zu verraten, fürchten zu müssen.

Pitt wurde überrascht, aber einigermaßen höflich, empfangen. Nun, da er Barclay Hamilton allein und in einer normalen Situation begegnen konnte, fand er, daß der Mann einen unaufdringlichen Charme besaß. Die Schroffheit, die er bei ihrem ersten Treffen an den Tag gelegt hatte, war völlig verschwunden. Er lud Pitt in sein Wohnzimmer ein, wobei dieser gerade soviel Neugier zeigte, wie es ihm der Anstand erlaubte.

Der Raum war nicht groß, aber hübsch möbliert und eher für die Bequemlichkeit des Besitzers als zum Repräsentieren gedacht. Die Stühle wirkten ältlich, der rot und blau gemusterte Orientteppich war in der Mitte abgetreten, doch an den Rändern leuchtete er noch wie Glasmalerei. Die Bilder, meist Wasserfarben, waren nicht teuer, vielleicht von Amateuren gemalt, aber sie glänzten durch stimmungsvolle Atmosphäre und Feinheit des Ausdrucks. Die Bücher in den verglasten Regalen waren offenbar nach Themen geordnet und nicht nach optischen Gesichtspunkten.

»Meine Haushälterin darf hier nichts anrühren, nur Staub wischen«, erklärte Hamilton und lächelte leise. »Sie gehorcht murrend. Ich mag keine Schondeckchen, und ich lehne es ab, daß mich eine Galerie von Familienfotos anstarrt. Ein Bild von meiner Mutter genügt.«

Pitt lächelte ebenfalls. Der Raum war der eines Mannes und erinnerte Pitt an seine eigenen Junggesellentage, obwohl er nur ein Zimmer bewohnt und weit entfernt von der Eleganz Chelseas gelebt hatte. Nur das männliche Flair weckte die Erinnerung, der Stil des Besitzers, sein persönlicher Geschmack, das Zuhause eines Mannes, der kommen und gehen konnte, wann er wollte, und der seine Sachen herumliegen ließ, wie es ihm gefiel, weil er auf niemand Rücksicht nehmen mußte.

Es war eine gute und notwendige Zeit in seinem Leben gewesen, doch er blickte ohne Sehnsucht zurück. Kein Haus, in dem Charlotte nicht waltete, konnte für ihn ein Heim sein. Er brauchte das alles: ihre Lieblingsbilder an den Wänden, die er nicht mochte, ihr Nähzeug, das sie nicht aufräumte, ihre Bücher auf dem Tisch, ihre Pantoffeln, über die er stolperte, ihre Stimme aus der Küche, ihre Wärme und Berührung, und vor allem das Gespräch mit ihr und ihr grenzenloses Interesse an seiner Arbeit.

Hamilton sah ihn nun mit großen und erstaunten Augen an. Seine Züge zeugten von Humor, aber es lag auch ein Schatten von Melancholie über ihnen, als habe er seine Träume begraben und müsse sich langsam von einem Verlust erholen, der noch schmerzte.

»Was kann ich Ihnen sagen, Inspektor Pitt, was Sie noch nicht wissen?«

»Sie haben von Vyvyan Etheridges Tod gehört?«

»Selbstverständlich! Ich glaube, es gibt keine Menschenseele in der Stadt, die nichts davon gehört hat.«

»Kennen Sie seinen Schwiegersohn, Mr. James Carfax?«

»Nur flüchtig. Warum? Sie denken doch nicht, daß er Verbindung zu Anarchisten unterhält?« Wieder huschte ein schwaches Lächeln über sein Gesicht.

»Sie halten das nicht für wahrscheinlich?«

»Nein.«

»Warum nicht?« Pitt versuchte, einen skeptischen Ton anzuschlagen, als sei es diese Linie, die er verfolgte.

»Offen gesagt, hat er weder die Leidenschaft noch die Hingabe, so totalitär zu sein.«

»So totalitär?« Pitt war neugierig. Diese Begründung hatte er nicht erwartet: nicht moralische Hemmnisse, sondern emotionale Schwäche! Diese Auffassung sagte vielleicht mehr über Hamilton aus als über Carfax. »Sie glauben nicht, daß er es abstoßend, ethisch nicht vertretbar, treulos seiner eigenen Gesellschaftsschicht gegenüber finden würde?«

Hamilton errötete leicht, doch sein aufrichtiger Blick hielt dem von Pitt stand. »Es würde mich überraschen, wenn er die Frage in diesem Licht betrachten würde. Tatsächlich bin ich der Meinung, daß er sich nie mit Politik befaßt hat, und das auch in Zukunft nicht tun wird, solange das System so bleibt, wie es ist, und es ihm das Leben garantiert, das er sich wünscht.«

»Wie sieht dieses Leben aus?«

Hamilton zuckte die Schultern. »Soweit ich weiß: mit Freunden essen, ein wenig spielen, die Rennen und modischen Partys besuchen, Theater und Bälle... Hin und wieder eine diskrete Nacht mit einer Dirne, vielleicht auch beim Hunde- oder Faustkampf zuschauen.«

»Sie haben keine sehr hohe Meinung von ihm«, stellte Pitt nüchtern fest.

Hamilton verzog das Gesicht. »Ich denke, daß er nicht schlimmer ist als viele andere. Aber ich kann ihn mir nicht als passionierten Anarchisten in geheimnisvoller Vermummung vorstellen.«

»Gewinnt er beim Spielen?«

»Nicht ständig, soviel ich gehört habe.«

»Und doch bezahlt er seine Schulden. Ist er vermögend?«

»Das bezweifle ich. Seine Familie ist nicht reich, obwohl seine Mutter irgendeinen Ehrentitel geerbt hat. Wie Sie wissen, hat er sich sehr gut verheiratet. Helen Etheridge wird ein ungeheures Vermögen erben. Vermutlich bezahlt sie seine Schulden. Soweit ich weiß, verliert er jedoch keine großen Summen.«

»Sind Sie Mitglied im ›Klimbim‹?«

»Ich? Nein – ich interessiere mich nicht für so einen

Club, aber viele meiner Bekannten sind dort Mitglied. Die bessere Gesellschaft ist sehr klein, Inspektor! Und mein Vater wohnte nur eine Meile von der Paris Road entfernt.«

»Aber Sie haben seit Jahren nicht mehr im Haus Ihres Vater gelebt.«

Alle Leichtigkeit wich aus Hamiltons Gesicht, als habe jemand eine Tür geöffnet und einen kalten Windstoß hereingelassen. »Nein.« Seine Stimme klang gepreßt. »Nach dem Tod meiner Mutter heiratete mein Vater wieder. Ich war erwachsen, und es erschien nur natürlich, daß ich mir meine eigenen Räumlichkeiten suchte. Doch das hat mit James Carfax nichts zu tun. Ich erwähnte es nur, um Ihnen zu zeigen, daß man in der Gesellschaft zwangsläufig etwas über andere Leute erfährt, wenn sie sich in ähnlichen Kreisen bewegen.«

Pitt bedauerte, daß er Hamilton unbeabsichtigt Schmerz zugefügt hatte. Er mochte den Mann, und es gehörte nicht zu seinen Aufgaben, in einer alten Wunde zu wühlen, die in keinem Zusammenhang mit Lockwood Hamiltons oder Etheridges Tod stand.

»Natürlich«, stimmte er zu und ließ eine Entschuldigung unausgesprochen. »Was die Dirnen betrifft – ist das eine Vermutung, oder wissen Sie Genaueres darüber?«

Hamilton atmete aus und entspannte sich wieder. »Nein, Inspektor. Es tut mir leid, aber meine Mutmaßungen basieren nur auf seinem Ruf. Es ist möglich, daß ich ihm Unrecht tue. Ich mag den Typen nicht; bitte betrachten Sie alles, was ich sage, unter diesem Aspekt.«

»Sie kannten Carfax' Frau vor ihrer Heirat?«

»Oh, ja!«

»Mochten Sie Helen Etheridge, Mr. Hamilton?« Pitt fragte das so unverblümt, daß es jeder versteckten Andeutung entbehrte.

»Ja«, erwiderte Hamilton ebenso offen. »Aber nicht auf romantische Art, verstehen Sie? Ich fand sie immer sehr jung. Sie hatte etwas Kindliches an sich – wie ein kleines Mädchen, das sich seine Träume bewahrt.« Er lächelte traurig.

Pitt stellte sich Mrs. Carfax vor, ihre Verletzlichkeit und ihre offensichtliche Abhängigkeit von ihrem Mann, und er mußte Hamilton stillschweigend recht geben.

»Unglücklicherweise müssen wir alle erwachsen werden«, fügte Hamilton hinzu, »Frauen im allgemeinen vielleicht weniger. Ich fürchte, ich kann Ihnen nicht sehr viel helfen, Kommissar Pitt! An James Carfax liegt mir zwar nicht viel, aber ich würde schwören, daß er nichts mit Anarchisten oder irgendeinem politischen Komplott zu tun hat, und er ist auch kein Verrückter. Er ist genau das, was er zu sein scheint: ein ziemlich egoistischer junger Mann, der sich langweilt, ein bißchen zuviel trinkt und gern angibt, der aber nur durch das Geld seiner Frau mit seinen Freunden Schritt halten kann. Das ärgert ihn zwar – doch nicht so sehr, daß er sein Leben deswegen ändern würde.«

»Und wenn seine Frau ihn nicht mehr finanziell unterstützte?«

»Das wird nicht passieren – jedenfalls glaube ich es nicht; es sei denn, er würde sich zu schlecht benehmen und sie zu sehr verletzen. Und für so dumm halte ich ihn nicht.«

»Ich auch nicht. Danke, Mr. Hamilton. Ich weiß Ihre Offenheit zu schätzen, sie hat mir Stunden heikler Fragerei erspart.« Pitt stand auf. Es war spät und draußen kalt geworden. Er wollte nach Hause.

Barclay Hamilton erhob sich ebenfalls. Er war größer und schlanker, als Pitt ihn in Erinnerung hatte, und er wirkte verlegen.

»Ich entschuldige mich, Inspektor Pitt. Ich habe mehr gesagt, als mir zustand. Ich war alles andere als diskret und möglicherweise ungerecht Carfax gegenüber.«

Pitt lächelte breit. »Sie haben mich vorher gewarnt, daß Sie ihn nicht mögen.«

Hamilton entspannte sich. Eine plötzliche Jungenhaftigkeit in seinem Gesicht ließ den Menschen erahnen, der er vor achtzehn Jahren gewesen war, als Amethyst Royce seinen Vater geheiratet hatte. »Ich hoffe, daß wir uns unter günstigeren Umständen wiedersehen werden, Inspektor.«

Anstatt den Diener zu rufen, schüttelte er Pitt die Hand, als seien sie Freunde und nicht ein feiner Herr und ein Polizist.

Pitt verließ das Haus und wanderte langsam am Ufer entlang, um eine Droschke zu finden. Die Nachtluft war rauh, und Nebel stieg über dem Wasser auf.

Konnte James Carfax seinen Schwiegervater ermordet haben, um die Wartezeit auf das Erbe seiner Frau abzukürzen? Oder, noch häßlicher – war es möglich, daß Helen hinter dem Mord an ihrem Vater steckte, Helen, die sein Geld brauchte, um ihren Mann zu halten? Sie konnte die Tat nicht selbst begangen haben, doch sie hätte einen Mörder damit beauftragen können. Dasselbe mochte für das Verbrechen an Sir Lockwood Hamilton gelten: ein bezahlter Angreifer, der Hamilton nachts auf der Brücke mit Etheridge verwechselte.

Thomas Pitt nahm sich vor, am nächsten Tag herauszufinden, welches Bild Helen verkauft hatte, und zu welchem Preis. Es würde nicht so leicht sein zu erfahren, was sie mit dem Geld gemacht hatte, doch auch das sollte sich bewerkstelligen lassen.

Helens Gesicht spukte Thomas Pitt im Kopf herum – dieses Gesicht in seiner schmerzvollen Zarthart und mit der Angst in den Augen.

Am folgenden Morgen stand Pitt früh auf und marschierte durch den Regen, um Micah Drummond Bericht zu erstatten. Charlotte erhielt ihren ersten Brief von Emily, der in Paris abgestempelt war. Sie öffnete ihn nicht sofort, sondern betrachtete ihn zuerst eine Weile. Einesteils wünschte sie Emily alles Glück dieser Erde, andererseits verspürte sie ein wenig Neid, weil ihre Schwester in den abenteuerlichen Erlebnissen einer herrlichen Reise und in der Seligkeit einer noch jungen Liebe schwelgte.

Charlotte aß zwei Scheiben Toast, ehe sie mit dem Lesen des Briefes begann:

Paris, April 1888

Liebste Charlotte,
ich weiß gar nicht, wo ich anfangen soll, um Dir alles zu erzählen, was geschehen ist. Die Überfahrt auf dem Schiff war schrecklich! Der Wind war eiskalt und das Meer sehr bewegt. Doch als wir das trockkene Land erreichten, änderte sich die Situation völlig. Die Fahrt von Calais nach Paris ließ mich an alle Abenteuer denken, über die ich gelesen habe, an die Musketiere von Louis XVI. – der war es doch, oder? Jacks wundervolle Idee begeisterte mich grenzenlos; ich sah die Dinge, die ich mir vorgestellt hatte: Bauernhöfe, in denen Käse verkauft wird, prächtige Bäume, kleine alte Dörfer, alles entzückend und romantisch. Und ich dachte an die fliehenden Aristokraten während der Zeit der Revolution – sie müssen diesen Weg genommen haben, um die Postschiffe nach England zu erreichen.

Jack arrangierte alles in Paris. Unser Hotel ist klein und gemütlich. Davor liegt ein gepflasterter Platz, wo sich die Blätter an den Bäumen gerade entfalten. Abends steht ein Mann draußen und spielt unter den geöffneten Fenstern Akkordeon. Wir sitzen im Freien an einem Tisch mit kariertem Tuch und trinken Wein in der Sonne. Es ist ein wenig kühl, das muß ich zugeben, aber wie könnte mich das stören? Jack hat mir einen Seidenschal gekauft, und wenn ich ihn um die Schultern lege, fühle ich mich sehr französisch und sehr elegant.

Wir sind in der Stadt meilenweit spazieren gegangen, und meine Füße sind wund, aber das Wetter war strahlend sonnig mit einem frischen Wind, und ich habe jede Minute genossen. Paris ist so schön! Überall ist schon eine berühmte oder interessante Persönlichkeit durch die gleichen Straßen gewandert, ein großer Künstler, ein wilder Revolutionär oder ein Romantiker.

Natürlich waren wir auch im Theater. Das meiste habe nicht verstanden, aber ich spürte die Atmosphäre, und das allein war wichtig. Und, Charlotte, die Musik! Auf dem Heimweg hätte ich singen und tanzen mögen. Alles macht soviel Spaß, weil Jack es ebenso wie ich auskostet! Er ist so ein guter Gefährte – so zärtlich und aufmerksam in jeder Hinsicht, wie ich es mir erhofft habe. Und ich sehe, wie andere Frauen ihn anstrahlen – sie beneiden mich nicht wenig!

Die Kleider in Paris sind märchenhaft, aber bestimmt in kürzester Zeit unmodern. Ich kann mir vorstellen, daß man hier sein halbes

Leben bei der Schneiderin verbringt, um durch Änderungen mit Madame von nebenan konkurrieren zu können.

Morgen früh reisen wir weiter in den Süden, und ich wage kaum zu hoffen, daß die nächste Station so perfekt wird wie diese hier. Kann Venedig wirklich so traumhaft sein, wie ich es mir vorstelle? Ich müßte mehr über Venedigs Geschichte wissen. Ich werde mir ein Buch darüber kaufen. Mein Kopf steckt voller romantischer Ideen und unwirklicher Träume. Ich hoffe von Herzen, daß es Dir und den Kindern gutgeht und daß Thomas nicht zu viele Stunden arbeitet. Gibt es einen interessanten Fall? Ich bin schon gespannt auf Eure Neuigkeiten, wenn ich zurückkehre. Paß auf Dich auf und begib Dich nicht in Gefahr! Wenn ich auch momentan nicht bei Dir bin, glaube mir, daß meine Gedanken und meine Liebe Dich begleiten, und ich werde Dich bald wiedersehen.

All meine Liebe,
Emily

Charlotte ließ den Brief sinken. Sie lächelte und hatte Tränen in den Augen. Das Glück ihrer Schwester machte auch sie glücklich, zumal Emily durch Georgs Tod soviel Leid erlebt hatte.

Doch sie spürte auch das nagende Unbehagen darüber, etwas zu versäumen. Sie saß allein in einer Küche in einem bescheidenen Haus, das in einem ganz gewöhnlichen Vorort Londons lag. In diesem Haus würde sie aller Wahrscheinlichkeit nach den Rest ihrer Tage verbringen. Pitt würde immer schwer arbeiten – für weniger Geld im Monat, als Emily nun in zwölf Stunden ausgab.

Aber es ging nicht ums Geld. Geld machte nicht glücklich, und Müßiggang erst recht nicht! Der Grund für den Druck in ihrer Brust war der Gedanke an sorglose Aufenthalte an traumschönen Orten in Gesellschaft eines Gefährten, in den man verliebt war. Ja, das war es – der Zauber, verliebt zu sein, die Zärtlichkeit, die nicht der Gewohnheit entsprang, diese intensive, aufregende entdeckungsfreudige Zärtlichkeit, die nichts für selbstverständlich nahm und alles unendlich kostbar machte. Es war das Gefühl, der Mittelpunkt der Welt für einen Partner zu sein.

Was für dumme Ideen! Charlotte tadelte sich selbst. Sie hätte Thomas nicht gegen Jack Radley oder irgendeinen anderen Mann eingetauscht. Und sie hätte auch nicht lieber Emilys Leben geführt – außer vielleicht momentan!

Sie hörte die Schritte der sechzehnjährigen Gracie auf dem Gang und erinnerte sich an ihre täglichen Pflichten. Mit einem kleinen Seufzer begann sie, die Küche aufzuräumen.

Pitt erfuhr von Micah Drummond, daß dieser im Unterhaus gewesen war und mit verschiedenen Kollegen von Etheridge gesprochen hatte. Dabei war jedoch nichts herausgekommen, was Pitt nicht auch schon gehört hatte.

Er zuckte mit den Achseln. »Je mehr ich darüber nachdenke, desto eher glaube ich an einen persönlichen Hintergrund, und der arme Hamilton fiel einem Irrtum zum Opfer.«

»Und wer war es?« Drummond furchte die Stirn. »Sein Schwiegersohn – um des Geldes willen? Das ist nicht wahrscheinlich. Er hätte das Geld sowieso nach einer gewissen Zeit bekommen. Es gab doch keine Anzeichen für eine Enterbung? Seine Frau wird ihn nicht verlassen wollen, oder? Das wäre, gesellschaftlich gesehen, Selbstmord.«

»Nein.« Pitt sah wieder das bekümmerte Gesicht der jungen Helene Carfax vor sich. »Nein, im Gegenteil. Sie liebt ihn offenbar sehr und gibt ihm alles Geld, das er haben will. Diese Großzügigkeit scheint mir in seinen Augen ihre attraktivste Eigenschaft zu sein.«

»Oh.« Drummond lehnte sich zurück. »Was ist mit diesem Bild, von dem Sie sagten, Helen Carfax habe es verkauft? Wieviel ist es wert?«

»Das weiß ich noch nicht. Ich wollte es heute in Erfahrung bringen.«

»Burrage soll das machen. Am Nachmittag gehen Sie zu dem Haus der Carfaxes zurück. Vielleicht hören Sie etwas über Frauen, mit denen James Carfax ein Verhältnis hat, die er also nicht nur kurz benutzt. Und forschen Sie nach, ob er hohe Schulden hatte, derentwegen er nicht warten konnte.«

»Ja, Sir. Doch vorher, um die Mittagszeit, komme ich wieder, um mich zu erkundigen, ob Burrage mir etwas über das Bild sagen kann.«

Drummond wollte zuerst protestieren, sagte dann aber nichts und schaute Pitt nur nach, wie er das Büro verließ.

Doch als Pitt um halb zwei Uhr erschien, hatte die Nachricht, die er vorfand, nichts mit dem Gemälde zu tun. Helen Carfax schickte ihm ein handgeschriebenes Billett: sie erinnere sich jetzt an den Inhalt des Drohbriefs, und wenn Pitt in ihr Haus komme, wolle sie ihm alles erzählen.

Er war erstaunt, denn er hatte nicht geglaubt, daß sie den Brief noch einmal erwähnen würde.

Sofort nahm er sich eine Droschke und fuhr in die Paris Road.

Helen Carfax begrüßte ihn ruhig, doch ihre Bewegungen waren fahrig, als sie ihn in das Frühstückszimmer führte.

»Sicher wissen Sie als Polizist darüber Bescheid, Mr. Pitt«, begann sie und schaute auf den sonnenbeschienenen Teppich zu ihren Füßen. »Vor drei Jahren gab es eine Frau namens Helen Taylor, die Kandidatin für das Parlament werden wollte. Eine Frau!« Ihre Stimme wurde ein wenig scharf, als verberge sich unter ihrer äußeren Ruhe wachsende Hysterie. »Natürlich verursachte das eine Menge Aufregung. Die Taylor war eine sonderbare Person – sie exzentrisch zu nennen, wäre eine Schmeichelei. Sie trug Hosen! Dr. Pankhurst – Sie haben gewiß von ihm gehört – zeigte sich mit ihr in der Öffentlichkeit. Das war natürlich sehr unschicklich, und Mrs. Pankhurst verwahrte sich dagegen, worauf er es sein ließ, soweit ich mich erinnere. Mrs. Pankhurst gehört zu jenen, die für das Wahlrecht der Frauen sind.«

»Ja, Mrs. Carfax, ich habe davon gehört. John Stuart Mill schrieb 1867 ein sehr überzeugendes und packendes Traktat über das Wahlrecht, das man den Frauen zugestehen sollte. Und eine Mary Wollstonecraft schrieb schon 1792 über die politische und bürgerliche Gleichheit der Frauen.«

»Ja, das mag sein, aber ich interessiere mich nicht dafür. Doch einige der Frauen, die das unterstützen, tun es mit großer Heftigkeit. Miß Taylors Benehmen ist sicher ein Beispiel ihrer... ihrer Mißachtung der normalen Regeln der Gesellschaft.«

Thomas Pitt gab vor, gespannt zuzuhören. »Es scheint, daß sie sich zumindest unklug verhalten hat.«

»Unklug?« Ihre Augen öffneten sich weit.

»Sie konnte keines der von ihr angestrebten Ergebnisse verwirklichen.«

»Das war doch zu erwarten, oder? Kein vernünftiger Mensch hätte ihr irgendeinen Erfolg zugetraut.«

»Wer hat Ihren Vater bedroht, Mrs. Carfax?«

»Eine Frau. Eine von denen, die das Frauenstimmrecht wollen. Er war dagegen, wie Sie wissen.«

»Nein, das wußte ich nicht. Aber die Mehrheit im Parlament und im Land denkt wie er. Es ist eine beträchtliche Mehrheit.«

»Natürlich, Mr. Pitt.« Sie zitterte vor Nervosität. Ihre Haut war bleich und ihre Stimme nur ein Flüstern. »Mr. Pitt, ich sage nicht, daß diese Personen geistig gesund sind. Jemand, der so etwas macht, wie man es meinem Vater und Sir Lockwood Hamilton angetan hat, kann nicht mit normalen Maßstäben gemessen werden.«

»Nein, Mrs. Carfax. Es tut mir leid, wenn ich Ihnen erneut Kummer bereitet habe.« Er wollte nur, daß sie sein Mitleid und seine Sympathie spürte.

»Ich weiß Ihren... Ihren Takt zu schätzen, Mr. Pitt. Jetzt darf ich Ihnen nicht noch mehr von Ihrer Zeit stehlen. Danke, daß Sie so schnell gekommen sind.«

Tief in Gedanken versunken verließ Pitt das Haus. War es wirklich möglich, daß irgendeine Frau, die für Gerechtigkeit im Wahlrecht kämpfte, zwei Parlamentsmitgliedern die Kehle durchschnitt, nur weil sie zu der großen Mehrheit gehörten, die das Frauenwahlrecht unzeitgemäß oder sogar lächerlich fand? Das erschien kaum vorstellbar. Aber wie Helen Carfax schon gesagt hatte: Solch eine Tat war nicht die einer normalen Person, ganz gleich, welche Gründe dahintersteckten.

Pitts Gedanken kehrten zu James Carfax zurück, dessen Motiv man viel eher verstehen und glauben hätte können.

Pitt wollte mehr über ihn erfahren, mehr, als Barclay Hamilton in ihm sah, und auch mehr als er, Pitt, bisher von ihm beurteilen konnte.

Also reichte er kurz nach vier Uhr seine Visitenkarte dem Stubenmädchen von Lady Mary Carfax in deren Wohnhaus in Kensington. Er ließ höflich fragen, ob Lady Mary ihm eine halbe Stunde opfern wolle in der Angelegenheit des gewaltsamen Todes von Sir Vyvyan Etheridge.

Sie ließ ihm ausrichten, er solle im Frühstückszimmer auf sie warten.

Erst nach einer Dreiviertelstunde siegte ihre Neugier, und das Mädchen führte Pitt in den Salon, wo Lady Mary in einem leuchtend rosa Sessel ruhte. Noch drei weitere solche Sessel und ein Sofa füllten den Raum fast ganz aus. An den Wänden hingen ein oder zwei Gemälde und viele Familienfotos. Mindestens ein Dutzend davon zeigte die Entwicklung von James Carfax vom Kind bis zu dem nachdenklichen, etwas gehemmten jungen Mann, der auf einem der Bilder den Arm um die Schultern seiner Mutter legte.

Lady Mary Carfax war nicht groß, aber sie hatte eine gebieterische, kerzengerade Körperhaltung. Eine kleine Krone grauen, natürlich gelockten Haars schmückte ihren Kopf. In ihrer Jugend mußte sie einmal schön gewesen sein; sie besaß noch eine feine Haut und eine zierliche Nase, doch ihre blaugrauen Augen verströmten Kälte, und Kinn und Hals verbanden sich zu einer schlaffen Linie. Ihr Mund mochte früher einmal reizvoll gewesen sein – jetzt wirkte er verkniffen und verriet innere Härte, die nach Pitts Meinung in dem gesamten Gesicht dominierte.

Zögernd erlaubte sie Pitt, sich hinzusetzen.

»Danke, Lady Mary«, sagte er und nahm ihr gegenüber Platz.

»Nun, was kann ich für Sie tun? Ich weiß einiges über Politik, aber von Anarchisten oder anderen Revolutionären und Unzufriedenen kann ich Ihnen nichts berichten.«

»Ihre Schwiegertochter, Mrs. Helen Carfax, glaubt, daß ihr Vater von einer Frau bedroht wurde, die sich leidenschaftlich dafür einsetzte, das Wahlrecht für das Parlament zu erlangen.«

Lady Mary hob die Augenbrauen. »Gütiger Himmel! Ich wußte natürlich, daß es sich da um die schamlosesten Kreaturen handelt, denen die natürlichen Eigenschaften einer Frau, wie Gefühlstiefe und Kultiviertheit, abgehen. Aber bis zu diesem Moment wäre es mir nie in den Sinn gekommen, daß sie total verrückt sein könnten. Selbstverständlich habe ich Mr. Etheridge geraten, von Anfang an keine Sympathie für diese Leute zu hegen. Es widerspricht der Natur, wenn Frauen öffentliche Angelegenheiten beherrschen wollen. Wir haben nicht die Ellenbogen dafür – unser Platz ist woanders.«

Thomas Pitt war erstaunt. »Sie meinen, daß Mr. Etheridge zu einer bestimmten Zeit dem Frauenwahlrecht positiv gegenüberstand?«

Ihr Gesicht drückte Abscheu aus. »So weit wäre er sicher nicht gegangen! Er fand lediglich, daß einiges dafür sprach, Frauen mit Reife und einem gewissen Vermögen bei den Wahlen der örtlichen Stadträte zuzulassen und ihnen in bestimmten Fällen das Sorgerecht für ihre Kinder zu übertragen, wenn sie von ihren Ehemännern getrennt lebten.«

»Frauen mit Vermögen? Was ist mit den ärmeren?«

»Machen Sie Witze, Mr. . . . . wie war Ihr Name?«

»Pitt, Madam. Nein, ich frage mich nur, was Mr. Etheridge für Ideen hatte.«

»Sie waren fehl am Platz, Mr. Pitt. Frauen haben keine Bildung, kein Verständnis für politische und staatliche Angelegenheiten, keine Kenntnis der Gesetze und selten eine Ahnung von finanziellen Angelegenheiten. Können Sie sich vorstellen, welche Leute sie ins Parlament wählen würden? Vielleicht einen Romanschriftsteller oder einen Schauspieler! Wer sonst auf der Welt würde diese Frauen ernst nehmen? Es wäre der Anfang vom Ende des britischen Weltreiches, und die ganze Christenheit würde darunter leiden. Kann irgend jemand das gutheißen? Natürlich nicht! In der Gesellschaft gibt es eine gewisse Ordnung, Mr. Pitt. Wir zerstören sie auf eigene Gefahr.«

»Aber Mr. Etheridge stimmte Ihnen da nicht zu?«

Bei der Erinnerung an Etheridges Dummheit, die ein Eingreifen ihrerseits verlangt hatte, verzog sich Lady Marys Gesicht.

»Zuerst nicht, aber dann erkannte er, daß seine Sympathie für eine gewisse Frau zu weit gegangen war; eine Frau, die unverantwortlich gehandelt hatte und sich häusliches Ungemach zugezogen hatte. Sie wandte sich mit einem Bittgesuch an ihn als Parlamentarier, und für kurze Zeit ließ er sich von ihren extremen und hysterischen Ansichten beeinflussen. Schließlich wurde ihm jedoch klar, daß ihr Vorschlag absurd und nicht im Sinne der allgemeinen Mehrheit war. Nur ein paar hitzköpfige Frauen einer höchst unangenehmen Gattung haben je solche Ideen entwickelt.«

»War das Mr. Etheridges Schlußfolgerung?«

»Natürlich.« Ein knappes Lächeln spielte um ihre Mundwinkel. »Er war kein Dummkopf, nur auf sentimentale Weise anfällig für Mitleid den falschen Leuten gegenüber. Und Florence Ivory verdiente kein Mitleid.«

»Florence Ivory?«

»Eine sehr aufdringliche und unweibliche Kreatur. Wenn Sie an einen politischen Meuchelmord glauben, Mr. Pitt, sollten Sie sich diese Person und ihre Verbündeten anschauen. Soviel ich weiß, wohnt sie jenseits des Flusses in der Nähe der Westminster Bridge. Wenigstens erzählte mir das Mr. Etheridge.«

»Gut – ich danke Ihnen, Lady Mary.«

Sie hob das Kinn. »Ich tue nur meine Pflicht. Das ist unerfreulich, aber notwendig. Guten Tag, Mr. Pitt.«

6

Thomas Pitt brauchte den ganzen nächsten Morgen in der Bow Street, um die Informationen zu überprüfen, die bezüglich des Falles eingegangen waren. Er erfuhr, daß Helen Carfax' Gemälde stolze fünfhundert Pfund eingebracht hatte – eine Summe, die ausreichte, um ein Dienstmädchen von Kindheitstagen an bis ins hohe Alter zu beschäftigen und nebenbei noch etwas zu sparen. Was hatte Helen mit dem vielen Geld gemacht? Sicher war es James in irgendeiner Form zugeflossen. Mehrere Kutscher hatten sich gemeldet, doch mit ihren Beobachtungen war nichts anzufangen. Alles, was die Männer erzählen konnten, war schon bekannt.

Die Zeitungen berichteten erneut in Schlagzeilen über die Vorfälle und ergingen sich in wilden Spekulationen.

Aus dem Unterhaus drangen ängstliche Stimmen, der Fall müsse schnellstens gelöst werden, ehe die öffentliche Unruhe gefährliche Ausmaße annehmen würde.

Nur eine kurze Nachfrage war nötig, um festzustellen, daß Florence Ivory im Walnut Tree Walk in der Nähe der Westminster Bridge wohnte. In der örtlichen Polizeistation begegnete man ihrem Namen mit Stirnrunzeln und Schulterzukken. Man konnte der Frau keinen Verstoß gegen das Gesetz nachsagen. Die Haltung der Polizisten ihr gegenüber schien eine Mischung aus Amüsement und Erbitterung zu sein. Der Wachtmeister, der Pitts Fragen beantwortete, schnitt eine gutmütige Grimasse.

Thomas Pitt suchte das Haus am frühen Nachmittag auf. Es war hübsch; zwar bescheiden für die Gegend, aber gepflegt, mit frisch gestrichenen Fensterbrettern, Chintzvorhängen hinter den blanken Scheiben und einem Narzissentopf vor der Tür in der Sonne.

Ein Mädchen öffnete auf Pitts Klingeln hin. Eine Schürze war um ihre breite Taille gebunden, und an der Wand lehnte ein Mop.

»Ja, Sir?« fragte das Mädchen mit erstauntem Gesicht.

»Ist Mrs. Ivory daheim? Ich bin Hauptkommissar Pitt vom Bow Street Polizeirevier, und ich denke, daß Mrs. Ivory uns helfen kann.«

»Ich werde sie fragen.« Sie drehte sich um und ließ ihn auf der Türschwelle stehen.

Gleich darauf erschien Florence Ivory. Sie beförderte den Mop mit einer raschen Bewegung in einen Raum neben der Tür und sah Pitt direkt in die Augen. Sie war mittelgroß und mager, besaß keinen nennenswerten Busen und eckige Schultern, und doch wirkte sie nicht unweiblich – sie strahlte eine beachtliche und sehr individuelle Eleganz aus. Ihr Gesicht war nicht schön im üblichen Sinn mit den großen, weit auseinanderstehenden Augen, den zu starken Brauen und der langen, viel zu ausgeprägten Nase. Um ihren Mund hatten sich tiefe Linien eingegraben. Dennoch schätzte Pitt sie auf höchstens fünfunddreißig. Als sie sprach, überraschte ihre Stimme durch einen heiseren und sehr lieblichen Klang.

»Guten Tag, Mr. Pitt. Mrs. Pacey hat mich über Ihr Anliegen informiert. Ich weiß zwar nicht, wie ich Ihnen helfen könnte, aber wenn Sie hereinkommen wollen, werde ich es gerne versuchen.«

»Danke, Mrs. Ivory.« Er folgte ihr durch die Halle in einen großen Raum auf der rückwärtigen Seite des Hauses, der trotz dunkler Täfelung ein angenehmes Licht verbreitete. Auf einem polierten Tisch standen edles, wenn auch stellenweise gesprungenes Porzellan und eine Vase mit Frühlingsblumen. Die eine Wand bestand fast nur aus Fenstern und einer Terrassentür, die in einen kleinen Garten führte. Helle geblümte Baumwollvorhänge und Kissen aus demselben Material, die auf einem Sofa ausgebreitet waren, vervollständigten das Bild eines gemütlichen Raumes, in dem sich Pitt sofort wohl fühlte.

Im Garten sah er eine Frau, die sich niederbeugte und die Erde harkte. Sie trug eine weiße Bluse, und die Sonnenstrahlen ließen ihr kastanienbraunes Haar aufleuchten.

»Nun?« sagte Florence Ivory lebhaft. »Ihre Zeit ist sicher

kostbar, und meine ebenfalls. Was könnte ich Ihrer Meinung nach wissen, was die Polizei interessiert?«

Er hatte schon lange überlegt, wie er das heikle Thema am besten vorbringen könnte, doch nun verwarf er die zurechtgelegten Sätze. Mrs. Ivorys durchdringender Blick war ungeduldig auf ihn gerichtet und nicht weit von Widerwillen entfernt. Unaufrichtigkeit würde ihre Intelligenz beleidigen und gewiß eine sehr negative Reaktion hervorrufen.

»Ich untersuche einen Mordfall, Madam.«

»Ich kenne niemanden, der ermordet wurde.«

»Mr. Vyvyan Etheridge?«

»Oh!« Sie errötete irritiert. »Ja, natürlich. Irgendwie habe ich bei ›Mordfall‹ an etwas Persönlicheres gedacht. Mr. Etheridge fiel doch sicher einem politischen Motiv zum Opfer. Leider weiß ich nichts über Anarchisten. Wir leben hier sehr zurückgezogen.«

Ihr Tonfall ließ nicht erkennen, ob das positiv oder bedauernd gemeint war. Hätte sie gern selbst einen Sitz im Parlament innegehabt? Oder hatte Lady Mary Carfax nur eine Mischung aus Gerüchten und ihren eigenen Vorurteilen wiederholt?

»Aber Sie kannten Mr. Etheridge?«

»Nicht gesellschaftlich.« In ihrer Stimme schwang jetzt ein Lachen mit – ein schönes Lachen, reich und leidenschaftlich und voller Möglichkeiten, seine Bedeutung auszulegen.

»Nein, Mrs. Ivory«, stimmte er zu. »Aber ich glaube, Sie wandten sich sozusagen in seiner beruflichen Eigenschaft an ihn?«

Ihr Gesicht verhärtete sich, das Leuchten verschwand daraus und machte einem erschreckenden Haß Platz, der ihr fast den Atem nahm.

Pitt trat einen Schritt nach vorn, hielt sich dann aber zurück. Diese Frau mochte fähig sein, einem Mann die Kehle durchzuschneiden. Sie sah zwar nicht so kräftig aus, doch am emotionalen Antrieb fehlte es ihr bestimmt nicht.

»Ja«, erwiderte sie schließlich. Ihre Stimme klang gepreßt, und ihre Augen hielten Pitts Blick stand. »Und wenn er andere so wie mich behandelte, wundert es mich nicht, daß er umgebracht wurde. Aber ich habe es nicht getan.«

»Was hat er gemacht, Mrs. Ivory, was Sie so unentschuldbar finden?«

»Er weckte zuerst Vertrauen und mißbrauchte es dann, Mr. Pitt. Entschuldigen Sie Vertrauensbruch? Vielleicht haben sie noch nicht oft einen erlebt. Zweifellos haben Sie Möglichkeiten zu kämpfen, sich zu wehren, wenn man Sie mißbraucht – oh, schauen Sie mich nicht so an!« Ihr Gesicht drückte plötzlich Spott aus, gemischt mit einem wütenden Humor – eine Art von Hohn, wie er ihn noch nicht gesehen hatte. »Ich meine nicht, daß er mein mädchenhaftes Herz verführt hätte! Mit Mr. Etheridge hat mich nie etwas Persönliches verbunden, das versichere ich Ihnen.«

»Als Parlamentsmitglied hat er also ungerecht Ihnen gegenüber gehandelt?«

Ein hartes Lachen war ihre Antwort. »Wie schmerzhaft taktvoll Sie sind, Mr. Pitt! Wessen Gefühle wollen Sie schonen? Nicht meine! Über Mr. Etheridge könnten Sie gar nichts Schlimmeres sagen als ich!«

»Es ist meine Pflicht, seinen Mörder zu finden. Was ich über ihn denke, zählt nicht. Viele Leute, die ermordet werden, wären sicher nicht meine Freunde gewesen, wenn ich sie gekannt hätte.«

Florence Ivory nickte. »Sie haben recht mit der Annahme, daß ich Mr. Etheridge um Hilfe bat. Ich lebte damals in Lincolnshire.«

»Und ich nehme an, daß er Ihnen nicht geholfen hat?«

Erneut verzerrte Haß ihre Züge. Ihr Mund, der beweglich und sanft gewesen war, verengte sich zu einer schmalen bitteren Linie. »Er hatte es versprochen, und dann, wie alle Männer, gab er am Ende seinesgleichen nach. Er verriet mich und ließ mich mit nichts zurück.« Sie zitterte vor leidenschaftlicher Erregung. »Nichts!«

Durch die Terrassentür kam die andere Frau herein, die vermutlich die Erregung in Florences Stimme gehört hatte. Sie war einige Jahre jünger, kaum zwanzig, größer und weicher in der Silhouette, mit einem feinen Busen und runden

Armen. Ihr engelhaftes Gesicht hätte einer Romanfigur von Rosetti entstammen können, mit all seiner irdischen Naivität und der unbewußten Strenge.

Sie ging zu Florence Ivory hinüber und legte den Arm beschützend um sie, während sie Pitt verärgert musterte.

Florence ergriff die Hand des Mädchens. »Es ist schon gut, Africa. Mr. Pitt von der Polizei untersucht den Mord an Vyvyan Etheridge. Ich sagte ihm, was Mr. Etheridge für ein Mensch war. Natürlich betrifft das nur meine eigenen Erfahrungen mit ihm.« Sie blickte Pitt wieder an. »Mr. Pitt, meine Freundin und Gefährtin, Miß Africa Dowell, die mich großzügigerweise hier in ihrem Haus aufgenommen hat, da ich sonst keine Bleibe hätte.«

»Guten Tag, Miß Dowell«, sagte Pitt gemessen.

»Guten Tag«, erwiderte sie zurückhaltend. »Was wollen Sie von uns? Wir haben Mr. Etheridge verachtet, aber getötet haben wir ihn nicht. Wir wissen auch nicht, wer es getan hat.«

»Damit habe ich auch nicht gerechnet«, erklärte Pitt. »Aber irgend etwas, das Ihnen bekannt ist, könnte uns vielleicht weiterhelfen, wenn wir es dem hinzufügen, was ich bisher in Erfahrung gebracht habe.«

»Wir kennen keine Anarchisten.« Sie hob das Kinn, und ihr Blick war trotzig-offen. Pitt hielt diese Aussage zumindest teilweise für eine Lüge.

»Sie glauben, daß Anarchisten die Täter waren? Warum, Miß Dowell?«

Sie schluckte verwirrt. Diese Frage hatte sie offenbar nicht erwartet.

Florence mischte sich ein. »Nun, wenn es sich um ein persönliches Motiv handeln würde, kämen Sie kaum zu uns. Und soweit ich weiß, kennen wir auch keine Verrückten.«

Pitt fühlte sich ein wenig von den beiden Frauen irritiert, wie sie so dicht und abwehrend zusammenstanden. Sie waren verletzt worden und wollten sich vor weiteren Verletzungen schützen.

»Aber möglicherweise gab es Leute, die Mr. Etheridge aus politischen Gründen nicht mochten?« fuhr er fort.

»Nicht mochten ist ein viel zu milder Ausdruck«, stellte Florence fest, und ihre Bitterkeit kehrte zurück. »Ich haßte ihn.« Ihre Hand umschloß Africas Arm. »Wahrscheinlich behandelte er andere Menschen ähnlich, aber die kenne ich nicht, und ich würde auch nichts von ihnen erzählen.«

»Menschen, die genügend verärgert waren, um gewalttätig zu reagieren, Mrs. Ivory?«

»Ich habe keine Ahnung, wie ich Ihnen schon sagte. Aber manchmal helfen alle Bitten und Proteste der ganzen Welt nichts, wenn die Mächtigen selbst gemütlich und in Frieden leben und dafür sorgen können, daß alles so bleibt. Sie können und wollen nicht glauben, daß andere unter Ungerechtigkeiten leiden, und daß etwas geschehen müßte, das allerdings am Wohlleben der Mächtigen rütteln würde.«

Er nahm die Leidenschaft in ihrem Gesicht wahr, die Heftigkeit, mit der sie sprach, und er wußte, daß dies keine Antwort auf seine Frage war, sondern eine Überzeugung, die unter der Oberfläche brodelte, um im richtigen Moment mit all der Kraft der durchlittenen Jahre auszubrechen.

Er mußte seine eigenen Gefühle im Zaum halten. Das war nicht die Zeit, seine eigene Wut über die Ungerechtigkeiten zu formulieren. Es war auch nicht die Zeit für philosophische Erörterungen. Er war hier, um zu erfahren, ob diese Frau imstande war, ihr persönliches Gerechtigkeitsempfinden über Gesetz und Ordnung zu stellen und zwei Männern die Kehle durchzuschneiden.

»Sie wollen also sagen, Mrs. Ivory, daß die Zufriedenen selten einen Wechsel anstreben, daß es hingegen die Unzufriedenen sind, die für Verbesserungen kämpfen, oder nur dafür, selbst an die Macht zu kommen und deren Vorteile zu genießen.«

Ihr Gesicht drückte erneut Ärger aus, der diesmal eindeutig ihn betraf.

»Einen Augenblick lang dachte ich, daß Sie, Mr. Pitt, Vorstellungkraft und vielleicht sogar Mitleid hätten. Nun merke ich, daß Sie ebenso selbstgerecht, gefühllos und so besorgt um Ihren jämmerlichen Platz in der Gesellschaft sind wie der Rest Ihresgleichen!«

Seine Stimme wurde leise. »Wer ist meinesgleichen, Mrs. Ivory?«

»Die Leute, die Macht besitzen, Mr. Pitt!« Sie spie die Worte förmlich aus. »Männer – fast alle Männer! Frauen werden geboren, um den Namen ihres Vaters und dessen Rang zu übernehmen. Er bestimmt, wo und wie wir zu leben haben. Im Haus ist sein Wort Gesetz. Er legt fest, ob wir eine Ausbildung bekommen oder nicht, was wir tun, ob, wann und wen wir heiraten. Dann entscheidet unser Ehemann, was wir sagen, ja sogar, was wir denken. Er ordnet an, welche Religion und welche Freunde wir haben, was mit unseren Kindern geschieht. Und wir müssen uns fügen, ganz gleich, was unsere Meinung ist, müssen vorgeben, unsere Männer seien klüger, geschickter und fantasievoller als wir, auch wenn sie manchmal so dumm sind, daß es geradezu weh tut.« Sie atmete schwer und zitterte am ganzen Körper.

»Männer machen die Gesetze und üben sie aus; Polizisten wie Richter sind Männer – wohin ich auch blicke, wird mein Leben von Männern diktiert. Nirgendwo kann ich mich an eine Frau wenden, die vielleicht verstehen würde, was ich wirklich empfinde. Wissen Sie, Mr. Pitt, daß ich erst vor vier Jahren aufgehört habe, vor dem Gesetz ein bewegliches Eigentum meines Mannes zu sein? Ein Ding, das ihm gehörte wie andere Haushaltsgüter, ein Tisch oder ein Stuhl? Dann stellte das Gesetz – das Gesetz der Männer – schließlich fest, daß ich tatsächlich eine Person bin, ein menschliches Wesen mit einem eigenen Herzen und eigenen Hirn. Wenn mir eine Wunde zugefügt wird, ist es nicht mein Ehemann, der blutet, sondern ich bin es!«

Pitt hatte nie darüber nachgedacht. In seiner Familie waren die Frauen so unabhängig, daß er sich über ihren gesetzlichen Stand keine Gedanken gemacht hatte. Er wußte, daß Frauen erst seit sechs Jahren ihr eigenes Vermögen behalten und verwalten durften – als er Charlotte im Jahr 1881 zum ersten Mal begegnet war, wären ihm bei der Heirat ihr ganzes Vermögen, sogar ihre Kleider, zugefallen. Doch erst als einmal jemand diesbezüglich eine boshafte Bemerkung gemacht hatte, war ihm das bewußt geworden.

»Und Sie finden, daß Proteste und Bitten nichts nützen?« fragte er dümmlich und haßte es gleichzeitig, so falsch sein zu müssen, bei dem Verständnis, das er in Wirklichkeit aufbrachte. Er war als Sohn eines Bediensteten auf einem Gut aufgewachsen und kannte Gehorsam und Leibeigenschaft.

Ihre Verachtung schmerzte. »Entweder sind Sie ein Narr, Mr. Pitt, oder Sie wollen mich provozieren. Möchten Sie von mir hören, daß ich Situationen für möglich halte, in denen Gewalt die einzige Antwort auf unerträgliches erlittenes Unrecht ist? Betrachten Sie dies als eine Aussage von mir!«

»Ich bin kein Narr, Mrs. Ivory«, erklärte er und hielt ihrem Blick stand. »Und ich halte Sie auch nicht für dumm. Was immer Sie von Mr. Etheridge erbeten haben – es war nicht die Veränderung der Gesellschaftsordnung und eine Gleichstellung der Frauen. Was war es dann?«

»Wenn ich es Ihnen nicht erzähle, werden Sie es vermutlich anderswo ausgraben, vielleicht mit Unwahrheiten ausgeschmückt. Vor fünfzehn Jahren heiratete ich William Ivory. Mein Besitz war nicht groß, aber bei weitem ausreichend, um mir ein bequemes Leben zu garantieren. Natürlich wurde er an meinem Hochzeitstag Eigentum meines Mannes. Ich habe nie wieder etwas von meinem Geld zu Gesicht bekommen.«

Ihre Hände lagen völlig ruhig in ihrem Schoß. Nur die weißen Knöchel verrieten etwas von der inneren Anspannung der Frau.

»Doch das ist nicht der Grund meiner Beschwerde, obwohl ich es ungeheuerlich finde. Es war das verbriefte Recht der Männer, den Frauen ihre Habe zu stehlen und damit zu machen, was ihnen gefiel – mit der Begründung, daß wir unfähig wären, unser Geld selbst sinnvoll zu verwalten. Wir mußten zuschauen, wie unsere Männer es verschwendeten, und durften nie ein Wort sagen, selbst wenn wir hundertmal klüger waren. Und wenn wir nicht mit Geld umgehen konnten, wer hatte Schuld daran? Wer ließ uns nur die allernebensächlichsten Dinge lernen?«

Pitt wartete darauf, daß sie zum eigentlichen Thema ihrer schmerzlichen Erfahrung zurückkehrte. Die ganze Zeit stand

Africa Dowell regungslos da, als sei sie einem jener romantischen Gemälde entstiegen, denen sie so sehr ähnelte. Was Florence Ivory auch erzählte – es war Africa offensichtlich wohlbekannt, und auch sie spürte die gleiche unverheilte Wunde.

»Wir hatten zwei Kinder«, fuhr Florence fort. »Einen Jungen und dann ein Mädchen. William wurde immer herrschsüchtiger. Er hielt mich für leichtfertig, wenn ich mit meinen Kindern scherzte und spielte und ihnen Geschichten erzählte. Doch wenn ich dann mit ihm über Politik und eine Verbesserung der Gesetze reden wollte, war ihm das auch nicht recht, und er sprach mir den Verstand für solche Diskussionen ab. Mein Platz war in der Küche oder im Bett, sonst nirgendwo.

Schließlich konnte ich es nicht mehr aushalten und ging. Ich wußte, daß ich meinen Sohn nicht behalten durfte, aber meine damals sechsjährige Tochter Pansy nahm ich mit. Es war sehr schwer für uns. Wir hatten wenig Geld und kaum Möglichkeiten, etwas zu verdienen. Zuerst nahm mich eine Freundin hier in London auf, aber ich durfte sie nicht zu lange mit unserer Gegenwart belasten. Dann, vor ungefähr drei Jahren, bot uns Africa Dowell Unterschlupf.« Florence las von Pitts Gesicht Verwirrung ab und eine gewisse Ungeduld. Er fand die Geschichte natürlich traurig, aber Mrs. Ivory hatte Vyvyan Etheridge bisher mit keinem Wort erwähnt, und sie konnte ihn auch nicht für ihr Schicksal verantwortlich machen.

»Ich unterstützte die Bestrebungen für eine Wahlreform«, sagte Florence gequält, »und sogar Miß Helen Taylors Versuch, Parlamentsmitglied zu werden. Ich kämpfte für das Recht der Frauen – auf jedem Gebiet – auch dafür, daß wir mitbestimmen dürften, wieviel Kinder wir haben wollen, anstatt ein Baby nach dem anderen zu bekommen, bis zur völligen Erschöpfung unseres Körpers und unserer Seele.«

Ihre Stimme wurde rauher, Erniedrigung und Bitterkeit waren unüberhörbar.

»Mein Mann hörte davon und machte vor Gericht geltend, ich sei ungeeignet, meine Tochter bei mir zu behalten und zu erziehen. Ich trug Mr. Etheridge meinen Fall vor, und er entschied, man dürfe mir wegen meiner politischen Ansichten mein Kind nicht wegnehmen.

Damals wußte ich nicht, wie einflußreich die Freunde meines Mannes waren. Er benützte sie, sprach mit Vyvyan Etheridge, und dieser ließ mich wissen, er bedaure seinen Irrtum und müsse meinem Mann recht geben – ich sei eine labile und hysterische Person, und meine Tochter wäre bei ihrem Vater besser aufgehoben. Noch am gleichen Tag holten sie Pansy ab, und ich habe sie seitdem nicht mehr gesehen.« Sie zögerte kurz und rang um Fassung. Als sie weitersprach, klang ihre Stimme matt und tonlos. »Soll ich Vyvyan Etheridges Tod bedauern? Ich tue es nicht! Ich bedaure nur, daß er so schnell starb und vermutlich nicht wußte, wer ihn getötet hat und warum. Er war ein Feigling und ein Verräter. Er wußte genau, daß ich weder labil noch hysterisch war. Ich liebte meine Tochter wie sonst keinen Menschen auf der Welt, und auch sie liebte mich und vertraute mir. Ich hätte sie bestens erzogen und ihr Mut, Würde und Ehrenhaftigkeit beigebracht. Ich hätte sie zu lieben gelehrt, und daß sie geliebt wurde. Was wird ihr Vater sie lehren? Daß sie für nichts taugt als zuzuhören und zu gehorchen, daß sie nie Leidenschaft spüren, denken oder träumen darf, daß sie kein Recht hat, für das einzustehen, was sie für gut und richtig hält...« Ihre Stimme brach. Die Verzweiflung über den großen Verlust und das verpfuschte Leben ihres Kindes nahm Florence den Atem. Erst nach einigen Minuten konnte sie fortfahren.

»Etheridge beugte sich dem Druck, denn es hätte unbequem für ihn werden können, mich zu unterstützen. So erlaubte er, daß man mir mein Kind wegnahm und es seinem selbstherrlichen und lieblosen Vater überantwortete. Ich darf Pansy nicht einmal sehen!« Ihr Gesicht drückte soviel Qual aus, daß Pitt es taktlos fand, die Frau auch nur anzublicken. Tränen rannen über ihre Wangen, und sie weinte mit starren Zügen, so daß ihr Gesicht wie eine schrecklich-schöne Maske wirkte.

Africa kniete nieder und ergriff sanft Florences Hand. Sie nahm die Frau nicht in den Arm – vielleicht war die Zeit für diese Art der Tröstung schon vergangen. Ernst schaute sie zu Pitt hinüber.

»Solche Männer verdienen den Tod«, sagte sie ruhig. »Aber Florence hat Etheridge nicht umgebracht, und ich auch nicht. Wenn Sie unsere Täterschaft hier zu entdecken hofften, war Ihr Weg umsonst.«

Thomas Pitt wußte, daß er jetzt fragen sollte, wo die beiden Frauen zur Tatzeit der Morde gewesen waren, doch er brachte die Worte nicht über die Lippen. Sicher hätten Florence und Africa geschworen, in ihren Betten gelegen zu haben. Niemand konnte etwas Gegenteiliges beweisen.

»Ich hoffe herauszufinden, wer Mr. Etheridge und Sir Lockwood Hamilton getötet hat, Miß Dowell, aber ich hoffe nicht, daß Sie es waren. Tatsächlich wäre ich froh, wenn sich Ihre Unschuld herausstellen würde.«

»Die Tür befindet sich hinter Ihnen, Mr. Pitt«, entgegnete Africa. »Bitte haben Sie die Höflichkeit zu gehen.«

Pitt kam in der Dämmerung heim, und sobald er sein Haus betreten hatte, versuchte er, den Fall aus seinen Gedanken zu verbannen. Daniel hatte schon gegessen und war fertig, um ins Bett zu gehen. Er mußte nur noch einen Gutenachtkuß von seinem Vater bekommen, ehe Charlotte ihn nach oben mitnahm. Aber Jemima, die zwei Jahre älter war, durfte etwas länger aufbleiben. Vater und Tochter waren allein im Wohnzimmer neben dem Feuer. Die Kleine sammelte die Teile ihres Puzzlespiels auf und murmelte dabei vor sich hin. Thomas Pitt ahnte, daß Daniel die Unordnung hinterlassen hatte, und daß sich Jemima beim Aufräumen sehr erwachsen vorkam. Er beobachtete ihre zierliche Gestalt mit einem leisen Lächeln, doch als Jemima sich schließlich zutiefst befriedigt umdrehte, war er völlig ernst. Er gab keinen Kommentar ab, denn es war Charlottes Aufgabe, die Kinder zu erziehen, solange sie noch klein waren. Thomas Pitt zog es vor, seine Tochter wie einen jugendlichen Freund zu behandeln. Er liebte sie mit einer unendlichen Intensität, die ihm manchmal den Hals zuschnürte.

»Ich bin fertig«, sagte sie feierlich.

»Ja, das sehe ich.«

Sie kam zu ihm her und kletterte auf sein Knie. Ihr sanftes kleines Gesicht war ihm zugewandt. Ihre grauen Augen und die feinen Brauen erinnerten ihn stark an Charlotte.

Ihr lockiges Haar glich in der Beschaffenheit dem seinen, nur der kräftige Farbton stammte von ihrer Mutter.

»Erzähl mir eine Geschichte«, bat sie, doch so, wie sie es sich auf seinem Schoß gemütlich gemacht hatte, und wie bestimmt sie das sagte, war es eher ein Befehl.

»Worüber?«

»Über irgend etwas.«

Er war müde und seine Fantasie durch die Mordfälle erschöpft. »Soll ich dir etwas vorlesen?« fragte er hoffnungsfroh.

Sie sah ihn vorwurfsvoll an. »Papa, lesen kann ich selbst. Erzähl mir was über feine Damen – über Prinzessinnen.«

»Ich weiß nichts über Prinzessinnen.«

»Oh.« Ihre Augen drückten Enttäuschung aus.

»Nun«, verbesserte er sich schnell, »nur über eine.«

Jetzt strahlte Jemima. Offenbar genügte eine.

»Es war einmal eine Prinzessin...« Und er erzählte ihr alles, was er noch wußte über die große Königin Elizabeth, Tochter von Henry VIII., die trotz vieler Gefahren und Widerwärtigkeiten schließlich doch die Herrscherin von England geworden war. Er vertiefte sich so in seine Geschichte, daß er Charlotte nicht bemerkte, die ins Zimmer gekommen war.

Als ihm nichts mehr einfiel, schwieg er und blickte in Jemimas entzücktes Gesicht.

»Und dann?« sagte sie.

»Mehr weiß ich nicht.«

Ihre Augen weiteten sich erstaunt. »War sie echt, Papa?«

»O ja, so echt, wie du bist.«

Jemima war sehr beeindruckt. »Oh!«

Charlotte kam näher. »Jetzt ist Schlafenszeit.«

Jemima legte die Ärmchen um Pitts Hals und gab ihrem Vater einen Kuß. »Danke, Papa. Gute Nacht.«

»Gute Nacht, Liebling.«

Charlotte lächelte ihm einen Moment zu. Dann hob sie Jemima hoch und trug sie hinaus. Pitt schaute den beiden nach und dachte plötzlich wieder an Florence Ivory und ihr Kind, das sie geliebt hatte, und das ihr weggenommen worden war.

Er konnte sich nicht vorstellen, was er an ihrer Stelle empfinden würde. Dieser furchtbare Gedanke überstieg seine schlimmsten Fantasien. Und folgerichtig konnte er glauben, daß Florence Ivory Etheridge genügend gehaßt haben mochte, um ihn, mit Hilfe von Africa Dowell, zu töten. So sehr er diese Schlußfolgerung verabscheute, konnte er sich ihr doch nicht entziehen.

Am nächsten Morgen traf ein Brief von Emily aus Venedig ein. Thomas Pitt wählte diesen Augenblick, um Charlotte von seinen Problemen mit den Westminster-Morden zu erzählen – einesteils, weil er seine Frau von Emilys neuer Glitzerwelt ablenken wollte, andererseits, weil er seine Gefühle und Kümmernisse mit Charlotte teilen wollte.

Er saß am Frühstückstisch und aß eine Scheibe Toast, die mit Charlottes scharfer pikanter Marmelade bestrichen war.

»Ich habe gestern mit einer Frau gesprochen, die möglicherweise zwei Männern auf der Westminster Bridge die Kehle durchgeschnitten hat«, sagte er.

Charlotte hielt in der Bewegung inne, mit der sie ihre Tasse zum Mund führen wollte. »Du hast mir nicht erzählt, daß du an diesem Fall arbeitest!«

Er lächelte. »Dazu hatte ich auch wenig Gelegenheit – es drehte sich doch alles um Emilys Hochzeit. Und du kennst die Leute nicht, um die es geht.«

Sie schnitt eine fast schuldbewußte Grimasse, da sie jetzt erst merkte, wieviel ihm an einem Gespräch über seine Arbeit lag. Er konnte in ihrem Gesicht das tiefe Verständnis lesen, das zwischen ihnen herrschte.

»Eine Frau?« fragte sie mit gefurchter Stirn. »Meinst du, daß eine Frau das fertigbringt? Oder hat sie jemanden dafür bezahlt?«

»Diese Frau könnte es selbst getan haben – mit ihren starken Gefühlen... und aus einem bestimmten Grund...«

»Hat sie einen?« unterbrach Charlotte ihn schnell.

»Vielleicht.« Er nahm sich eine weitere Scheibe Toast, und Charlotte wartete ungeduldig. »Du würdest sicher sagen, daß sie einen Grund hatte.« Und er berichtete alles, was er über den Fall wußte.

Sie hörte interessiert zu und unterbrach ihn nur einmal, um ihm zu sagen, daß Florence Ivorys Namen bei dem öffentlichen Treffen erwähnt worden war. Als er seine Schilderung beendet hatte, war keine Zeit mehr zum Diskutieren. Er mußte gehen, doch er fühlte sich erleichtert, obwohl sich nichts geändert und er keine neuen Einsichten gewonnen hatte.

Auf dem Weg zum Droschkenplatz ging es ihm noch einmal durch den Kopf, wie gern er Charlotte auch einmal so eine aufregende Reise geboten hätte, wie Emily sie nun erleben durfte. Doch leider kam ihm keine zündende Idee, wie er so etwas je finanzieren sollte.

Als er die Haustür hinter sich geschlossen hatte, dachte Charlotte noch einige Minuten über Florence Ivorys Schicksal nach, ehe sie sich von dem Thema losriß und Emilys Brief öffnete. Er war in Venedig geschrieben und lautete:

Meine liebste Charlotte,
was für eine Reise! So lang und voller Lärm. Eine Madame Charles aus Paris redete pausenlos und hatte ein Lachen wie ein erschrockenes Pferd. Ich möchte ihre Stimme nie wieder hören! Als ich hier ankam, war ich so müde und schmutzig, daß ich hätte weinen mögen. Es war dunkel, und ich ließ mich einfach in eine Kutsche fallen, die uns zu unserem Hotel brachte. Dort wollte ich mich nur noch waschen und ins Bett sinken, um eine ganze Woche zu schlafen.

Dann am Morgen, was für ein Zauber! Ich öffnete die Augen und sah Licht über die elegante Zimmerdecke flimmern, während draußen ein Mann mit herrlicher Stimme wie ein Engel sang!

Ich sprang auf und dachte nicht an mein Nachthemd oder mein zerzaustes Haar – es war mir egal, wie ich aussah, und was für ein

Gesicht Jack machen würde. Sofort lief ich an das riesengroße Fenster und beugte mich hinaus.

Wasser! Charlotte, überall war Wasser! Es war grün, schimmerte wie ein Spiegel und plätscherte gegen die Mauern. Ich hätte mich geradewegs hineinfallen lassen können! Es war das Licht seiner glitzernden Oberfläche gewesen, dessen Reflexe ich an unserer Zimmerdecke gesehen hatte.

Der singende Mann stand anmutig wie ein Schilfrohr im Heck eines Bootes, das vorüberglitt und von einer Stange oder einem Ruder bewegt wurde. Der Körper des Mannes wiegte sich hin und her, und das Lied drückte die Freude über den herrlichen Tag aus! Jack sagt, der Mann würde gegen Geld vor Touristen singen, aber das mag ich nicht glauben. Ich hätte vor Glückseligkeit gesungen, wäre ich an diesem strahlenden Morgen von einem Boot über den Kanal gerudert worden.

Uns gegenüber steht ein Palast aus Marmor – ehrlich! Inzwischen bin ich mit einem der Boote gefahren, die man Gondeln nennt – quer über die Lagune zur Kirche Santa Maria della Salute. Charlotte, Du hast nicht einmal in Deinen Träumen je so etwas unglaublich Schönes gesehen! Sie scheint wie eine Vision auf der Oberfläche des Meeres zu schweben. Alles besteht aus hellem Marmor, blauer Luft und Wasser und goldenem Sonnenschein. Das Licht hier hat eine andere Qualität – es ist so klar und irgendwie mit dem in unserer Heimat nicht zu vergleichen.

Ich liebe den Klang der italienischen Sprache, für mein Ohr liegt Musik darin. Mir gefällt sie besser als das Französische, obwohl ich von beiden kaum ein Wort verstehe.

Aber der Geruch! Oh, Liebes, das ist eine äußerst unangenehme Sache. Doch ich schwöre, daß er mir nicht einen Augenblick meines Vergnügens trüben darf. Hoffentlich gewöhne ich mich langsam daran.

Ich habe auch ein wenig Zeit gebraucht, um mich mit dem Essen anzufreunden, und ich bin es schrecklich leid, immer dieselben Kleider zu tragen, aber mehr Gepäck konnten wir nicht schleppen. Und der Wäschedienst entspricht absolut nicht meinen Vorstellungen!

Ich habe schon ein paar Bilder gekauft, eines für Dich, eines für Thomas, eines für Mama und zwei für mich, weil ich mich für immer und alle Zeiten an dieses Märchen hier erinnern möchte.

Trotz allem vermisse ich Dich. Jack ist bezaubernd und sehr redselig. Ich freue mich auf das Wiedersehen mit Dir. Du mußt mir dann alles erzählen – was Du getan, gedacht und gefühlt hast und welche Neuigkeiten es gibt.

Alles Liebe Thomas und den Kindern! Natürlich habe ich Mama und Edward ebenfalls geschrieben. Begib Dich nicht in Abenteuer ohne mich,

Deine Dich liebende Schwester
Emily

Charlotte faltete den Brief zusammen und steckte ihn in das Kuvert zurück. Sie wollte ihn in ihren Arbeitskorb legen, wo Thomas ihn nicht finden würde. Sie hatte vor, ihrem Mann nur zu erzählen, daß Emily glücklich war, aber nicht, wieviel Schönes sie erleben durfte, was Thomas und ihr, Charlotte, immer versagt bleiben würde. Er sollte denken, daß sie ihm den Brief nicht zeigte, weil er irgendein kleines Geheimnis enthielt – schließlich befand sich Emily auf der Hochzeitsreise!

Charlotte erhob sich und begann mit ihrer täglichen Hausarbeit. Es war Frühling und Zeit für großes Saubermachen.

Pitt ging zum Unterhaus im Westminster-Palast, um sich die Erlaubnis zu holen, Etheridges Büro nach Papieren zu durchsuchen, die William oder Florence Ivory betrafen.

Ein junger Beamter mit steifem Kragen und einem Kneifer auf der Nase musterte ihn zweifelnd.

»Ich erinnere mich nicht an den Namen. Um was handelte es sich? Viele Bittsteller wandten sich an Mr. Etheridge in allen möglichen Angelegenheiten.«

»Um das Sorgerecht für ein Kind.«

»Es gibt ein Gesetz, das diese Sachen regelt.« Der Mann blickte über seinen Kneifer hinweg. »Wir sind hier im Platz beschränkt und können diese Art nebensächlicher Korrespondenz nicht ewig aufheben.«

»Das Sorgerecht für ein Kind ist nichts Nebensächliches«, erklärte Pitt mit mühsam beherrschtem Zorn. »Wenn Sie nicht nachschauen wollen, werde ich Männer herschicken, die alles durchsuchen, bis wir die Briefe finden oder genau wissen, daß sie nicht da sind.«

Der Mann errötete leicht vor Ärger, nicht vor Verlegenheit.

»Wirklich, Kommissar, Sie vergessen sich! Sie haben kein Recht, Mr. Etheridges Papiere zu durchforsten.«

»Dann suchen Sie die entsprechenden«, entgegnete Pitt gereizt. »Vielleicht dämmert es Ihnen allmählich, daß meine Forderung mit dem Mord zu tun haben könnte.«

Der Beamte preßte die Lippen zusammen und marschierte über den Gang. Pitt folgte ihm auf den Fersen. In dem Büroraum, den Etheridge mit einem anderen Parlamentsmitglied geteilt hatte, stand ein junger Angestellter vor einem Aktenschrank.

»Ivory?« Er sah verwirrt aus. »Ich kann mich an nichts erinnern. Wann war denn das?«

Pitt wußte es nicht. Er hatte vergessen zu fragen. Das war ein dummes Versäumnis, aber nicht mehr zu ändern.

»Ich weiß es nicht«, erwiderte er so kühl wie möglich. »Fangen Sie bei der Gegenwart an und gehen Sie zurück.«

Der junge Mensch sah ihn entsetzt an, dann drehte er sich um und begann, die Ordner durchzusehen.

Der Beamte seufzte und entschuldigte sich, ehe er verschwand. Pitt wartete.

Es dauerte jedoch nicht so lange, wie er befürchtet hatte. Nach etwa fünf Minuten reichte ihm der junge Angestellte einen Bogen Papier.

»Hier ist es, Sir – die Kopie eines Briefes von Mr. Etheridge an eine Mrs. Florence Ivory, datiert vom 4. Januar 1886. Allerdings kann ich mir nicht vorstellen, warum sich die Polizei dafür interessiert.«

Pitt las:

Sehr geehrte Mrs. Ivory,
ich bedaure Ihren Kummer, betreffend Ihre Tochter, aber die Entscheidung ist gefallen, und ich kann mich in Zukunft nicht mehr um die Angelegenheit kümmern.

Sicher werden Sie nach einer gewissen Zeit erkennen, daß alle

Beschlüsse zum Wohle Ihres Kindes gefaßt wurden, und das müssen Sie als Mutter schließlich auch wünschen.

Hochachtungsvoll,
Vyvyan Etheridge, M.P.

»Das kann nicht alles sein«, erklärte Pitt entschieden. »Dieser Brief ist der letzte einer wechselseitigen Korrespondenz. Wo sind die anderen Schreiben?«

»Mehr habe ich nicht«, erwiderte der Angestellte und schnaufte vernehmlich. »Ich denke, Mr. Etheridge könnte sie in Lincolnshire aufbewahrt haben.«

»Gut, dann geben Sie mir die dortige Adresse. Ich werde hinfahren und nachsehen.«

Der Mann schrieb ein paar Zeilen auf ein Blatt Papier und gab es Pitt, der sich bedankte und sofort auf den Weg machte.

Umgehend suchte er Micah Drummond in der Bow Street auf und berichtete ihm alles, was er in Erfahrung gebracht hatte, den Besuch bei den beiden Damen inbegriffen.

»Wollen Sie heute abend noch nach Lincolnshire reisen?« fragte der Polizeichef.

»Ja.«

Drummond nickte langsam. Er griff nach einer Glocke auf seinem Schreibtisch und klingelte. Gleich darauf erschien ein Polizist, dem er verschiedene Anweisungen gab.

»Informieren Sie Mrs. Pitt, daß ihr Mann über Nacht nicht heimkommen wird. Sie soll einen kleinen Koffer für ihn packen. Kommen Sie schnellstens zurück und lassen Sie die Kutsche draußen warten. Wenn Sie hinausgehen, sagen Sie Parkins, er soll einen Durchsuchungsbefehl für das Haus von Mr. Vyvyan Etheridge in Lincolnshire ausstellen. Beeilen Sie sich, Mann!«

Als der Polizist sich abgemeldet hatte, sah Micah Drummond Pitt nachdenklich an. »Sehen Sie, was Sie in Lincolnshire erreichen können, und bringen Sie alles mit, was uns eventuell weiterhilft.« Weder ihm noch Pitt gefiel der Gedanke, eine Frau als Mörderin in Betracht zu ziehen, die wegen des Verlustes ihrer Tochter grausame Rache genommen haben könnte.

Pitt erreichte seinen Zug nach Lincolnshire gerade noch rechtzeitig. Er schlug die Tür seines Abteils zu, als die Lokomotive Dampf auszustoßen begann und der Heizer das Feuer schürte. Mit donnerndem Lärm bewegte sich die Eisenbahn vorwärts und kroch aus dem riesigen rußigen Bahnhofsgebäude in den Sonnenschein hinaus. Sie begab sich auf die lange Reise, vorbei an Fabriken und Häusern und durch die Vororte der größten, reichsten und berühmtesten Stadt der Welt. Innerhalb ihrer Mauern lebten mehr Schotten als in Edinburgh, mehr Iren als in Dublin und mehr römische Katholiken als in Rom.

Beim Anblick der grenzenlosen Stadt verspürte Pitt in seinem Abteil eine Art Ehrfurcht, während er die unzähligen Häuserreihen an sich vorüberhuschen sah, die vom Dampf der vielen Züge rußgeschwärzt waren. Fast vier Millionen Menschen lebten hier – von den bleichgesichtigen Verwahrlosten, die unter Kälte und Hunger litten, bis zu den wohlhabendsten, talentiertesten und schönsten Mitgliedern einer zivilisierten Nation. London war das Herz eines weltumspannenden Reiches – die Quelle der Kunst, des Theaters, der Oper, des Lachens und der Gesetze, aber auch des Mißbrauchs und der ungeheuren Habsucht.

Pitt aß die belegten Brote, die Charlotte für ihn zurechtgemacht hatte, und war froh, als er am Nachmittag in Grantham ankam und seine steifen Glieder endlich wieder bewegen konnte. Er brauchte noch weitere eineinhalb Stunden, bis er das Landhaus des verstorbenen Mr. Etheridge erreichte.

Die Tür wurde von einem Diener geöffnet, der sich nur schwer von Pitts Befugnis überzeugen ließ, Mr. Etheridges Räume nach Briefen durchsuchen zu dürfen.

Pitt begann im elegant und luxuriös eingerichteten Büro des Ermordeten, und nach etwa einer Stunde wurde er fündig.

Der erste Brief war sehr einfach gehalten und vor ungefähr zwei Jahren geschrieben worden.

Geehrter Mr. Etheridge,
ich bitte Sie als Mitglied des Parlaments, mir in meinem gegenwärtigen Kummer zu helfen. Meine Geschichte ist unkompliziert. Dem Wunsch meiner Eltern entsprechend, heiratete ich mit neunzehn einen mehrere Jahre älteren Mann, der sehr unbeugsam und herrschsüchtig war. Zwölf Jahre lang bemühte ich mich, ihm zu gefallen und ein bißchen Glück zu finden. In dieser Zeit gebar ich ihm drei Kinder, von denen eines starb. Für die anderen beiden, einen Jungen und ein Mädchen, sorgte ich bestens, und ich liebte sie von ganzem Herzen.
Schließlich konnte ich jedoch die Unterdrückung, selbst in den kleinsten Dingen, nicht mehr ertragen, und schlug meinem Mann vor, mich von ihm zu trennen. Ich denke, daß ihm das recht gelegen kam, weil er meiner inzwischen wohl überdrüssig war.
Er bestand darauf, meinen Sohn zu behalten und ihn meinem Einfluß für immer zu entziehen. Meine Tochter durfte ich mitnehmen.
Ich verlangte keine finanzielle Unterstützung, und mein Mann bot mir auch keine an, nicht einmal für unsere Tochter Pamela, Pansy genannt, die erst sechs Jahre alt war. Bei einer wohlhabenden Frau fand ich Unterkunft und leichte Arbeit. Alles war in Ordnung, bis mein Mann letzten Monat plötzlich das Sorgerecht auch für meine Tochter forderte. Der Gedanke, mein Kind zu verlieren, geht über meine Kräfte. Pamela ist glücklich bei mir; sie hat, was sie braucht, und ich lasse es an einer guten Erziehung nicht fehlen.
Bitte helfen Sie mir in dieser Angelegenheit, denn ich habe sonst niemand, an den ich mich wenden könnte.

Hochachtungsvoll,
Florence Ivory

Nun folgte eine Kopie von Etheridges Antwort.

Meine liebe Mrs. Ivory,
ich sehe keinen Grund, warum Sie sich Kummer machen müßten. Bei einem Gespräch mit Ihrem Mann habe ich betont, wie unangebracht seine Forderung ist. Ein Kind in Pansys zartem Alter sollte von der eigenen Mutter und nicht von irgendeiner Erzieherin betreut werden, zumal Sie, wie Sie sagen, bestens für die Kleine sorgen.

Vermutlich wird man Sie in Zukunft nicht mehr behelligen – andernfalls zögern Sie nicht, mich zu informieren, damit ich in Ihrem Sinne rechtliche Schritte unternehmen kann.

Mit freundlicher Empfehlung,
Vyvyan Etheridge

Als nächstes fand Thomas Pitt einen Brief in einer völlig anderen Handschrift.

Geehrter Mr. Etheridge,
anknüpfemd an unser Gespräch vom 4. letzten Monats, glaube ich, daß Sie meine Frau, Mrs. Florence Ivory, falsch beurteilen.
Meine Frau ist ein Mensch mit heftigen Emotionen und plötzlichen unreifen Launen. Unglücklicherweise hat sie wenig Gespür für das, was passend ist, und sie läßt sich leicht gehen. Es schmerzt mich, das sagen zu müssen: Ich halte sie nicht für die geeignete Person, ein Kind, vor allem ein Mädchen, großzuziehen, denn sie würde ihm ihre eigenen unzivilisierten und ungeziemenden Ideen einpflanzen.
Ich gebe Ihnen folgende Informationen nicht gern, aber die Umstände zwingen mich dazu. Meine Frau setzt sich für verschiedene umstrittene und radikale Themen ein, das parlamentarische Wahlrecht für Frauen inbegriffen. Sie läßt sich sogar in der Öffentlichkeit mit Miß Helen Taylor sehen, einer fanatischen und revolutionären Person, die sich erdreistet, Hosen zu tragen.
Außerdem hat meine Frau mehrmals ihre Bewunderung für eine Mrs. Annie Besant ausgedrückt, die Fabrikarbeiterinnen aufwiegelt und für soziale Unruhen in diesen Kreisen sorgt.
Ich bin sicher, daß Sie aus diesen Informationen ersehen, wie unfähig meine Frau ist, meine Tochter zu erziehen. Ich erwarte von Ihnen, daß Sie ihr in dieser Hinsicht in Zukunft keine Unterstützung mehr anbieten.

Ihr untertäniger Diener
William Ivory

Diesem Schreiben folgte wieder eine Kopie von Etheridges Antwort.

Geehrter Mr. Ivory,
danke für Ihren Brief, betreffs Ihrer Frau Florence Ivory und des Sorgerechts für Ihre Tochter. Ich habe Mrs. Ivory kennengelernt und fand, daß sie eine Frau mit starkem Willen und vielleicht irregeleiteten politischen Ansichten ist, aber ihr Benehmen war tadellos, und sie hängt offensichtlich sehr an ihrer Tochter. Das Kind ist gepflegt und gesund, und an seiner Erziehung gibt es nichts auszusetzen.

Während ich Miß Taylors Verhalten ebenfalls mißbillige, glaube ich nicht, daß die Sympathie Ihrer Frau für diese extreme Person etwas mit der Aufzucht des Kindes zu tun hat. Außerdem werden Sie wissen, daß das Gesetz nun einer verwitweten Mutter das alleinige Sorgerecht für ihre Kinder zugesteht. Deshalb bin ich weiterhin dafür, daß Pansy unter der Obhut von Mrs. Florence Ivory bleibt.

Mit vorzüglicher Hochachtung,
Vyvyan Etheridge

Der Handschrift des nächsten Briefes zufolge mischte sich noch eine vierte Person in die Korrespondenz ein.

Lieber Vyvyan,
wie ich von William Ivory, einem guten Freund, höre, hast Du Dich für die Sache seiner unglücklichen Frau stark gemacht, was das Sorgerecht für die gemeinsame Tochter Pamela betrifft. William hat Dir bereits seine triftigen Gründe geschildert, warum er seiner Frau die Eignung für die Erziehung des Kindes abspricht. Ich schließe mich seiner Meinung voll und ganz an.

Wenn wir solche politisch gefährlichen Leute unterstützen – wer weiß, wohin das letztendlich führen wird? Du mußt wissen, daß es schon Unruhe im Land gibt und ein starkes Element, das den Umsturz der alten Ordnung wünscht und – allem Vernehmen nach – die Anarchie anstrebt.

Ich möchte Dir entschieden empfehlen, Florence Ivory in keiner Weise mehr Vorschub zu leisten, sondern statt dessen dem armen William zu helfen, das Sorgerecht für seine unglückliche Tochter zu bekommen, ehe diese durch das undisziplinierte Verhalten ihrer Mutter Schaden nimmt.

Mit freundschaftlicher Verbundenheit,
Garnet Royce, M.P.

Garnet Royce! Also war der gebildete und eigenmächtige Garnet Royce, der sich so fürsorglich um die Angelegenheiten seiner Schwester kümmerte, derjenige gewesen, der Florence Ivory ihres Kindes beraubt hatte. Warum? Unwissenheit, Festhalten am Hergebrachten, Dank für einen Gefallen, den William Ivory ihm einmal getan hatte, oder tatsächlich die Überzeugung, Ivory könne ihr eigenes Kind nicht angemessen erziehen?

Thomas Pitt wandte sich wieder der Kopie von Etheridges nächstem Brief zu.

Geehrte Mrs. Ivory,
leider muß ich Ihnen mitteilen, daß ich die Bitte Ihres Mannes, das Sorgerecht für Ihre Tochter betreffend, noch einmal gründlicher überprüfen muß. Ich habe festgestellt, daß die Umstände nicht so sind, wie ich zuerst annahm, und wie Sie mich glauben ließen.

Deshalb muß ich Ihnen meine Unterstützung entziehen und sie Ihrem Mann gewähren, damit er seine beiden Kinder in einer ordentlichen und gottesfürchtigen Umgebung großziehen kann.

Hochachtungsvoll,
Vyvyan Etheridge

Mr. Etheridge
ich konnte kaum fassen, was ich in Ihrem Brief las! Sofort wollte ich Sie aufsuchen, aber Ihr Diener wies mich ab. Nach Ihren Versprechungen und Ihrem persönlichen Besuch in meinem Haus war ich überzeugt, daß Sie mein Vertrauen nicht mißbrauchen würden!

Wenn Sie mir nicht helfen, verliere ich mein Kind! Mein Mann hat geschworen, daß ich meine Tochter nicht einmal mehr sehen darf, wenn er das Sorgerecht erhält! Ahnen Sie, was das bedeutet?
Bitte, bitte helfen Sie mir!

Florence Ivory

Sie antworten nicht! Bitte, Mr. Etheridge, hören Sie mich doch an! Ich bin nicht ungeeignet, für mein Kind zu sorgen. Was habe ich nur getan?

Florence Ivory

Die letzten Zeilen waren vor Erregung fast unleserlich gekritzelt:

Man hat mir mein Kind genommen. Ich kann meinen Schmerz nicht in Worte fassen, aber eines Tages werden Sie erfahren, was ich fühle, und Sie werden aus tiefstem Herzen wünschen, daß Sie mich nicht so schmählich verraten hätten!

Florence Ivory

Pitt faltete das Schreiben und steckte es zusammen mit dem Rest der Korrespondenz in einen großen Briefumschlag. Er stand auf und stieß sich das Knie am Schreibtisch, ohne es zu spüren. Seine Gedanken beschäftigten sich mit den Ereignissen auf der dunklen Westminster Bridge und mit zwei Frauen in einem sonnendurchfluteten Raum, dessen Luft von Schmerz durchtränkt war.

7

Es war am Tag nach Pitts Aufenthalt in Lincolnshire, als Charlotte gegen Mittag einen Brief erhielt, der persönlich abgegeben wurde. Sie wußte sofort, daß er von Großtante Vespasia kam, denn sie kannte den Diener, und ihr erster angstvoller Gedanke war, daß die alte Dame krank im Bett lag. Doch dann sah sie, daß das Gesicht des Boten keine Spur von Besorgnis zeigte.

Sie ließ den Mann in der Küche warten, eilte ins Wohnzimmer und entzifferte Vespasias fein gestrichelte, ziemlich exzentrische Handschrift.

Meine liebe Charlotte,
eine alte Freundin von mir, die Du bestimmt mögen würdest, hat große Angst, daß ihre Lieblingsnichte des Mordes verdächtigt wird. Sie bat mich um Hilfe, und ich wende mich an Dich. Mit Deiner Erfahrung und Geschicklichkeit wird es uns vielleicht gelingen, die Wahrheit herauszufinden – jedenfalls will ich es versuchen.

Wenn Du kannst, laß Dich bitte von meinem Diener zu mir bringen, damit wir noch heute nachmittag einen Schlachtplan entwerfen können; wenn nicht, schreib mir, wann Du eine Stunde zu erübrigen vermagst – die Zeit drängt.

Deine Dich liebende
Vespasia Cumming-Gould

P.S. Du brauchst Dich nicht in Schale zu werfen. Nobby ist ein natürliches Wesen und nicht in Stimmung, auf Äußerlichkeiten zu achten.

Da gab es nur eine Reaktion. Charlotte wußte aus eigener Erfahrung mit Emily, wie es war, wenn ein Mensch, den man liebte, des Mordes verdächtigt wurde. Natürlich würde sie gehen.

»Gracie!« rief sie, als sie in die Küche zurückkehrte. »Gracie, ich muß jemand helfen, der sich in Schwierigkeiten befindet. Bitte gib den Kindern ihr Mittagessen und eventuell den Tee. Ich komme wieder, sobald die Sache geregelt ist.«

»O ja, Madam.« Gracie wandte sich von dem Boten ab und sah Charlotte aufgeregt an. »Handelt es sich um Krankheit oder...« Sie wußte, daß Charlotte schon öfter gegen Verbrechen aktiv geworden war, doch momentan wagte sie es nicht, das zu erwähnen.

Charlotte lächelte freudlos. »Nein, Gracie, keine Krankheit.«

»Oh, Madam!« Gracie atmete tief. Dunkle und wundervolle Abenteuer beflügelten ihre Fantasie. »Seien Sie vorsichtig, Madam!«

Vierzig Minuten später folgte Charlotte einem Diener über das Parkett der Halle in Großtante Vespasias Stadthaus und betrat den Salon.

Die alte Dame saß in ihrem bevorzugten Sessel neben dem Feuer. Ihr gegenüber hatte eine äußerst magere Frau Platz genommen, deren eigenwilliges, lebhaftes Gesicht beinahe schon wieder schön zu nennen war. Ihre Augen waren sehr dunkel, die Brauen wild geschwungen, die Nase stach mächtig hervor, und der Mund wirkte humorvoll. Charlotte schätzte die Besucherin auf ungefähr sechzig Jahre und vermutete, daß ihr wettergegerbtes Gesicht von Meereswind und Tropensonne ruiniert worden war. Die Fremde betrachtete Charlotte mit unverhohlener Neugier.

»Komm her, Charlotte«, sagte Vespasia schnell. Sie wandte sich an ihr Gegenüber. »Das ist Charlotte Pitt. Wenn irgend jemand uns helfen kann, dann ist sie es. Charlotte – Miß Zenobia Gunne.«

»Guten Tag, Miß Gunne«, sagte Charlotte höflich.

»Setz dich«, befahl Vespasia und machte eine einladende Bewegung. »Wir haben eine Menge vor. Nobby wird dir erzählen, was wir bisher wissen.«

Charlotte gehorchte. Ihr fiel die Dringlichkeit in Vespasias Stimme auf.

»Ich bin sehr dankbar, daß Sie mir zuhören wollen«, erklärte Zenobia Gunne und sah Charlotte an. »Die Situation ist folgende: Meine Nichte besitzt südlich des Flusses ein Haus, das sie vor zwölf Jahren von ihren Eltern geerbt hat – meinem jüngeren Bruder und seiner Frau, nachdem beide gestorben waren. Africa – so nannte mein Bruder sie nach dem Kontinent, den ich jahrelang erforscht habe – Africa ist ein intelligentes und unabhängiges Mädchen, das sich leidenschaftlich für Menschen einsetzt, die Unrecht erlitten haben.«

Zenobia beobachtete Charlottes Gesicht, weil sie schon jetzt versuchen wollte, sich ein Bild davon zu machen, wie ihre Geschichte auf Charlotte wirkte.

»Vor zwei oder drei Jahren begegnete Africa einer etwas älteren Frau, die mit ihrer kleinen Tochter ihren Mann verlassen hatte. Africa bot den beiden an, mit ihr in ihrem Haus zu leben. Sie gewann Mutter und Tochter lieb, was rasch auf Gegenseitigkeit beruhte.

Nun kommt der Teil der Story, der uns berührt. Der bösartige Ehemann der Frau wollte das Sorgerecht für das Kind. Sie wandte sich an ein Mitglied des Parlaments, und dieser Politiker versprach ihr Unterstützung. Plötzlich änderte er seine Meinung und stellte sich gegen die Frau. Der Vater bekam das Sorgerecht und nahm ihr das Kind weg. Die Mutter hat ihr Töchterchen seitdem nicht mehr gesehen.«

»Und der Ehemann wurde ermordet?« fragte Charlotte ahnungsvoll.

»Nein.« Zenobias interessante Augen hielten ihrem Blick stand, doch Charlotte bemerkte zum erstenmal, wieviel Entschlossenheit und Schmerz in ihnen lag. »Nein. Das Parlamentsmitglied wurde umgebracht, Mrs. Pitt.«

Charlotte schauderte es, als hätte ein Hauch jener Nacht auf der Brücke mit ihrem Nebel und der Kälte sie gestreift. Das war Thomas' Fall, vom dem er mit soviel Verwirrung und Mitleid gesprochen hatte. Sie wußte, daß ganz London über die grausamen Verbrechen entsetzt war, zumal bekannte Respektpersonen dabei ihr Leben verloren hatten.

»Ja«, sagte Zenobia sehr leise. »Die Morde auf der Westminster Bridge. Ich fürchte, die Polizei glaubt, daß Africa und ihre Gefährtin diese entsetzlichen Taten begangen haben.

Die arme Frau hatte ja gewiß ausreichende Gründe, und weder sie noch Africa können ihre Unschuld beweisen.«

Pitts Beschreibung der beiden war Charlotte noch sehr gegenwärtig, und sie fragte sich mit tiefer Betroffenheit, ob es sich wirklich um zwei Mörderinnen handeln konnte.

»Charlotte, wir müssen alles tun, um ihnen zu helfen«, erklärte Vespasia lebhaft, ehe das Schweigen peinlich wurde. »Wo sollen wir beginnen?«

Charlotte überlegte fieberhaft. Wie gut kannte Großtante Vespasia diese Frau? Waren sie lebenslange Freundinnen oder nur gute Bekannte? Eine Generation klaffte zwischen ihnen. Wenn sie früher einmal befreundet gewesen waren – wie hatten sie sich verändert, jede auf ihre Weise? Wie verschieden waren nun ihre Denkungsart, ihre Vorlieben, ihre charakterliche Prägung?

Es war Zenobia, die Vespasias Frage beantwortete. »Zu Beginn muß ich bekennen, daß ich nicht weiß, ob Africa unschuldig ist, aber ich glaube es. Möglicherweise könnte unser Versuch, ihr zu helfen, das Gegenteil bewirken. Aber dieses Risiko will ich gerne auf mich nehmen.«

Charlotte ordnete ihre Gedanken und erwiderte: »Wenn wir die Unschuld der beiden nicht beweisen können, müssen wir uns bemühen, den Täter zu finden und dessen Schuld zu beweisen.« Sie machte eine kurze Pause und fuhr dann fort. »Ich habe in der Zeitung alles über die Morde auf der Westminster Bridge gelesen.« Sie sagte nicht, daß ihr Mann mit den Fällen betraut war, denn dann würde Zenobia sie nicht mehr für unparteiisch halten, und Vespasia hätte die Last einer doppelten Loyalität zu tragen.

»Welche Informationen haben wir?« meinte sie. »Daß die beiden Parlamentsmitglieder Sir Lockwood Hamilton und Mr. Vyvyan Etheridge auf die gleiche Weise umgebracht wurden. Warum sollte diese Frau ... wie heißt sie noch?«

»Florence Ivory.«

»Warum solte Florence Ivory beide Männer töten? Hatten sie beide mit dem Verlust ihres Kindes zu tun?«

»Nein, nur Mr. Etheridge. Ich weiß nicht, warum die Polizei ihr auch den anderen Mord zutraut.«

Charlotte war überrascht. »Sind Sie sicher, daß sie Grund hat, sich zu ängstigen, Miß Gunne? Ist es nicht möglich, daß die Polizei nur jeden aushorcht, der einen Groll gegen eines der Opfer hegte – in der Hoffnung, etwas zu entdecken? Vielleicht besteht gar kein wirklicher Verdacht gegen Mrs. Ivory und Ihre Nichte.«

Ein flüchtiges Lächeln huschte über Zenobias Gesicht, eine Mischung aus Ironie, Amüsement und Bedauern. »An diese Hoffnung könnte man sich klammern, Mrs. Pitt, aber Africa sagte, der Polizist, der sie aufsuchte, war ein ungewöhnlicher Mensch, ohne Überheblichkeit oder Drohgebärden. Er schien auch keine Befriedigung dabei zu empfinden, als er entdeckte, wie stark das Motiv der beiden Frauen war. Florence erzählte ihm ihre traurige Geschichte ganz offen, ohne etwas zu beschönigen. Währenddessen beobachtete Africa das Gesicht des Mannes, der wirkte, als hätte er lieber eine andere Lösung seines Falles gefunden – sie war sogar überzeugt, daß ihn Ivorys Schicksal bedrückte. Sie war aber ebenso davon überzeugt, daß er nicht lockerlassen und wiederkommen würde. Natürlich haben die beiden Angst, daß sie festgenommen werden.«

Charlotte befürchtete das auch, nur glaubte sie nicht, daß die Frauen Lockwood Hamilton getötet hatten. Allerdings war es unwahrscheinlich, wenn auch nicht ausgeschlossen, daß zwei solche Mörder in London herumliefen.

»Ich wiederhole«, sagte Charlotte, »wenn Africa und Mrs. Ivory es nicht waren, müssen wir denjenigen finden, der es war.«

Zenobias gequälter Gesichtsausdruck verriet, daß sie die schiere Hoffnungslosigkeit dieser enormen Aufgabe erkannte.

Vespasia richtete sich in ihrem Sessel auf und hob das Kinn. Ihre Worte bewiesen eher Mut als Glauben.

»Ich bin sicher, Charlotte wird eine Idee haben. Wir wollen beim Mittagessen darüber reden. Laßt uns ins Frühstückszimmer gehen, dort ist die Aussicht so schön, und die Narzissen blühen schon.« Sie erhob sich, und Zenobia und Charlotte folgten ihr.

Der Frühstücksraum hatte Parkettboden wie die Halle, und große Flügeltüren öffneten sich zur Terrasse hin. An den Wänden standen Vitrinen mit feinstem Minton-Porzellan und einem kompletten Service weißes Rockingham mit Goldrand. Ein Klapptisch war für drei gedeckt, und das Stubenmädchen wartete darauf, die Suppe zu servieren.

Als der zweite Gang – Hühnchen und Gemüse – bereitstand, blickte Vespasia ihre Großnichte auffordernd an. Charlotte wußte, daß sie nun mit ihren Überlegungen beginnen sollte.

»Wenn es Anarchisten, Revolutionäre oder ein Irrer waren«, meinte sie nachdenklich, »haben wir kaum Chancen, den Täter zu entdecken. Deshalb sollten wir unser Augenmerk auf die Leute richten, bei denen uns ein Erfolg beschieden sein könnte – Leute, die Sir Lockwood und Mr. Hamilton kannten und vielleicht haßten. Ich denke, es gibt nur wenige Gefühle, die stark genug sind, einen sonst normalen Menschen zu einer so extremen Tat zu treiben – Haß, der Rache beinhaltet, Gier und Angst; Angst, etwas Kostbares zu verlieren, wie einen guten Ruf, Liebe, Ehre oder eine herausragende Position.«

»Wir wissen sehr wenig über die Opfer«, erklärte Zenobia mit gefurchter Stirn.

Charlotte mußte wieder daran denken, wie schrecklich es wäre, wenn sich Florence Ivory doch als Täterin herausstellen würde – oder zumindest als Anstifterin, die einen Verbrecher für den Mord bezahlt hätte.

Laut sagte sie: »Dann werden wir eben einiges über sie in Erfahrung bringen. Wir haben mehr Möglichkeiten als die Polizei, die passenden Leute zu treffen und heimlich zu beobachten.«

Vespasia faltete die Hände im Schoß wie ein braves Schulmädchen. »Mit wem sollen wir anfangen?«

»Was wissen wir über Mr. Etheridge?« fragte Charlotte zurück. »Gibt es eine Witwe, Familie, eine Geliebte? Und wenn wir da nichts feststellen – wie steht es mit geschäftlichen Rivalen?«

»In der Times stand, daß er Witwer war und eine Tochter

hinterläßt, die mit einem James Carfax verheiratet ist«, erwiderte Vespasia. »Sir Lockwood hinterläßt eine Witwe und einen Sohn aus erster Ehe.«

»Ausgezeichnet. Da werden wir beginnen. Es wird immer leichter für uns sein, mit Frauen zu reden und ihre Reaktionen zu beurteilen. Wir haben also Mrs. Etheridges Tochter...«

»Helen Carfax«, warf Vespasia ein.

Charlotte nickte. »Und Lady Amethyst Hamilton. Ist der Sohn verheiratet?«

»Davon wurde nichts erwähnt.«

Zenobia beugte sich vor. »Eine Lady Mary Carfax kenne ich flüchtig. Ich glaube, ihr Sohn hieß James.«

»Dann laß die Bekanntschaft wiederaufleben«, sagte Vespasia sofort.

Zenobias Mundwinkel zogen sich nach unten. »Wir mochten einander nicht«, meinte sie zögernd. »Unter anderem gefiel es ihr nicht, daß ich nach Afrika ging. Sie sagte, ich würde meine gute Herkunft und mein Geschlecht verraten, weil ich mich unmöglich benähme. Und ich fand sie wichtigtuerisch, engstirnig und völlig fantasielos.«

»Zweifellos hattet ihr beide recht«, erklärte Vespasia beißend. »Doch da sie sich im lauf der Zeit wohl kaum gebessert hat und du etwas von ihr willst, nicht umgekehrt, mußt du dich deiner Nichte zuliebe anpassen und nett zu ihr sein.«

Zenobia hatte die Insekten und die Hitze des Kongos ertragen, die Beschwerden von Wüstendurchquerungen und Kanufahrten, sie hatte gegen Erschöpfung, Krankheit, den Zorn der Familie, störrische Beamte und rebellische Eingeborene gekämpft. Sie hatte seelische Schmerzen, Achtung und Einsamkeit erduldet. Nun würde sie leicht die Selbstdisziplin aufbringen, Lady Mary Carfax gegenüber liebenswürdig zu sein.

»Natürlich«, stimmte sie zu. »Was sonst?«

»Eine von uns wird Lady Hamilton besuchen«, fuhr Charlotte fort. »Tante Vespasia, am besten machst du das. Du kennst sie und kannst sagen, du hättest im Zuge deiner Sozialarbeit mit Sir Lockwood zu tun gehabt und wolltest dein Beileid aussprechen.«

»Ich habe ihn nie gesehen«, entgegnete Vespasia, »was unwichtig ist, wie ich zugebe. Aber da du eine Lüge vorschlägst, kannst du sie auch selbst auftischen. Ich werde mich mit Somerset Carlisle unterhalten und ihn über das politische Leben der beiden Opfer ausfragen. Es könnte immerhin sein, daß das Verbrechen einen politischen Hintergrund hat, und es wäre klug von uns, auch in dieser Hinsicht zu recherchieren.«

»Wer ist Somerset Carlisle?« fragte Zenobia neugierig. »Ich habe den Namen schon irgendwo gehört.«

»Er ist Mitglied des Parlaments«, erwiderte Vespasia. »Ein Mann mit Humor und einem etwas aufbrausenden Wesen.« Sie lächelte, und Charlotte vermutete, daß sie sich an irgendein romantisches Abenteuer in ihrer Vergangenheit erinnerte. Vespasias blaue Augen blickten beinahe unschuldig in die Ferne. »Und mit einer Leidenschaft für Reformen. Wenn ich ihm unsere Situation beschreibe, wird er uns helfen, soweit er kann.«

Zenobia versuchte, ein hoffnungsvolles Gesicht aufzusetzen, was ihr fast gelang. »Wann sollen wir anfangen?«

Nach dem Essen gab es viel zu tun. Die Kleidung der Frauen paßte nicht zu den geplanten Anlässen. Zenobias legerer Aufzug wäre für eine Person von Lady Mary Carfax' Empfindlichkeit eine Beleidigung gewesen, deshalb fuhr sie nach Hause, um die modernsten Kleider anzuziehen, die sie besaß. Es fehlte ihr durchaus nicht an Mitteln, doch sie legte nicht soviel Wert auf ihre äußere Erscheinung, abgesehen von einer gewissen selbstverständlichen Ordentlichkeit.

Vespasia vertauschte ihr leichtes Kleid mit einem himmelblauen Wollkostüm, mit dem sie sich im Freien bewegen konnte, ohne zu frieren. Die alte Dame liebte schöne Kleidung und selbst wenn sie den Kongo bereist hätte, wäre sie nur wohlfrisiert und in modischen Kleidern aufgetreten. Außerdem mochte sie Somerset Carlisle und besaß noch genügend Eitelkeit, in seiner Gegenwart gut aussehen zu wollen. Er war zwar fünfunddreißig Jahre jünger als sie, aber das änderte nichts an ihren Grundsätzen.

Für Charlotte suchte Vespasia ein anthrazitfarbenes Kleid aus, das sie in weiser Voraussicht schon am Morgen von ihrem Mädchen hatte umändern lassen, und das für einen Kondolenzbesuch hervorragend geeignet war.

Charlotte fuhr in Vespasias Kutsche mit, und als die alte Dame vor dem Haus von Somerset Carlisle ausgestiegen war, verließ die junge Frau plötzlich der Mut. Die Aussichtslosigkeit ihres Unterfangens kam ihr mit einem Mal zum Bewußtsein. Sie hatte sich geschmeichelt gefühlt, weil ihre Großtante sich an sie gewandt hatte, und sie hatte die beiden Damen glauben lassen, sie sei zu viel mehr fähig, als sie es wirklich war. Sie würde sich blamieren und, was noch schlimmer war, eine Witwe kränken, die ihren Mann auf schreckliche Weise verloren hatte. Zudem weckte sie in Zenobia und Vespasia falsche Hoffnungen, während die beiden Freundinnen mit ihrem Anliegen bei der Polizei oder einem guten Rechtsanwalt viel besser aufgehoben gewesen wären.

Die Kutsche fuhr sehr schnell Whitehall hinunter. Jeden Augenblick würde der Big Ben in Sicht kommen. Was sollte Charlotte nur sagen? Während des Essens hatte die Angelegenheit noch sehr abenteuerlich gewirkt, jetzt war sie nur mehr lächerlich und unpassend!

Sollte Charlotte möglichst raffiniert vorgehen, oder war eine gewisse Offenheit der bessere Weg?

Die Droschke hielt. Gleich darauf mußte die junge Frau die Hand des Dieners ergreifen und aus dem Fahrzeug klettern. Ihre Knie waren weich. Sie stand auf dem Pflaster; der Kutscher und der Diener sahen sie an.

»Bitte warten Sie hier«, sagte sie atemlos, raffte ihre Röcke und trat vor die Eingangstür.

Auf ihr Läuten öffnete ein Mädchen in Schwarz.

»Ja, Madam?«

»Guten Tag, mein Name ist Ellison.« An den Namen Pitt hätte sich vielleicht jemand erinnert. »Ich hoffe, daß ich nicht störe, aber ich habe Sir Lockwood so bewundert, daß ich Lady Hamilton mein Beileid gern persönlich aussprechen möchte, anstatt ihr zu schreiben.« Charlotte blickte auf das Silbertablett, auf dem sie ihre Visitenkarte hätte ablegen sollen, und errötete. »Es tut mir leid, ich war im Ausland und habe in aller Eile ausgepackt.« Sie zwang sich zu lächeln. »Bitte würden Sie Lady Hamilton sagen, daß Charlotte Ellison ein paar Minuten ihrer Zeit in Anspruch nehmen möchte, um die Gedanken so vieler Leute auszudrücken, die Sir Lockwood geschätzt und geachtet haben.« Sie schenkte dem Mädchen ihr charmantestes Lächeln.

»Natürlich, Madam.« Das Mädchen ließ sie ein und stellte das leere Tablett auf einen Tisch in der Halle. »Wollen Sie bitte im Frühstückszimmer warten?«

Im Frühstückszimmer blickte sich Charlotte hastig um. Der Raum wirkte elegant, individuell eingerichtet und nicht überladen. Es gab nichts Unharmonisches, keine Mißtöne durch Erinnerungsstücke an die Frau, die früher hier gelebt hatte. Das einzige, was Charlotte für ein Überbleibsel von früher hielt, war das ein wenig süßliche Gemälde eines Landhausgartens, das nicht zu den übrigen Wasserfarben paßte, aber auch nicht ungefällig wirkte – eher wie eine sentimentale Geste ohne Zudringlichkeit.

Die Tür öffnete sich, und eine schwarzgekleidete Frau kam herein. Sie war groß und schlank, etwa Ende Vierzig, deren dunkles Haar von Silberfäden durchzogen war. Sie hatte vor dem letzten Schicksalsschlag schon Kummer erlebt, wie ihr Gesicht verriet, doch Selbstmitleid kannte sie nicht.

»Ich bin Amethyst Hamilton«, sagte sie höflich. »Mein Mädchen hat mich informiert, daß Sie mir einen Kondolenzbesuch abstatten wollen. Ich muß gestehen, daß mein Mann Ihren Namen nie erwähnte, doch es ist sehr aufmerksam von Ihnen, persönlich zu erscheinen. Natürlich pflege ich momentan keinen gesellschaftlichen Verkehr und trinke meinen Tee allein, doch wenn Sie auf eine Tasse bleiben wollen, sind Sie willkommen.« Der Hauch eines Lächelns huschte über ihre Züge. »Nur wenige Leute finden es in einem Trauerhaus gemütlich, und ich verstehe, wenn Sie noch andere Besuche machen müssen.«

Charlotte fühlte sich schuldbeladen. Sie kannte die schreckliche Isolation der Trauer; sie hatte Emilys Einsamkeit im letzten Jahr nach Georges Tod miterlebt, die, wie bei dieser Frau hier, vom Entsetzen des Mordes überschattet gewesen war, von der Last polizeilicher Befragungen und des Skandals. Und sie, Charlotte, erzählte nun Lügen und benutzte die Maske des Mitgefühls, um diese arme Frau über ihre Familie auszuhorchen, um etwas zu erfahren, was vor der Polizei geheimgehalten wurde – und das alles nur, weil sie sich für schlauer hielt als alle anderen und für fähiger, die Schwachstellen ihrer eigenen Klasse und ihres eigenen Geschlechts bloßzulegen.

»Danke«, erwiderte sie mit brüchiger Stimme und schluckte hart. Möglicherweise hatte Florence Ivory den Mann dieser Frau getötet, weil sie ihn im Lampenlicht mit einem anderen verwechselte.

Nun hieß es, soviele Lügen wie nötig mit der Wahrheit zu vermischen.

»Vor einiger Zeit arbeitete ich an einem Versuch mit, das Armenrecht zu ändern. Ich sammelte nur Informationen – da gab es wichtigere Leute als mich, die Einfluß und Weisheit besaßen. Sir Lockwood war damals sehr liebenswürdig zu uns, und ich spürte, daß er ein Mann war, der Erbarmen hatte und sich durch charakterliche Qualitäten auszeichnete.«

»Ja.« Amethyst Hamilton führte Charlotte in den Salon und bot ihr einen Stuhl neben dem Feuer an. »Sie hätten ihn nicht besser beschreiben können«, sagte sie und nahm ebenfalls Platz. »Es gab viele, die in ihrer Meinung nicht immer mit ihm übereinstimmten, aber niemand, der ihm Egoismus oder Unehrenhaftigkeit nachgesagt hätte.« Sie zog am Glockenseil neben ihrem Ellbogen, und als das Mädchen erschien, trug sie ihm auf, Tee und Gebäck zu bringen.

Anschließend fuhr sie fort. »Es ist seltsam, daß viele Menschen nicht von den Verstorbenen reden wollen. Sie senden Karten und Blumen, doch wenn sie mich besuchen, sprechen sie vom Wetter oder von meiner Gesundheit – oder ihrer eigenen, nur nicht von Lockwood. Es kommt mir vor, als wünschten sie, daß er nie existiert hätte. Das erscheint mir höchst seltsam – aber offenbar wollen sie meine Gefühle schonen.«

»Vielleicht sind sie auch nur verlegen«, meinte Charlotte, ehe es ihr einfiel, daß das ein formeller Besuch war. Sie kannte diese Frau überhaupt nicht, und ihre persönlichen Ansichten waren nicht gefragt. Sie spürte, wie sie errötete. »Verzeihung.«

Amethyst biß sich auf die Lippen. »Sie haben völlig recht, Miß Ellison. Wir wissen so selten, wie wir mit den Gefühlen anderer Menschen umgehen sollen, wenn wir sie nicht teilen. Und jetzt sage ich etwas sehr Unpatriotisches: Ich fürchte, daß das bei uns so etwas wie ein nationales Versagen ist.«

»Das stimmt.« Charlotte war nie im Ausland gewesen, obwohl sie das vorher dem Mädchen gegenüber behauptet hatte; sie konnte also keine eigene Meinung beisteuern, sondern nur nicken. »Ich hatte eine Schwester«, fügte sie rasch hinzu, »die unter sehr tragischen Umständen starb, und ich machte auch diese Erfahrung. Bitte erzählen Sie mir von Sir Lockwood, wenn Sie wollen. Ich bin weder befangen noch uninteressiert. Es gehört zum Respekt, den wir teuren Verstorbenen zollen, daß wir sie anderen gegenüber loben.«

»Sie sind sehr freundlich, Miß Ellison.«

»Überhaupt nicht.« Charlotte verspürte wieder Schuldgefühle, doch jetzt konnte sie keinesfalls aufhören. »Erzählen Sie mir, wie Sie einander begegnet sind! War es romantisch?«

»Absolut nicht!« Amethyst lachte fast, und ihr Gesicht wurde weich bei der Erinnerung. Die Linien ihres Mundes und die momentane Glätte ihrer Stirn riefen das Mädchen wach, das sie einmal gewesen war. »Bei einer politischen Veranstaltung, die ich mit meinem älteren Bruder besuchte, stieß ich mit ihm zusammen. Ich trug einen cremefarbenen Hut mit einer Feder darauf und eine Bernstein-Perlenkette, die ich sehr liebte. Unglücklicherweise riß sie, und die Perlen rollten auf den Boden. Ich war sehr bestürzt und bückte mich danach, mit dem Erfolg, daß der Rest auch noch vor meine Füße kullerte. Ein Herr trat auf eine Perle, verlor das Gleichgewicht und fiel gegen eine große Dame, die einen Hund im

Arm hielt. Die Dame schrie, der Hund sprang davon und verkroch sich unter den Röcken einer Zuhörerin. Der Tumult, der nun entstand, störte den Redner so sehr, daß er den Faden verlor. Lockwood sah mich strafend an und tadelte mich, weil ich kicherte, doch er half mir beim Aufsammeln der Perlen.«

Der Tee wurde hereingebracht, und während der nächsten halben Stunde erzählte Amethyst von ihrem Eheleben. Dabei stellte sich heraus, daß Lockwood Hamilton ein sanfter, ernster und sensibler Mensch gewesen war, der seine zweite Frau zutiefst geliebt hatte. Wie es hatte geschehen können, daß ihm in der Dunkelheit der Westminster Bridge die Kehle durchgeschnitten worden war, wurde mit jedem Satz unverständlicher und rätselhafter.

Es war schon nach vier Uhr, als das Mädchen den Besuch von Mr. Barclay Hamilton ankündigte.

Amethysts Gesicht wurde blaß, und alle Lebendigkeit verschwand aus ihren Augen. Schmerz machte sich auf ihren Zügen breit.

»Bitten Sie ihn herein«, sagte sie, dann wandte sie sich an Charlotte. »Der Sohn meines Mannes aus erster Ehe. Ich hoffe, er wird Sie nicht stören...«

»Wenn Sie Familienangelegenheiten zu besprechen haben, könnte ich es doch sein, die stört...«, fühlte sich Charlotte verpflichtet zu sagen.

»Nein, überhaupt nicht. Wir stehen uns nicht nahe. Ihre Gegenwart könnte es sogar leichter machen – für uns beide.«

Das war eine versteckte Bitte, die Charlotte nicht abschlagen konnte und wollte.

Das Mädchen führte einen Mann herein, der etwa zehn Jahre jünger als Amethyst und sehr schlank war, mit einem empfindsamen Gesicht, das vor Anspannung fast weiß wirkte. Er blickte nur kurz zu Charlotte hinüber, doch sie wußte, daß ihre Anwesenheit ihn irritierte.

»Guten Tag«, sagte er unsicher.

»Guten Tag, Barclay«, entgegnete Amethyst kühl. Sie wandte sich Charlotte zu. »Mr. Barclay Hamilton, Miß Charlotte Ellison, die so freundlich war, mir persönlich zu kondolieren.«

Barclays Gesicht entspannte sich ein wenig. »Ich begrüße Sie, Miß Ellison.« Dann sah er wieder Amethyst an. »Entschuldige, daß ich ungelegen komme. Ich bringe ein paar Papiere, die den Grundbesitz betreffen.«

»Das ist nett von dir, aber überflüssig«, erwiderte Amethyst. »Ich habe mir darum keine Sorgen gemacht. Du hättest sie schicken und die Reise vermeiden können.«

Er sah aus, als habe er eine Ohrfeige bekommen, dann verhärteten sich die Linien seines Mundes. »Ich hätte sie der Post nicht anvertrauen mögen. Vielleicht habe ich mich nicht klar ausgedrückt: es handelt sich um Urkunden.«

Entweder überhörte Amethyst die Schärfe in seiner Stimme, oder es war ihr egal, was er dachte und empfand. »Ich bin sicher, daß du dich in diesen Dingen besser auskennst als ich. Schließlich bist du der Testamentsvollstrecker.« Sie bot ihm keinen Tee, nicht einmal einen Stuhl an.

»Und es ist Teil meiner Pflicht, dir zu erklären, was du nun alles besitzt.« Endlich sah sie ihm in die Augen. Das Blut schoß ihr in die Wangen, dann wurde sie noch bleicher als vorher.

»Danke für deine Pflichterfüllung.« Sie war höflich, aber so kalt, daß es fast an Beleidigung grenzte. »Natürlich habe ich nicht weniger von dir erwartet.«

»Dann tu du jetzt deine Pflicht und sieh dir die Papiere an«, entgegnete er ebenso kalt und förmlich.

Ihr Körper versteifte sich, und sie hob das Kinn. »Ich glaube, Sie vergessen, mit wem Sie sprechen, Mr. Hamilton!«

Er beherrschte sich nur mühsam, und seine Stimme klang gepreßt. »Ich vergesse nie, wer Sie sind, Madame – nicht vom Tag unserer ersten Begegnung an, dafür ist Gott mein Zeuge.«

»Wenn Sie den Zweck Ihres Besuches erfüllt haben«, sagte sie sehr leise, »dann wäre es wohl das beste, Sie würden gehen. Ich wünsche Ihnen einen guten Tag.«

Er neigte den Kopf, erst in Amethysts Richtung, dann zu

Charlotte hin. »Guten Tag, Madame – Miß Ellison.« Ohne ein weiteres Wort drehte er sich um und verschwand. Hart fiel die Tür hinter ihm ins Schloß.

Ein paar Sekunden lang erwog Charlotte, so zu tun, als sei nichts geschehen, doch dann wurde ihr klar, daß das lächerlich gewesen wäre.

Amethyst rührte sich nicht. Charlotte wartete, bis das Schweigen bedrückend wurde, dann schenkte sie ihrer Gastgeberin neuen Tee ein.

»Trinken Sie einen Schluck«, sagte sie sanft. »Das ist offenbar eine schwierige Beziehung. Da ich Ihnen nicht helfen kann, akzeptieren Sie bitte mein Mitgefühl. Auch ich habe Verwandte, die ich äußerst strapaziös finde.« Sie dachte an Großmama. Natürlich war das nicht dasselbe, aber als Charlotte jung gewesen war und daheim gelebt hatte, war ihr diese Großmutter oft als böser Geist erschienen.

Amethyst faßte sich und nahm einen Schluck Tee. »Danke. Sie sind höchst aufmerksam. Ich entschuldige mich, daß ich Sie zur Zeugin einer solch peinlichen Szene gemacht habe. Ich wußte nicht, daß diese Begegnung so... so ausarten würde.«

Aber eine weitere Erklärung gab sie nicht ab.

Charlotte erwartete auch keine. Es schien, daß Barclay Hamilton ihr nach all den Jahren noch nicht vergeben hatte, daß sie die Frau seines Vaters geworden war. Vielleicht drückte sich darin eine Form der Eifersucht aus oder die Hingabe an seine Mutter, die es nicht erlaubt hätte, daß eine andere Frau ihren Platz einnahm. Arme Amethyst! Der Geist der ersten Lady Hamilton mußte ihr Eheleben überschattet haben. In diesem Augenblick empfand Charlotte eine heftige Ablehnung Barclay Hamilton gegenüber, obwohl er ihr sonst eigentlich ziemlich sympathisch gewesen war.

Als sie sich gerade ein zweites Stück Kuchen nehmen wollte, kam das Mädchen herein, um Sir Garnet Royce anzumelden. Er folgte ihr auf dem Fuße, so daß Amethyst nichts anderes übrigblieb, als ihn zu empfangen. Er hob die Brauen, als er Charlotte sah, doch ihre Gegenwart schien ihn nicht zu verstimmen.

»Guten Tag«, sagte er.

»Miß Charlotte Ellison«, erklärte Amethyst. »Sie war so nett, mir persönlich ihr Mitgefühl auszusprechen.«

»Sehr aufmerksam.« Garnet nickte kurz. Er hatte der Höflichkeit Genüge getan und ignorierte Charlotte nun. »Amethyst, ich habe alles für den Gedenkgottesdienst vorbereitet, inbegriffen einer Liste der Leute, die eingeladen werden müssen. Du kannst sie natürlich lesen, aber ich bin sicher, daß du einverstanden bist.« Er machte keine Anstalten, die Liste aus seiner Tasche zu holen.

»Gibt es für mich noch etwas zu tun?« In Amethysts Stimme schwang nur ein Hauch von Gereiztheit mit. Charlotte hätte sich diese Art von Bevormundung in jedem Fall verboten, doch vielleicht war sie durch ihre unstandesgemäße Heirat zu selbständig geworden. Garnet Royce handelte so, wie er es im Sinne seiner Schwester für das beste hielt – in seinen Zügen spiegelte sich entschlossener guter Wille wider, und Amethyst wehrte sich nicht.

»Danke«, sagte sie nur.

Garnet ging zu dem Tisch, auf dem Barclay Hamilton die mitgebrachten Papiere abgelegt hatte. »Was ist denn das?« Er nahm sie in die Hand. »Urkunden über den Grundbesitz?«

»Barclay hat sie hiergelassen«, erwiderte Amethyst, und wieder glitt ein Schatten von Ärger und Schmerz über ihr Gesicht.

»Ich werde sie für dich durchsehen.« Garnet wollte sie einstecken.

»Ich wäre dir dankbar, wenn du sie da lassen würdest, wo sie sind«, erklärte Amethyst ungehalten. »Ich bin durchaus fähig, sie selbst anzuschauen.«

Garnet lächelte flüchtig. »Meine Liebe, du kennst dich damit nicht aus.«

»Dann werde ich es lernen. Mir erscheint die Zeit angemessen.«

»Unsinn!« sagte er gutmütig, aber ohne sie ernstzunehmen. »Du möchtest doch nicht mit der Verwaltung deines Besitztums belästigt werden. Die Gesetze sind sehr kompliziert für eine Frau. Du solltest ausspannen und von dieser ganzen Tragödie Abstand gewinnen. Das täte dir gut. Glaube mir, meine Liebe, ich erinnere mich noch lebhaft an mein eigenes Leid.« Seine Züge verdüsterten sich kaum, und Amethyst äußerte kein Wort des Mitgefühls. Der Verlust mußte weit zurückliegen, oder Amethyst erachtete ihn als weniger schwerwiegend, verglichen mit ihrer eigenen Situation.

»Komm ein paar Wochen nach Aldeburgh.« Er musterte sie besorgt. »Geh am Meer spazieren, atme die frische Luft und umgib dich mit angenehmen Menschen. Verlaß London, bis die schlimmste Zeit vorbei ist.«

Sie wandte sich von ihm ab. »Ich glaube nicht, daß ich das möchte.«

»Laß dich von mir beraten, meine Liebe«, meinte er sehr sanft und steckte die Papiere in seine Tasche. »Nach den Ereignissen brauchst du eine völlige Veränderung. Bestimmt würde Jasper dasselbe sagen.«

»Ja, bestimmt. Er ist immer derselben Ansicht wie du. Ich möchte momentan nicht weg von hier, und niemand soll mich drängen.«

Er schüttelte den Kopf. »Du bist sehr störrisch, Amethyst, nahezu halsstarrig – keine schöne Eigenschaft bei einer Frau. Du machst es einem sehr schwer, das beste für dich zu tun.«

»Ich schätze deine Anteilnahme, Garnet«, sagte sie, nur mühsam beherrscht. »Ich bin momentan nicht bereit wegzufahren. Zu gegebener Zeit werde ich dir dankbar sein, wenn dann deine Einladung noch gilt. Jetzt bleibe ich in der Royal Street. Und bitte gib mir die Urkunden zurück. Ich möchte lernen, meinen Besitz selbst zu verwalten. Ich bin eine Witwe und sollte mich wie eine solche verhalten.«

»Du verhältst dich fabelhaft, meine Liebe. Jasper und ich – wir werden uns um deine geschäftlichen Angelegenheiten kümmern und dich beraten. Irgendwann wirst du wieder heiraten wollen – wir nehmen dann die passenden Kandidaten unter die Lupe.«

»Ich will nicht wieder heiraten.«

»Natürlich im Augenblick nicht, das wäre auch höchst unschicklich. Aber in ein oder zwei Jahren...«

Sie drehte sich mit einem Ruck um. »Garnet, jetzt hör mir

einmal zu! Ich möchte mich mit meinen eigenen Angelegenheiten vertraut machen!«

Ihre Verstocktheit erbitterte ihn, aber er behielt seinen ruhigen Ton und seine äußere Gelassenheit trotz aller Provokation. »Du benimmst dich unklug, aber das wirst du nach einer Weile selbst erkennen. Momentan ist der Schmerz noch zu frisch. Ich weiß genau, wie du dich fühlst. Naomi starb zwar an Scharlach«, er furchte die Stirn, »aber die Empfindung, etwas Unfaßbares zu erleben, ist die gleiche.«

Amethysts Augen öffneten sich weit vor Staunen, dann schien sie sich an etwas zu erinnern, das sie noch mehr verwirrte, und in ihren Zügen zeigten sich Skepsis sowie Mitleid. Doch Garnet bemerkte offenbar nichts davon. Er war zu sehr mit seinen eigenen Gedanken und Plänen beschäftigt.

»In ein oder zwei Tagen komme ich wieder.« Er sah Charlotte an, als habe er ihre Gegenwart bisher tatsächlich vergessen. »Sehr liebenswürdig von Ihnen, daß Sie sich herbemüht haben, Mrs. ... eh Miß Ellison. Guten Tag.«

»Guten Tag, Sir Garnet«, erwiderte sie und erhob sich ebenfalls. »Auch ich muß jetzt gehen.«

»Sind Sie mit einer Mietdroschke gekommen?«

»Nein, meine Kutsche steht draußen«, antwortete sie, ohne mit der Wimper zu zucken. Sie wandte sich an Amethyst. »Danke, daß Sie mir soviel Zeit geopfert haben, Lady Hamilton. Ich wollte Ihnen nur kondolieren und stelle fest, daß ich Ihre Gesellschaft mehr genossen habe als die der meisten Menschen... Vielen Dank.«

Amethyst lächelte warm. »Bitte besuchen Sie mich wieder – wenn Sie wollen.«

»Mit größtem Vergnügen.« Charlotte wußte nicht, ob das möglich sein würde, und sie hegte nicht die geringste Hoffnung, daß es dem Fall von Florence Ivory und Africa Dowell dienlich sein könnte. Ihr Besuch hatte wirklich nur bestätigt, daß Lockwood der Mann gewesen war, den er nach außen hin darstellte, und daß er einer Verwechslung zum Opfer gefallen sein mußte, vermutlich mit Vyvyan Etheridge.

Als Charlotte in Tante Vespasias Wagen schlüpfte, überlegte sie, daß es ihr unmöglich war, Amethyst mit dem Tod ihres Mannes in Verbindung zu bringen. Schärfer und düsterer stand die Gestalt von Florence Ivory vor ihrem geistigen Auge. Sie wollte diese Frau unbedingt möglichst bald kennenlernen, um sich eine persönliche Meinung zu bilden.

»Walnut Tree Walk, bitte«, sagte sie zu dem Kutscher.

Zenobia Gunne saß in ihrer Droschke und wurde ebenfalls von unangenehmen Gedanken geplagt. Sie hatte zwar keine Angst vor Mary Carfax, aber sie mochte diese Person auch nicht, und sie wußte, daß die Abneigung auf Gegenseitigkeit beruhte. Sie waren sich das letzte Mal auf einem Ball im Jahr 1850 begegnet, als Mary – eine anmaßende und zerbrechliche Schönheit – zu aller Zufriedenheit, aber ohne Romantik, mit Gerald Carfax verlobt gewesen war. Zenobia hatte damals keinen Partner. In dieser Situation hatten sich beide Frauen in den Hauptmann Peter Holland verliebt. Mary war von seinem hübschen Gesicht und seiner flotten Art begeistert gewesen und hatte alle Verzauberung verloren geglaubt, als sie sich an Gerald band; für Zenobia war er ein Mann gewesen, der kein Geld hatte, um eine Frau zu ernähren, dafür aber Charme, Fantasie und unendlichen Frohsinn. Er war immer bereit zu lächeln, empfänglich für das Schöne und den Unsinn; ein tapferer, zärtlicher und lustiger Mensch, den sie von ganzem Herzen geliebt hatte. Er war auf der Krim gefallen. Sie hatte nie wieder irgendeinen Partner so innig wie ihn geliebt – sie konnte seine Augen, sein Lachen, nicht vergessen.

Nach seinem Tod war sie nach Afrika gegangen, worüber ihre Familie und auch Mary Carfax entsetzt gewesen waren.

Nun, als der Wagen durch die frühlingshaften Straßen in Richtung Kensington ratterte, zerbrach sie sich den Kopf, um eine glaubwürdige Geschichte zu erfinden. Selbst für eine langjährige und vertraute Freundin wäre es schwierig genug gewesen, etwas über den Mord an Etheridge zu erfahren; sie, Zenobia, würde überhaupt nichts herausfinden, wenn sie nicht einmal Marys Türschwelle überschreiten dürfte! Ob sich Mary an jenen Ball erinnerte? Wußte sie, daß Peter Zenobia geliebt hatte, oder dachte sie, er hätte sie, Mary, gewählt, wenn ihm die Möglichkeit dazu geboten worden wäre?

Zenobia mußte einen plausiblen Grund für ihren Besuch angeben, aber welchen? Plötzlich fiel ihr etwas ein: Sie wollte sich nach einer ehemaligen gemeinsamen Freundin erkundigen! Das würde Mary glauben. Beatrice Allenby war genau die passende Person! Sie hatte einen belgischen Käseproduzenten geheiratet und war dann nach Brügge gegangen. Mary Carfax würde es genießen, über diesen Skandal zu berichten – Mädchen aus gutem Hause mochten deutsche Barone oder italienische Grafen heiraten, aber keine Belgier, und erst recht nicht irgendwelche Käsehändler!

Als Zenobia in Kensington ausstieg, hatte sie ihre Story parat. Sie reichte dem Dienstmädchen ihre Visitenkarte und wurde in den Salon geführt. Wie sie erwartet hatte, war Mary Carfax so neugierig, daß sie gleich erschien.

»Wie nett, Sie nach all den Jahren wiederzusehen, Miß Gunne«, log sie mit einem eisigen Lächeln. »Bitte nehmen Sie Platz. Kann ich Ihnen etwas anbieten? Vielleicht einen Gesundheitstee?«

Das war eine giftige Anspielung auf die Tatsache, daß Zenobia um einiges älter war als Mary, eine Tatsache, auf die Mary schon in jungen Jahren stets großen Wert gelegt hatte.

Zenobia schluckte eine entsprechende Antwort hinunter und erwiderte: »Danke, sehr freundlich.« Sie setzte sich auf die Kante des Stuhles, was die feinen Sitten diktierten, nicht weiter nach hinten, was bequem gewesen wäre, und lächelte ein wenig. »Sie sehen gut aus.«

»Das ist das Klima«, entgegnete Lady Mary mit Betonung. »Es ist Balsam für die Haut.«

Zenobia, die von der afrikanischen Sonne verbrannt war, sehnte sich danach, eine spitze Bemerkung machen zu dürfen, doch sie dachte an ihre Nichte und hielt sich zurück. »So muß es wohl sein«, sagte sie gepreßt. »Der viele Regen...«

»Wir hatten einen sehr angenehmen Winter«, erklärte Lady Mary. »Ich nehme nicht an, daß Sie hier waren, um ihn zu erleben?«

Zenobia gab eine befriedigende Antwort. »Nein, nein, ich bin noch nicht lange hier.«

Lady Marys gerade Augenbrauen hoben sich. »Und Sie besuchen mich?«

Zenobia zuckte mit keinem Muskel. »Ich wollte Beatrice Allenby besuchen, doch ich habe keine Spur von ihr gefunden. Niemand scheint zu wissen, was aus ihr geworden ist. Da habe ich mich daran erinnert, wie gut Sie sich mit ihr verstanden, und dachte, Sie könnten mir vielleicht weiterhelfen?«

Lady Mary kämpfte mit sich, doch ihre Klatschsucht gewann. »Das kann ich – aber ich weiß nicht, ob ich es Ihnen sagen soll.«

Zenobia heuchelte Erstaunen und Besorgnis. »O Gott! Ein Unglück?«

»Dieses Wort würde ich nicht benützen.«

»Gütiger Himmel – meinen Sie ein Verbrechen?«

»Natürlich nicht! Ihr Verstand ist wirklich...« Lady Mary bremste sich gerade noch, ehe sie beleidigend wurde. »Ich spreche eher von einem... gesellschaftlichen Mißgeschick. Sie heiratete unter ihrer Würde und ging nach Belgien.«

»Du lieber Himmel!« Zenobia drückte ihre Überraschung deutlich aus. »Wie ungewöhnlich! Aber es gibt ein paar schöne Städte in Belgien. Sicher ist sie dort glücklich.«

»Einen Käsehersteller!« fügte Lady Mary befriedigt hinzu.

»Einen was?«

»Einen Käseproduzenten!« Sie ließ das Wort mit all seinem Wohlgeruch fallen. »Sie hat einen Mann geheiratet, der Käse herstellt«!

Zenobia erinnerte sich an ein Dutzend solcher Gespräche, die sie damals geführt hatten, und an Peter Hollands lachendes Gesicht. Sie wußte genau, was er gedacht und in einem unbelauschten Moment gesagt hätte. Sie furchte die Stirn. »Sind Sie sicher?«

»Selbstverständlich!« meinte Lady Mary bissig. »So etwas erfindet man doch nicht.«

»Ach je! Ihre Mutter muß außer sich sein!« Zenobia sah klar das Bild von Beatrices Mutter vor sich, die über jeden Ehemann entzückt gewesen wäre, wenn er Beatrice nur von daheim weggeholt hätte.

»Zweifellos«, stimmte Lady Mary zu. »Allerdings hatte sie es sich selbst zuzuschreiben. Sie paßte nicht so auf das Mädchen auf, wie es nötig gewesen wäre. Man muß wachsam sein.«

Das war die Überleitung, auf die Zenobia gewartet hatte. »Natürlich hat Ihr Sohn sich standesgemäß verheiratet, nicht wahr? Aber er soll auch ein gutaussehender junger Mann sein.« Sie hatte nichts dergleichen gehört, aber welche Mutter war nicht angetan, wenn man ihren Sohn als hübsch bezeichnete? In dem Zimmer standen viele Fotografien herum, doch Zenobia war zu kurzsichtig, um Personen darauf erkennen zu können. »Und so charmant«, fügte sie einfach hinzu. »Wie selten es das gibt! Gutaussehende junge Männer haben meisten schlechte Manieren – als sei das Vergnügen, sie anzuschauen, ausreichend.«

»Das stimmt«, stellte Lady Mary höchst zufrieden fest. »Er hätte jede Frau bekommen können.«

Das war eine bodenlose Übertreibung, aber Zenobia widersprach nicht. Sie erinnerte sich daran, wie gesetzt und aufgeblasen Gerald Carfax gewesen war, und konnte sich Marys eintöniges Leben gut vorstellen, nachdem sich der kurze Liebestraum verflüchtigt hatte.

»Dann war seine Heirat eine Herzensangelegenheit?« bemerkte sie. »Wirklich lobenswert! Gewiß ist er sehr glücklich.«

Lady Mary wollte schon zustimmen, da fiel ihr der Mord an Etheridge ein, und sie zögerte. »Ah, nun... Sein Schwiegervater starb vor kurzem auf eine tragische Weise, und er ist noch in Trauer.«

»Oh... oh!« Zenobia tat so, als sei sie plötzlich im Bilde. »Oh, natürlich! Vyvyan Etheridge, der auf der Westminster Bridge ermordet wurde! Eine scheußliche Tat! Bitte nehmen Sie mein Beileid an.«

Lady Marys Gesicht verschloß sich. »Danke. Für jemanden, der gerade erst aus der Fremde zurückgekommen ist, sind Sie sehr gut informiert. Zweifellos haben Sie das Gesellschaftsleben vermißt. Ich muß sagen, daß man sich eigentlich in London vor solchen Wahnsinnsverbrechen sicher fühlte –

offenbar zu Unrecht. Aber die Tat wird gewiß bald aufgeklärt und dann vergessen werden. Sie kann nichts mit unserer Familie zu tun haben.«

Zenobia wußte, warum sie Lady Mary so verabscheute. »Das Verbrechen ist wohl nicht mit der Untat zu vergleichen, einen Käsehersteller zu heiraten.«

Lady Mary hatte kein Gespür für Sarkasmus, dafür fehlte ihr die Antenne. »Von der Erziehung hängt sehr viel ab«, erklärte sie gelassen. »James hätte nie so etwas Unverantwortliches getan. Ich hätte ihm keine abwegigen Ideen erlaubt, als er noch ein Junge war, und heute, da er erwachsen ist, respektiert er meine Wünsche immer noch.«

Er respektiert deine dicke Geldbörse, die er im Auge behält, dachte Zenobia, doch sie sagte nichts.

»Es ist nicht so, daß er keinen eigenen Willen hätte.« Lady Mary betrachtete Zenobia mißbilligend und mit der Spur eines Lächelns. »Er hat viele vornehme Freunde und Bestrebungen, und er gestattet seiner Frau nicht, sich in seine... seine Vergnügungen einzumischen. Eine Frau gehört auf ihren Platz – das ist ihre größte Kraft und wahre Macht. Sie wüßten das auch, Zenobia, wenn Sie sich nicht überflüssigerweise in heißen Ländern herumgetrieben hätten. Eine Engländerin sollte nicht allein durch die Wildnis marschieren – in unkleidsamem Aufzug und Anstoß erregend. Abenteuer sind für Männer da, wie viele andere Interessen auch.«

»Sonst landet man noch in den Armen eines Käsehändlers, anstatt einen Erben zu heiraten«, meinte Zenobia gereizt. »Ich schätze, daß James' Frau jetzt ein Vermögen erbt?«

»Ich habe keine Ahnung. Ich kümmere mich nicht um die finanziellen Angelegenheiten meines Sohnes.« Lady Marys Stimme klang eisig, und trotzdem lag ein Zug der Befriedigung um ihren Mund.

»Die Angelegenheiten Ihrer Schwiegertochter«, verbesserte Zenobia. »Sie wissen, daß das Parlament ein Gesetz verabschiedet hat: der Besitz einer Frau bleibt nun ihr eigener und fällt nicht ihrem Mann zu.«

Lady Mary schniefte, und ein Lächeln erhellte ihr Gesicht. »Eine Frau, die ihren Mann liebt und ihm vertraut, wird ihr

Vermögen auch in Zukunft in seine Hände legen. Wenn Sie selbst glücklich verheiratet gewesen wären, wüßten Sie das. Es ist höchst unnatürlich für eine Frau, sich um finanzielle Belange zu kümmern. Wenn wir einmal anfangen, das zu tun, Zenobia, dann werden die Männer nicht mehr so für uns sorgen, wie sie es sollten. Um Himmels willen, haben Sie denn keinen Verstand?«

Zenobia lachte laut. Sie haßte Mary Carfax, doch zum ersten Mal, seitdem sie sich vor achtunddreißig Jahren getrennt hatten, verspürte sie einen Hauch Verständnis für sie – und damit eine Art von Wärme.

»Was ist daran so lustig?« fragte Lady Mary scharf.

»Das werden Sie nie verstehen.«

Lady Mary griff nach ihrer Glocke. »Ich schätze, daß Sie noch andere Besuche machen müssen. Lassen Sie sich bitte von mir nicht aufhalten.«

Zenobia blieb nichts anderes übrig als zu gehen. Sie erhob sich.

»Danke für die Mitteilung, was Beatrice Allenby betrifft. Ich wußte, daß ich bei Ihnen an der richtigen Stelle sein würde. Es war ein reizender Nachmittag. Leben Sie wohl.«

Auf der Straße fluchte sie in einem Dialekt, den sie von einem Kanufahrer im Kongo gelernt hatte. Sie war keinen Schritt weitergekommen, um Florence Ivory oder Africa Dowell zu helfen.

Vespasia hatte sicherlich die einfachste Aufgabe, aber sie war auch die einzige Person, um sie exzellent zu lösen. Sie kannte sich in der politischen Welt aus, was bei Charlotte und Zenobia nicht der Fall war; sie besaß den Rang und den guten Ruf, sich beinahe jeder Person zu nähern, und ihre Erfahrung ließ sie erkennen, wann sie belogen wurde.

Sie hatte das Glück, Somerset Carlisle daheim anzutreffen – andernfalls hätte sie gewartet. Die Angelegenheit war zu dringend, um aufgeschoben zu werden. Allerdings fürchtete auch Vespasia, daß Florence Ivory hinter dem schrecklichen Mord steckte. Wäre Zenobia nicht ihre zutiefst und anhängliche und einsame Freundin gewesen, hätte sich Vespasia auf alle Fälle aus diesem Fall herausgehalten. Da sie nun aber versprochen hatte zu helfen, wollte sie wenigstens möglichst schnell die Wahrheit herausfinden. Das würde Zenobia von dem Wechselbad zwischen Hoffnung und Verzweiflung befreien, denn die Ungewißheit, das graue Schweigen des Abwartens, waren ebenso schlimm wie eine endgültige Entscheidung.

Somerset Carlisle empfing Vespasia in seinem Arbeitszimmer. Es war kleiner als der Salon, aber ungeheuer gemütlich – alles altes Leder und fein poliertes Holz, in dem sich das Kaminfeuer spiegelte. Auf dem großen Schreibtisch lagen Papiere und offene Bücher verstreut, daneben ein Stück Siegelwachs und unbenützte Briefmarken. In einem Halter steckten drei Schreibfedern.

Somerset Carlisle war ein Mann in den späten Vierzigern, schlank, mit dem Gesichtsausdruck eines Menschen, der seine Kräfte in schonungsloser Aktivität verbraucht hat, und bei dem Gefühl und Ironie dicht beieinander lagen. Vespasia wußte von früher, daß er eine lebendige und schier grenzenlose Fantasie besaß, und daß er zu jeder noch so exzentrischen Tat bereit war, wenn er sie für richtig hielt.

Er war überrascht, Vespasia zu sehen, und sofort neugierig. Eine Dame von ihrem Format wäre niemals unangemeldet erschienen, wenn der Grund nicht ein triftiger gewesen wäre. Vermutlich ging es um ein Verbrechen oder irgendeine Ungerechtigkeit – beides Gebiete, mit denen sich Vespasia intensiv befaßte.

Er erhob sich bei ihrem Eintreten.

»Lady Cumming-Gould! Es ist immer eine Freude, Sie zu sehen. Aber sicher sind Sie nicht nur aus Freundschaft gekommen. Bitte nehmen Sie Platz. Darf ich Ihnen einen Tee bringen lassen?« Er verjagte eine große rostbraune Katze von dem zweiten Stuhl.

»Später vielleicht«, antwortete Vespasia. »Momentan brauche ich Ihre Hilfe.«

»Selbstverständlich. Wofür?«

Die alte Dame empfand ein wohliges Gefühl, so sehr

mochte sie diesen Mann. »Zwei Mitglieder des Parlaments sind auf der Westminster Bridge ermordet worden.«

Carlisles geschwungene Augenbrauen hoben sich. »Und deshalb sind Sie hier?«

»Nur indirekt. Ich bin betroffen, weil die Nichte einer sehr guten Freundin von mir wahrscheinlich von der Polizei verdächtigt wird.«

»Eine Frau?« fragte er ungläubig. »Das ist kaum ein typisches Verbrechen für eine Frau – weder von der Methode noch vom Ort her. Thomas Pitt denkt das doch bestimmt nicht, oder?«

»Ich weiß es wirklich nicht«, gab sie zu. »Aber ich glaube nicht, sonst hätte Charlotte es wohl erwähnt – falls sie darüber informiert ist. Sie hatte in der letzten Zeit viel zu tun wegen Emilys Hochzeit.«

»Emilys Hochzeit?« Er war erstaunt und erfreut. »Ich hatte keine Ahnung, daß sie wieder geheiratet hat.«

»Ja – einen jungen Mann mit grenzenlosem Charme und ohne Geld. Aber er hat einen anständigen Charakter – sie ist bei ihm gut aufgehoben, soweit man das überhaupt sagen kann.«

»Und Sie sorgen sich um die Nichte Ihrer Freundin? Warum – in aller Welt – sollte sie Parlamentsmitglieder umbringen?« An seiner Miene war abzulesen, wie absurd er diese Vorstellung fand, doch Vespasia ahnte, daß er in seinem tiefsten Inneren um seelische Nöte wußte, und daß sein leichter Ton über sein Verständnis hinwegtäuschen sollte.

Sie erzählte ihm von Florence Ivory und der treuen Anhänglichkeit der jüngeren Africa Dowell. Dabei kamen auch die verschiedenen Mutmaßungen über die Mordmotive und die möglichen Täter zur Sprache. Vespasia wollte alles über Etheridge wissen, was Carlisle ihr sagen konnte, doch das war nicht mehr, als die alte Dame bereits erfahren hatte.

»Gab es nie irgendeinen Skandal, einen Korruptionsfall, Verrat – etwas Handfestes?« fragte sie.

»Es überrascht mich immer, wie eine Frau von Ihrer vornehmen Herkunft und untadeligen Lebensweise solch ein umfassendes Wissen über die Verfehlungen und Perversionen der Menschheit haben kann. Sie wirken, als hätten Sie nie eine Küche, viel weniger ein Bordell, gesehen.«

»So möchte ich auch wirken«, bekräftigte sie. »Die Erscheinung einer Frau bedeutet ihr Schicksal, und als das, was sie zu sein scheint, wird sie auch angesehen. Wenn Sie ein bißchen mehr praktischen Sinn hätten, wüßten Sie das. Manchmal glaube ich, Sie sind ein Idealist.«

»Manchmal bin ich das auch«, stimmte er zu. »Aber ich will mich gerne umhören und versuchen, etwas über Etheridge herauszufinden, obwohl ich bezweifle, daß es etwas bringen wird.«

Das bezweifelte Vespasia ebenfalls, doch sie mochte die Hoffnung nicht aufgeben.

»Vielen Dank. Wissen ist immer nützlich, und wenn es nur dazu dient, gewisse Möglichkeiten auszuschließen.«

Er lächelte ihr zu, und in seinem Blick lagen ein Hauch Zärtlichkeit sowie Respekt. Vespasia war ein wenig verwirrt, was sie als absurd empfand – sie war über das Alter der Verwirrung hinaus. Doch es wunderte sie, wie sehr seine Zuneigung ihr gefiel. Sie nahm sich noch ein belegtes Brötchen, gab eines der Katze, und dann wechselte sie das Thema.

Charlotte stieg im Walnut Tree Walk aus und ging sofort zur Haustür. Bei diesem Besuch mußte sie absolut offen sein. Sie vermutete, daß Zenobia Gunne ihrer Nichte von ihrer – Charlottes – Hilfsbereitschaft erzählt hatte.

Die Tür wurde von einem Mädchen geöffnet, das ein einfaches blaues Kleid und eine weiße Schürze trug.

»Ja, Madam?«

»Guten Tag. Ich entschuldige mich wegen des späten Besuches«, sagte Charlotte selbstbewußt. »Aber es ist sehr wichtig, daß ich mit Miß Africa Dowell sprechen kann. Mein Name ist Charlotte Ellison, und ich komme von ihrer Tante, Miß Gunne.«

Das Mädchen bat sie herein, und Charlotte mochte das Haus vom ersten Moment an. Es war voller Bambus und glänzendem Holz, mit viel Licht. Frühlingsblumen blühten in Tontöpfen, und sie konnte durch die offene Eßzimmertür Chintzvorhänge sehen. Das Mädchen kam gleich zurück und führte sie in einen großen Wohnraum. Die eine Wand bestand fast nur aus Fenstern und Terrassentüren, die Sitze waren mit geblümten Kissen bedeckt, und auf dem Tisch mit Bambusbeinen standen Blumenschalen. Doch eines fehlte völlig: Fotografien. Nicht eine war auf dem Kaminsims oder der Vitrine zu sehen. Es gab keine Bilder von dem Kind, wie Charlotte sie von Jemima und Daniel dutzendweise besaß.

Und obgleich es der Wohnraum von Frauen war, lagen keine Handarbeiten herum, kein Strickzeug, keine Wolle, kein Nähkorb und kein Stickrahmen. Das Wandregal barg nur schwere Literatur, Philosophie und politische Geschichte, kein humorvolles Buch und keinen Roman.

Es war, als hätten die beiden Bewohnerinnen versucht, alle Spuren schmerzlicher Erinnerung auszulöschen. Charlotte konnte das einerseits verstehen, doch andererseits fand sie es niederdrückend.

Die Frau, die den Raum betrat, war hager und knochig, doch gleichzeitig besaß sie eine Art widernatürlicher Anmut. Ihr einfaches Musselinkleid stand ihr gut. Rüschen hätten nicht zu diesem eindrucksvollen Gesicht mit den weit auseinanderstehenden Augen, der kräftigen Nase und dem schmerzvollen Mund gepaßt. Die Frau mochte etwa fünfunddreißig Jahre alt sein, und Charlotte wußte sofort, daß das Florence Ivory war. Ihr Mut sank. Ein weibliches Wesen mit einem solchen Gesicht konnte bestimmt genügend lieben und hassen, um zu allem fähig zu sein.

Hinter ihr tauchte eine jüngere schlanke Person auf, die Charlotte wachsam musterte. Es war das Gesicht einer Träumerin, die ihren Visionen folgte und für sie auch sterben würde.

Nach kurzem Zögern begann Charlotte. »Guten Tag. Ich habe einen Teil des Morgens mit Lady Vespasia Cumming-Gould und Ihrer Tante, Miß Gunne, verbracht. Sie luden mich zum Essen ein, weil sie sich große Sorgen um Ihr Wohlergehen machen – wegen möglicher Verdächtigungen der Polizei.«

»Tatsächlich?« Florence Ivory sah bitter-amüsiert aus. »Und was haben Sie damit zu tun, Miß Ellison? Sie können doch nicht alle Personen in London besuchen, denen Unrecht angetan wird!«

Charlotte war ein wenig irritiert. »Das würde ich auch nicht wollen, vor allem nicht jene, die sich das nur einbilden«, sagte sie ebenso scharf. »Ich besuche Sie, weil Miß Gunne sich um Ihretwillen an meine Großtante Vespasia wandte, und diese wiederum meine Hilfe erbat.«

»Es ist mir nicht klar, was Sie tun könnten.« Das klang ebenso bitter wie verzweifelt.

»Natürlich nicht«, entgegnete Charlotte ungehalten. »Sonst würden Sie sich ja selbst helfen. Sie sind schließlich nicht unintelligent. Und ich habe kaum Möglichkeiten, die nicht auch Ihnen oder jeder anderen Person offenstehen. Aber ich besitze einige Erfahrung, gesunden Menschenverstand und Mut.« Soweit sie sich erinnern konnte, hatte Charlotte noch nie so schroff und arrogant mit jemand gesprochen. Aber diese Frau reizte sie mit ihrer unnötigen und selbstzerstörerischen Haltung – obwohl Charlotte gleichzeitig Verständnis dafür aufbrachte.

Africa Dowell meldete sich nun zu Wort. »Sie können keine Detektivin sein, Miß Ellison, wenn Sie Lady Cumming-Gould zur Großtante haben. Was schlagen Sie vor, um uns zu helfen?«

Florence warf ihr einen vernichtenden Blick zu. »Also, Africa! Die Polizisten sind alle Männer, und sie werden zu dem Schluß kommen, der am nächsten liegt und am bequemsten ist. Sie werden Miß Ellisons Familie und Freunde wohl kaum verdächtigen, oder? Wir sollten beten, daß irgendein Irrer gefangen wird, ehe sie mich anklagen können.«

Africa erwies sich als sehr geduldig.

»Tante Nobby ist wirklich gut.« Sie hob das Kinn ein wenig. »Sie hat Afrika allein als Weiße bereist und viel Lebenserfahrung gesammelt. Du solltest ihre Bemühungen nicht einfach so abtun.« Africa enthielt sich jeder Kritik an Florences Urteil.

Florence war gerührter über Africas Loyalität als über die

Fakten. Ihre Gesichtszüge wurden sanft, und sie legte die Hand auf den Arm der Jüngeren. »Zenobia ist bestimmt eine bemerkenswerte Person, aber was soll sie anstellen, um uns in dieser Sache zu helfen?«

Africa sah Charlotte an. »Miß Ellison?«

Charlotte konnte kein tröstliches Wundermittel finden. Sie entdeckte Lösungen durch Glückszufälle und Instinkt, durch Einmischung, Engagement und Beobachtung. Natürlich wäre es verkehrt gewesen, diesen beiden Frauen zu erzählen, daß Charlottes Mann Polizist war.

»Wir werden die anderen Möglichkeiten durchleuchten«, erklärte sie wenig überzeugend. »Ob einer der Männer persönliche, geschäftliche oder politische Feinde hatte...«

»Kümmert sich darum nicht die Polizei?« fragte Africa.

Charlotte sah den Ärger in Florences Gesicht und die Überzeugung, daß ihr wieder Unrecht geschehen würde. Sie konnte das verstehen, denn die Frau hatte furchtbar gelitten. Doch ihre generelle Verdammung aller Autoritätspersonen, nicht nur jener, die sie verraten hatten, beraubte Charlotte des Gefühls von Wärme, das sie sonst für Florence empfunden hätte.

»Wieso sind Sie sicher, daß die Polizei Sie so sehr verdächtigt, Mrs. Ivory?« fragte sie unfreundlich.

Florences Züge verrieten Schmerz und Verachtung. »Weil ich den Blick des Polizisten gesehen habe.«

Charlotte konnte es nicht glauben. »Wie bitte?«

»Es lag in seinen Augen«, wiederholte Florence. »Eine Mischung aus Mitleid und Verurteilung. Um Himmels willen, Miß Ellison! Ich habe ein echtes Motiv, und ich habe entsprechend an Etheridge geschrieben. Die Polizei wird meine Briefe finden. Ich habe die Mittel – jeder kann eine Rasierklinge kaufen, und die Küche ist voller scharfer Messer! Während der Mordzeit war ich allein zu Hause. Africa saß die halbe Nacht am Krankenbett einer Nachbarin. Die Frau war im Fieberdelirium und weiß nicht, wann Africa gegangen ist. Vielleicht sind Sie sehr gut in der Aufklärung kleiner Diebstähle und bei der Entdeckung übler Briefschreiber, Miß Ellison, aber meine Unschuld zu beweisen liegt nicht in Ihren

Kräften. Natürlich bin ich Ihnen dankbar für Ihre gutgemeinten Bemühungen, und es war nett von Lady Cumming-Gould, sich um uns zu sorgen. Bitte sagen Sie ihr unseren Dank.«

Charlotte war so wütend, daß sie sich zwingen mußte, an die durchlittene Qual der Frau zu denken. Nur bei der Vorstellung von Jemimas kleinem schmalen Körper in ihren Armen, dem Duft ihrer Haare, gelang es ihr, ihren Zorn zu ersticken. Er wich tiefem Mitleid.

»Vielleicht hat er nicht nur Sie verraten, Mrs. Ivory. Und wenn Sie ihn nicht getötet haben, werden wir den wahren Täter weitersuchen. Ich mache das, weil ich es will. Danke für die Zeit, die Sie mir geopfert haben. Guten Tag, Miß Dowell, guten Tag.« Sie ging hinaus durch die Halle.

Als sie in das späte Frühlingssonnenlicht trat, fühlte sie sich erschöpft und verängstigt. Sie wußte nicht einmal, ob sie Florence Ivory für die Mörderin hielt oder nicht. Das Motiv und die leidenschaftliche Gemütserregung waren jedenfalls gegeben.

8

Wallace Loughley, Mitglied des Parlaments, stand fast direkt unter dem riesigen Turm des Big Ben. Es war eine lange Sitzung gewesen, und er war müde. So einen schönen Abend hätte er besser anderswo verbringen können, als sich zum zehntenmal im Unterhaus die gleichen Argumente anzuhören. Es gab eine hübsche Oper im Savoy-Theater, und einige reizende Damen, die er kannte, waren dort.

Die leichte Brise trug den Rauch und Nebel davon, und er konnte den Glanz der Sterne über sich erkennen. Er wollte noch mit dem Kollegen Sheridan reden, der kurz vor ihm seinen Weg über die Westminster Bridge angetreten hatte. Er konnte nicht weit entfernt sein, denn an einem solchen Abend eilte man nicht nach Hause.

Loughley schritt zügig aus, an der Statue der Boadicea mit ihren Pferden und dem Wagen vorüber, die sich schwarz gegen den Himmel abhob. Die Lichter an der Uferpromenade bildeten eine Reihe gelber Monde, die sich dem Lauf des Flusses anpaßte. Loughley liebte diese Stadt, besonders ihr Zentrum. Hier war der Sitz der Macht, der bis zu Simon de Montfort und zum ersten Parlament im dreizehnten Jahrhundert zurückreichte – ja sogar bis zu dessen Grundanfängen in der Magna Carta und den Satzungen Heinrichs II. davor. Nun war es das Herz eines Weltreiches, dessen Größe keiner damals hätte voraussahen können. Zu jener Zeit wußte man nicht einmal, daß die Welt rund war, geschweige denn, daß ein Viertel ihrer Oberfläche britisch sein würde.

Ah, dort vorn war Sheridan. Er lehnte gegen den letzten Laternenpfahl, als warte er auf Loughley.

»Sheridan!« rief Loughley und hob seinen eleganten Spazierstock, um zu winken. »Sheridan! Ich wollte... Was ist los mit Ihnen? Sind Sie krank... Sie...« Der Rest des Satzes ging in einem Fluch unter.

Cuthbert Sheridan war an den Laternenpfosten gebunden.

Sein Kopf hing ein wenig zur Seite, eine blasse Locke fiel ihm in die Stirn. Die Haut des Mannes sah im Kunstlicht fahl aus. Der weiße Schal war eng um seinen Hals gebunden, und dunkles Blut tränkte die Seide und verfärbte das Hemd. Sheridans Gesicht mit den starrenden Augen und dem leicht geöffneten Mund wirkte geisterhaft.

Loughley spürte, wie sich der Himmel und der Fluß um ihn zu drehen begannen, und sein Magen revoltierte. Er verlor das Gleichgewicht, stolperte und hielt sich an der Balustrade fest. Es war wieder passiert, und er war allein mit der grauenhaften Leiche auf der Westminster Bridge! Das Entsetzen schnürte ihm die Kehle zu, so daß er nicht einmal schreien konnte.

Er drehte sich um und taumelte zurück in die nördliche Richtung auf den Westminster Place zu. Die Lichter tanzten verschwommen um ihn.

»Alles in Ordnung, Sir?« fragte eine argwöhnische Stimme.

Loughley sah glänzende Silberknöpfe und die gesegnete Uniform eines Polizisten vor sich. Er packte den Arm des Mannes.

»Lieber Gott! Es ist schon wieder geschehen! Dort ... Cuthbert Sheridan!«

»Was ist geschehen, Sir?« Die Stimme klang äußerst skeptisch.

»Ein weiterer Mord! Cuthbert Sheridan ... mit durchschnittener Kehle ...«

Zu jeder anderen Zeit hätte P. C. Blackett den zitternden, stotternden Passanten für einen Betrunkenen gehalten, doch die Situation kam ihm entsetzlich bekannt vor.

»Sie kommen mit mir, Sir, und zeigen mir, was Sie gesehen haben.« Er ließ den Mann nicht aus den Augen. Womöglich hatte er hier den Westminster-Brückenmörder vor sich, obwohl das unwahrscheinlich war. Der Passant wirkte total geschockt. Aber er war ein wichtiger Zeuge.

Zögernd kehrte Loughley um. Ihm war übel vor Grauen. Es war genauso, wie es sich unauslöschlich in sein Gehirn gegraben hatte: ein Wirklichkeit gewordener Alptraum.

»Ah«, sagte P. C. Blackett erschüttert. Er blickte zum Big Ben zurück und notierte die Zeit. Dann zog er seine Trillerpfeife hervor, und ein langgezogener schriller Ton zerriß die Stille der Nacht.

Als Pitt eintraf, war Micah Drummond bereits da. Er trug eine Hausjacke und fror offensichtlich. Sein Blick war traurig und hohl, sein Nasenrücken stach schmal aus dem Gesicht hervor.

»Ah, Pitt.« Er verließ die Gruppe, die sich um den Leichenwagen versammelt hatte. »Schon wieder das gleiche Verbrechen. Ich dachte, mit Etheridge sei diese Art des Mordens beendet. Jedenfalls scheint es die verdächtigte Frau nicht gewesen zu sein. Wir müssen wohl wieder mit einem Wahnsinnigen rechnen.«

Einen Augenblick lang fühlte Thomas Pitt sich erleichtert, doch dann ergriff ihn wieder die Angst. Er wollte nicht, daß Florence Ivory schuldig war. Doch hatte diese gescheite Person das soeben stattfindende Gespräch nicht voraussahnen können?

»Wahrscheinlich«, stimmte er zu.

»Wahrscheinlich?«

»Es gibt viele Möglichkeiten.« Pitt schaute auf den Toten hinunter, den man auf den Boden gelegt hatte, auf das schrecklich bleiche Gesicht mit der starken Nase und den eingesunkenen Augen, das Haar, das grau oder blond war und jetzt im Lampenlicht silbern schimmerte. »Es könnte ein Verrückter sein; Anarchisten, was ich bezweifle, oder ein Komplott, von dem wir nichts erfahren haben. Oder jemand ahmt die beiden anderen Morde nach, was auch schon vorgekommen ist. Von den drei Morden könnte auch nur einer der Täter wichtig gewesen sein, und er hat die beiden anderen nur begangen, um uns irrezuführen.«

Drummond schloß die Augen, dann seufzte er und sah Pitt an.

»Gütiger Gott, das hoffe ich nicht. Könnte ein Mensch so...« Er fand das richtige Wort nicht und schwieg.

»Wer ist der Tote?« fragte Pitt.

»Cuthbert Sheridan, wieder ein Mitglied des Parlaments. Achtunddreißig oder vierzig Jahre alt, verheiratet, drei Kinder, wohnt südlich des Flusses, Baron's Court, bei der Waterloo Road. Aufstrebender junger Hinterbänkler, Mitglied eines Wahlkreises in Warwickshire. Etwas konservativ, gegen Irlands Autonomie, gegen eine Strafreform, für bessere Arbeitsbedingungen in Minen und Fabriken, bessere Armengesetze und Kinderarbeitsgesetze. Ganz entschieden gegen das Wahlrecht der Frauen.« Er machte eine Pause. »Ansichten, wie sie nahezu jeder hat.«

»Sie wissen sehr viel über ihn«, sagte Pitt. »Ich dachte, man hätte ihn erst vor einer halben Stunde gefunden.«

»Ja, es war einer seiner Kollegen, der ihn entdeckte. Also erkannte er ihn sofort und erzählte uns alles Wissenswerte. Der arme Bursche ist total durcheinander, er heißt Wallace Loughley. Dort vorn sitzt er auf dem Boden neben dem Totenwagen. Jemand spendierte ihm einen Schluck Brandy, aber es wäre gut, wenn Sie ihn bald befragen würden, damit er heimgehen kann.«

»Was sagte der Arzt?«

»Dasselbe wie bei den anderen Morden. Eine einzige Wunde, wahrscheinlich von hinten zugefügt. Das Opfer scheint keinen Verdacht gehegt und auch keinen Widerstand geleistet zu haben.«

»Seltsam.« Pitt versuchte sich die Situation vorzustellen. »Wenn jemand Sie auf der Brücke verfolgt – zumal hier schon zwei Morde passiert sind –, würden Sie sich da nicht wenigstens umdrehen, wenn Sie die Schritte hören? Ich würde es bestimmt tun!«

»Ich auch«, stimmte Drummond mit gefurchter Stirn zu. »Ich würde schreien und rennen. Es sei denn, jemand kommt mir entgegen. Aber in jedem Fall würde ich nicht stehenbleiben und jemanden so nahe an mich herankommen lassen, daß er mir die Kehle durchschneiden kann.« Er atmete tief aus. Die Luft war so still, daß man das Wasser um die Brückenpfeiler wirbeln hörte – und in der Ferne das Rattern einer Kutsche. »Es sei denn, ich kenne die Person und vertraue ihr.« Er biß sich auf die Lippen.

»Was ist mit Wallace Loughley?« fragte Pitt. »Was wissen wir über ihn?«

»Noch nichts. Aber es wird nicht schwer sein, das zu ändern. Ich kann natürlich nicht alle sechshundertsiebzig Parlamentsmitglieder vom Sehen kennen. Wir sollten ihn erst dann heimgehen lassen, wenn ihn jemand identifiziert hat.«

»Ich werde mit ihm sprechen.« Pitt steckte die Hände in die Taschen und ging zu dem Leichenwagen hinüber. Ein Mann in den frühen mittleren Jahren mit einem verstörten Gesicht und zitternden Händen, der sich bei Pitts Anblick vom Boden erhob, war vermutlich Loughley. Ganz offensichtlich hatte er einen Schock erlitten. Falls er Sheridan gefolgt war und ihn ermordet hatte, mußte er ein absoluter Meister der Verstellung sein und ein Gemüt besitzen, das so kalt war wie das Wasser der Themse unter ihnen.

»Guten Abend, Mr. Loughley«, sagte Pitt ruhig. »Wann haben Sie Mr. Sheridan zuletzt lebend gesehen?«

Loughley schluckte. Das Sprechen fiel ihm schwer. »Es muß kurz nach halb elf gewesen sein. Ich verließ das Unterhaus zwanzig Minuten nach zehn und redete noch mit ein paar Leuten. Ich sah Sheridan und wünschte ihm eine gute Nacht, dann besprach Oberst Devon noch etwas Geschäftliches mit mir. Danach fiel mir ein, daß ich Sheridan noch treffen wollte, er war erst vor ein paar Minuten gegangen. Ich folgte ihm und ... und Sie wissen, wie ich ihn fand.«

»Ist Oberst Devon ein Mitglied des Parlaments?«

»Ja ... Lieber Gott, Sie denken doch nicht ... Sie können ihn fragen. Er wird sich an unser Gespräch erinnern ...«

»Haben Sie irgend jemand auf der Brücke gesehen, Mr. Loughley?«

»Nein – das ist das seltsame. Ich habe keine Menschenseele gesehen, obwohl ...« Er holte zitternd Luft. »Obwohl es gerade erst passiert sein mußte ...«

Am Nordende der Brücke entstand eine Bewegung, man vernahm schnelle Schritte, und eine Gestalt tauchte auf. Als der Schein der Lampe auf sie fiel, erkannte Pitt Garnet Royce.

»Guten Abend, Sir«, sagte Pitt.

Royce kam zu ihm herüber, begrüßte Loughley mit Namen

und sah dann Pitt und Drummond an, der sich inzwischen wieder zu der Gruppe gesellt hatte.

»Das wird allmählich ernst«, stellte er grimmig fest. »Haben Sie eine Ahnung, wie nahe die Leute daran sind, die Kontrolle zu verlieren? Wir scheinen am Rande der Anarchie zu stehen. Ganz normale Menschen geraten in Panik, reden von Verschwörungen, die den Thron stürzen sollen, von Streiks und sogar Revolution.« Er schüttelte den Kopf. »Der Täter ist sicher ein einsamer Irrer, aber wir müssen ihn fassen. Wir müssen diesem Entsetzen ein Ende bereiten.« Er war zutiefst betroffen; das Feuer in seinen Augen konnte weder von Pitt noch von Drummond übersehen werden. »Falls ich irgend etwas tun kann, sagen Sie es mir! Ich habe Freunde, Kollegen, Einfluß. Was brauchen Sie?« Er blickte drängend vom einen zum anderen. »Rühren Sie sich!«

»Wenn ich einen Weg wüßte, würde ich Sie selbstverständlich um Hilfe bitten«, erklärte Drummond müde. »Aber wir haben keine Ahnung, was das Motiv betrifft.«

»Wir können doch nicht hoffen, das Motiv eines Wahnsinnigen zu verstehen, oder? Daß die drei Männer einen gemeinsamen Feind hatten?« Sein Gesicht spiegelte Ungläubigkeit wider, und in den leuchtenden Augen glühte sogar ein Funke von Humor.

»Vielleicht nicht alle drei«, sagte Pitt und beobachtete den Ausdruck des Staunens, dann des Begreifens und Entsetzens, der über Royces Züge glitt. »Vielleicht hatte nur einer einen Feind.«

»Also kein Verrückter, sondern ein Satan«, stellte Royce leise fest. Seine Stimme zitterte. »Aber es kann doch nur ein Irrer zwei Fremden so etwas antun, um Motive für den Mord an einer Person zu vertuschen.«

»Wir wissen es nicht«, sagte Drummond ruhig. »Es ist nur eine Möglichkeit von vielen. Wir überprüfen alle Anarchistengruppen und Revolutionäre, die wir kennen, und wir kennen so gut wie alle. Jeder Informant ist befragt worden.«

»Eine Belohnung«, meinte Royce plötzlich. »Ich könnte mich mit Geschäftsleuten zusammentun und eine angemessene Belohnung aussetzen, damit es sich für denjenigen, der etwas weiß, bezahlt macht auszupacken. Gleich morgen werde ich mich darum kümmern, wenn diese Greueltat in den Zeitungen erscheint.«

Drummond blickte an ihm vorbei zum fernen Ende der Brücke, wo sich eine furchtsame und feindselige Menge angesammelt hatte. Die Leute starrten auf die Polizisten und den düsteren Leichenwagen, der auf seine schaurige Fracht wartete.

»Ich danke Ihnen, Sir. Ja, eine Belohnung könnte hilfreich sein. Die Menschen haben seit Urzeiten für Geld Verrat begangen – von Judas angefangen. Ich wüßte Ihre Unterstützung zu schätzen.«

»Bis morgen abend können Sie über die Summe verfügen«, versprach Royce. »Nun werde ich Sie Ihren Pflichten überlassen. Der arme Sheridan – Gott sei ihm gnädig. Oh... soll ich seine Frau informieren?«

Das wäre Pitt sehr recht gewesen, doch es war seine Aufgabe, nicht die von Royce.

»Danke, Sir, das muß ich tun. Ich muß ihr ein paar Fragen stellen.«

Royce nickte. »Selbstverständlich.« Er verabschiedete sich und ging rasch zum Südende der Brücke und an der Ostseite deer Straße in die Richtung der Bethlehem Road.

Drummond stand ein paar Sekunden reglos da und blickte in die Dunkelheit, in der Royce verschwunden war.

»Er beurteilt die Situation sehr zutreffend«, meinte er. »Und er scheint wirklich besorgt zu sein.«

Pitt war derselben Meinung, doch er faßte sie nicht in Worte.

»Was wissen Sie über ihn?« fragte Drummond neugierig.

»Seit über zwanzig Jahren Mitglied des Parlaments«, antwortete Pitt, der sich an alles erinnerte, was er über den Mann gehört hatte. »Tüchtig und begabt. Früher war er dem Innenminister unterstellt. Sein Ruf ist untadelig, in jeder Hinsicht. Seine Frau starb vor längerer Zeit, er ist Witwer geblieben. Er war Hamiltons Schwager, aber das wissen Sie ja.«

Drummond neigte den Kopf. »Sie haben diese Beziehung sicher durchleuchtet?«

Pitt lächelte. »Ja. Sie war von Höflichkeit gekennzeichnet, aber nicht besonders eng. Und offenbar gab es keine finanziellen Interessen, abgesehen davon, daß Royce sich jetzt um die wirtschaftlichen Angelegenheiten seiner verwitweten Schwester kümmert. Nachdem er der ältere Bruder ist, erscheint das normal.«

»Wie steht es um die berufliche Rivalität mit Hamilton?«

»Da gab es keine. Sie arbeiteten auf verschiedenen Gebieten.«

»Und persönlich?«

»Nein. Auch nicht politisch. Man schneidet einem Mann die Kehle nicht durch, weil er ein paar andere Ideen unterstützt als man selbst. Alles, was ich hörte, deutet darauf hin, daß Royce ein traditionsgebundener Familienmensch ist, mit der festen Überzeugung, die Starken müßten für die Schwachen sorgen und die Fähigen sollten über die Massen herrschen – im Interesse des Volkes.«

Drummond seufzte. »Praktisch jedes andere Parlamentsmitglied denkt auch so – überhaupt fast jeder wohlhabende Engländer mittleren Alters.«

Pitt brummte leise, dann verabschiedete auch er sich und ging in die gleiche Richtung wie Royce davon, nur wandte er sich am Ende der Brücke zum Baron's Place und zum Haus des ermordeten Cuthbert Sheridan.

Hier geschah wieder das gleiche, was Pitt zuvor erlebt hatte: Er stand auf den Treppenstufen und trommelte gegen die Tür, bis die schlafenden Diener erwachten, sich ein Kleidungsstück überwarfen und das Gaslicht anzündeten.

Er sah den gleichen entsetzten Blick, wurde in ein kaltes Frühstückszimmer geführt und stand einer bleichen und verzweifelten Frau gegenüber, die mühsam um Fassung rang.

Parthenope Sheridan war etwa fünfunddreißig Jahre alt, eine kleine Person mit einer sehr aufrechten Haltung. Ihr Gesicht war ein wenig zu spitz, um hübsch zu sein, doch sie hatte schöne Augen und prächtiges Haar.

»Cuthbert? Cuthbert wurde ermordet... auf der Westminster Bridge? Wie die anderen? Aber warum? Er hat keine Verbindung zu... zu... was? Kommissar Pitt, ich... ich verstehe nichts...« Sie griff nach dem Stuhl, der hinter ihr stand, und setzte sich schwankend, dann bedeckte sie ihr Gesicht mit den Händen.

Pitt wünschte sich, er hätte sie in den Arm nehmen und trösten dürfen, anstatt nur steif und starr ihrem Leid zuzusehen, ohne es teilen zu können.

»Madam, wir wissen auch noch nichts, aber wir untersuchen jede Möglichkeit. Vielleicht gab es politische Hintergründe...«

Sie drängte die Tränen zurück und wisperte: »Politische? Meinen Sie Anarchisten? Die Leute reden von einem Komplott gegen die Königin oder das Parlament. Aber warum Cuthbert? Er war nur ein sehr junger Minister im Schatzamt.«

»War er immer schon im Schatzamt, Madam?«

»O nein; die Mitglieder des Parlaments wandern von einem Büro zum anderen. Er war auch schon im Innenministerium und im Außenministerium tätig.«

»Welche Meinung vertrat er bezüglich der Autonomie Irlands?«

»Nein... das heißt, ich glaube, er war dafür, aber genau weiß ich es nicht. Diese Dinge besprach er nicht mit mir.«

»Und Reformen, Madam? War er für soziale und industrielle Reformen, oder dagegen?«

»Sofern man vernünftig und nicht zu schnell voranging, war er dafür.« Ein seltsamer Ausdruck huschte über ihre Züge – halb Ärger und halb Schmerz.

Er stellte die Frage, die ihm am unangenehmsten war. »Die Reform des Wahlrechts – trat er dafür ein, es auch auf Frauen auszudehnen?«

»Nein.«

»Kannten andre Leute seine Meinung?«

Sie zögerte und furchte die Stirn. »Ich... ja, ich glaube schon. Er drückte sie manchmal recht heftig aus.«

»Teilten Sie diese seine Meinung, Mrs. Sheridan?«

Ihr Gesicht war so weiß, daß die Schatten unter ihren Augen fast grau wirkten, selbst in dem gelben Gaslicht.

»Nein.« Ihre Stimme war nur ein Flüstern. »Ich bin entschieden der Ansicht, daß Frauen das Recht haben sollten, zu wählen und im Gemeinderat zu sitzen. Ich selbst bin Mitglied meiner örtlichen Gruppe, die für das Frauenstimmrecht kämpft.«

»Sind Sie bekannt mit einer Mrs. Florence Ivory oder Africa Dowell?«

Ihr Gesichtsausdruck änderte sich nicht – es zeigte weder Furcht noch Besorgnis. »Ich kenne sie beide nur flüchtig. Wir sind nicht sehr viele, und die Namen derjenigen, die besonders unerschrocken vorgehen, sprechen sich herum. Aber was hat das alles mit dem Tod meines Mannes zu tun? Suchen Sie seinen Mörder!«

Sie wandte sich ab und begann leise zu weinen.

Pitts Aufgabe in dem Trauerhaus war erfüllt. Er konnte der armen Witwe nicht helfen. Er ging einfach hinaus, an dem blassen Butler vorbei, und öffnete selbst die Haustür.

Draußen umfing ihn die Dunkelheit der Frühlingsnacht. Ein leichter Nebel stieg vom Fluß auf, der den Geruch der hereinkommenden Flut mit sich trug. Parthenope Sheridan würde vermutlich stundenlang weinen, und erst im kalten Licht des Morgens würden ihr die Größe ihres Verlustes und ihrer Einsamkeit voll bewußt werden.

Als Thomas Pitt nach Hause kam, ging er sofort in die Küche und brühte sich einen Tee auf. Er fühlte sich erschöpft und hilflos. Nun waren es drei Morde, und er war seit der Nacht der ersten Bluttat keinen Schritt weitergekommen. Konnte Florence Ivory wirklich die Täterin sein, die der Verlust ihres Kindes zu solchen Wahnsinnsverbrechen getrieben hatte?

Aber warum Cuthbert Sheridan? Einfacher Haß, weil auch er sich dagegen stellte, Frauen mehr Macht und Einfluß im Parlament, vielleicht vor dem Gesetz oder in der Medizin, zu gewähren? Erst vor zwölf Jahren waren medizinische Schulen für Frauen geöffnet worden, erst seit sechs Jahren durften verheiratete Frauen ihr eigenes Vermögen verwalten, und seit vier Jahren hatten sie aufgehört, als bewegliche Habe ihres Ehepartners zu gelten.

Aber nur eine Wahnsinnige würde jene Männer umbringen, die sich gegen Änderungen aussprachen – zudem waren das fast alle. Es machte keinen Sinn – aber sollte man bei diesen Greueltaten nach Sinn suchen?

Schließlich ging Thomas Pitt ins Bett. Er fror nicht mehr und war schläfrig, doch auf eine Erleuchtung hatte er umsonst gewartet.

Am Morgen verließ er früh das Haus, und vorher sprach er nur wenige Worte mit Charlotte. Er erzählte kurz von Sheridans Ermordung und der wachsenden Hysterie der Masse.

»Das kann doch nicht schon wieder Florence Ivory gewesen sein?« meinte sie.

Er hätte gern gesagt: Natürlich nicht – das ändert alles. Aber er gab keine Antwort. Irrsinn kannte keine Grenzen, auch keinen Selbstschutz. Und mit dem Maß der Vernunft konnte man diese monströsen Verbrechen nicht messen.

»Thomas?«

»Ja.« Er nahm seinen Mantel. »Es tut mir leid, aber sie könnte immer noch die Täterin sein.«

Micah Drummond war bereits in seinem Büro, und Pitt ging sofort zu ihm hinauf. Die Tageszeitungen lagen auf seinem Schreibtisch, und die oberste trug auf der Titelseite schwarz umrandete Schlagzeilen: *Dritter Mord auf der Westminster Bridge,* und darunter: *Wieder ein Mitglied des Parlaments eine halbe Meile vom Unterhaus entfernt abgeschlachtet.*

»Sie schreiben alle dasselbe«, sagte Drummond bedrückt. »Royce hat recht – die Leute geraten in Panik. Der Innenminister hat nach mir geschickt – wa soll ich ihm nur sagen? Was haben wir herausgefunden? Irgend etwas?«

»Sheridans Witwe kannte Florence Ivory und Africa Dowell flüchtig«, erwiderte Pitt lahm. »Sie ist Mitglied einer Frauenorganisation, die für das Wahlrecht der Frauen kämpft. Ihr Mann war strikt dagegen.«

Drummond saß eine Weile regungslos da. »Ah«, sagte er schließlich zweifelnd. »Glauben Sie, daß eine Frauenverschwörung hinter den Morden steckt?«

Das klang ziemlich absurd, doch Pitt konnte Florence

Ivorys leidenschaftlichen Schmerz nicht vergessen, den all die Jahre nicht gemildert hatten.

»Nein, nicht direkt«, antwortete er nachdenklich. »Oder mag man ein Komplott, das zum Beispiel zwei Frauen schmieden, eine Verschwörung nennen? Es könnten einige Umstände zusammengewirkt haben...«

»Welche Umstände?« Drummond kannte die verdächtigten Personen nicht und konnte also kein persönliches Urteil abgeben. Er sah die Schlagzeilen der Zeitungen vor sich und die verängstigten Gesichter der Männer in hohen Positionen, die sich rechenschaftspflichtig fühlten und die Verantwortung an ihn weitergaben. Er hatte keine Furcht – er war nicht der Mann, der vor Herausforderungen davonlief oder anderen die Schuld an seiner Hilflosigkeit zuschrieb. Aber er verkannte auch nicht den Ernst der Lage. »Um Himmels willen, Pitt, ich will wissen, was Sie denken.«

Pitt war ehrlich. »Ich fürchte, es könnte Florence Ivory sein – mit der Unterstützung von Africa Dowell. Ich glaube, sie besitzt den leidenschaftlichen Antrieb und das Engagement. Selbstverständlich auch das Motiv, und es ist mehr als wahrscheinlich, daß sie Hamilton für Etheridge hielt. Aber warum sie dann noch Sheridan tötete, weiß ich nicht. Das erscheint mir kaltblütiger, als ich sie beurteile. Möglicherweise war das ein anderer, ein Feind von Sheridan, der die grauenvolle Gelegenheit ergriff.«

»Ihnen ist Mrs. Ivory sympathisch, nicht wahr?«

»Ja«, gab Pitt zu. Es stimmte. Er hatte die Frau gemocht und mit ihr gefühlt – vielleicht zu sehr, weil er an seine eigenen Kinder gedacht hatte. Aber er hatte auch schon andere Mörder gemocht. Es waren die kleinen Halunken, die Heuchler und Selbstgerechten, die er nicht leiden konnte. »Doch womöglich sind wir der Lösung überhaupt noch nicht nahe gekommen, und sie liegt ganz woanders.«

Drummond erhob sich und ging zur Feuerstelle. Dabei rieb er sich die Hände, als sei ihm kalt, obwohl der Raum angenehm warm war.

»Wir müssen sie finden, Pitt«, sagte er ohne Herablassung und drehte sich zu Thomas Pitt um. Für einen Augenblick gab es keinen Rangunterschied mehr zwischen ihnen. »Ich habe alle Männer, die ich entbehren kann, auf jeden politischen Schädling angesetzt, den wir kennen, auf jeden Neorevolutionär, jeden radikalen Sozialisten oder Aktivisten für die Unabhängigkeit Irlands. Sie müssen sich auf die persönlichen Motive konzentrieren: Habsucht, Haß, Rache, Begierde, Erpressung – auf alles, was einen Menschen zum Mord treiben kann.«

»Ich werde mir James Carfax näher ansehen«, meinte Pitt bedächtig. »Und ich will Etheridges Privatleben stärker durchleuchten, obwohl ich nicht glaube, daß ein wütender Ehemann oder Liebhaber für alle drei Morde in Frage kommt.«

»Eigentlich kommt niemand in Frage, außer einem listigen Verrückten, der Parlamentsmitglieder haßt«, stellte Drummond mit einem schiefen Lächeln fest. »Wir haben die Polizeistreifen in der betroffenen Gegend verdoppelt. Dennoch glaube ich nicht, daß sich noch einer der Herren nachts allein über die Brücke traut.« Er rückte seine Halsbinde zurecht, und der letzte Funke freudlosen Humors verschwand aus seinen Augen. »Ich sollte mich jetzt auf den Weg zum Innenminister machen.« Er ging zur Tür und drehte sich noch einmal um. »Wenn wir diesen Fall gelöst haben, Pitt, sind Sie für eine Beförderung fällig. Ich werde mich darum kümmern, das verspreche ich. Ich würde es schon jetzt machen, aber ich brauche Sie auf der Straße. Sie haben es mehr als verdient, und es beinhaltet eine beachtliche Erhöhung des Gehalts.« Damit ging er hinaus. Pitt stand überrascht und verwirrt vor dem Feuer.

Drummond hatte recht, eine Beförderung war überfällig. Es wäre gut, anerkannt zu werden, mehr Macht und Autorität zu besitzen. Und mehr Geld würde so viel für Charlotte bedeuten. Ein paar Kleider mehr, ein bißchen Luxus auf dem Tisch, eine Reise aufs Land oder ans Meer, vielleicht sogar eines Tages ins Ausland – Paris!

Aber es würde natürlich auch Schreibtischarbeit anstatt Straßenstreifen bedeuten. Er würde andere Männer hinausschicken, um Leute zu befragen, ihre Antworten abzuwägen und in ihren Gesichtern zu lesen. Ein anderer würde die schreckliche Aufgabe übernehmen, Angehörige von Toten zu benachrichtigen, Leichen zu untersuchen und Verbrecher festzunehmen. Er würde nur mehr anordnen, Entscheidungen treffen und Ratschläge geben.

Das würde ihm nicht gefallen – manchmal würde er es hassen. Er würde es hassen, von der Wirklichkeit, dem pulsierenden Leben der Arbeit auf der Straße abgeschnitten zu sein. Seine Männer würden die Tatsachen erfahren und sie ihm übermitteln – er käme nicht mehr in Berührung mit dem Fleisch und dem Geist: mit den Menschen!

Aber dann dachte er an Charlotte – wie sie mit dem Öffnen des Briefes von Emily gewartet hatte, bis er gegangen war, damit er ihr sehnsüchtiges Gesicht nicht sehen sollte, wenn sie von den herrlichen Erlebnissen ihrer Schwester las.

Er würde die Beförderung annehmen – selbstverständlich! Er mußte sie annehmen!

Aber zuerst war die Lösung der Mordfälle auf der Westminster Bridge an der Reihe.

Er verbrachte den ganzen Tag mit der Überprüfung finanzieller Aktionen. Als erstes fand er die Unterlagen für den Verkauf von Helen Carfax' Gemälde, dann stellte er fest, daß sie auch andere Gegenstände veräußert hatte – kleine Skizzen, Schmuckstücke von geringem Wert, ein oder zwei Schnitzereien. Es gab jedoch keine Möglichkeit herauszubekommen, wofür sie das Geld verwendet hatte – vielleicht für Kleider und Parfums, um sich einem irregehenden Ehemann attraktiver zu präsentieren, oder für Juwelen, für Geschenke... Womöglich spielte sie auch, was einige Frauen taten.

Er kam kurz nach sechs Uhr nach Hause, müde und entmutigt. Nicht nur die Schwierigkeit des Falles deprimierte ihn, sondern auch die zukünftige Beförderung, die Aussicht, andere Männer zu lenken, anstatt die Arbeit selbst zu erledigen. Doch Charlotte durfte von seinen Gefühlen nichts merken, sonst würde sie keine Freude mehr über die finanziellen Vorteile empfinden.

Sie war in der Küche und bereitete gerade seinen Tee zu.

Der Raum war warm und von den Gaslampen an den Wänden sanft erhellt, während sich draußen die Dämmerung niedersenkte. Der Holztisch glänzte; es roch nach Seife und heißem Brot.

Thomas ging auf Charlotte zu und nahm sie wortlos in die Arme. Er drückte sie an sich und küßte sie, ohne ihre nassen Hände und das Mehl auf ihrer Schürze zu beachten. Nach der ersten Überraschung ging sie zärtlich, fast leidenschaftlich, auf ihn ein.

Er brachte es hinter sich, ehe er überlegen konnte: »Ich werde befördert, wenn der Fall geklärt ist. Das bedeutet viel mehr Geld und Einfluß und eine angesehenere Position.«

Sie preßte sich an ihn und lehnte den Kopf gegen seine Schulter. »Thomas, das ist wunderbar! Du hast es verdient – schon seit einer Ewigkeit! Wirst du dann immer noch unterwegs sein?«

»Nein.«

»Dann lebst du auch noch weniger gefährlich!«

Er hatte es ihr beigebracht und nur Stolz und Freude geheuchelt. Dabei verspürte er einen Augenblick schrecklicher Einsamkeit. Charlotte ahnte nicht, wie ihm zumute war; sie ahnte nicht, wie viel lieber er auf der Straße geblieben wäre, beim Volk – um mit diesem Volk den Schmutz, den Schmerz und die Wirklichkeit zu spüren. Es war der einzige Weg, der zum Verstehen führte.

Doch das war dumm. Er durfte jetzt nichts verderben. Er schob Charlotte ein bißchen von sich weg und lächelte ihr zu.

Sie musterte ihn forschend, und das Leuchten in ihren Augen verwandelte sich in Zweifel.

»Was ist? Was ist nicht in Ordnung?«

»Nur dieser Mordfall«, erwiderte er. »Je mehr ich mich damit befasse, desto weniger weiß ich.«

»Erzähl mir mehr davon. Erzähl mir alles über das letzte Opfer. Gracie ist oben mit den Kindern.«

Thomas Pitt berichtete ihr, was er in Erfahrung gebracht hatte, so wenig das auch war.

Charlotte blickte eine Weile schweigend vor sich hin. Ihre

Wangen färbten sich rot, und der Ausdruck ihres Gesichts war eine Mischung aus leichter Scham und Verlegenheit.

»Wie bist du in die Sache verwickelt?« fragte er ruhig.

»Hm... Großtante Vespasia hat nach mir geschickt...«

Er hob die Brauen. »Damit du den Westminster-Brückenmörder entdecken sollst?«

»Nun, ja... gewissermaßen.«

»Erklär mir das, Charlotte.«

»Weißt du, Africa Dowell ist die Nichte von Großtante Vespasias engster Freundin, Zenobia Gunne. Und sie glauben, daß die Polizei Africa und ihre Hausgenossin Florence Ivory verdächtigt, was ja auch stimmt. Natürlich habe ich nichts von dir gesagt.«

Er betrachtete sie forschend, und sie hielt seinem Blick stand. Manchmal konnte sie ein Geheimnis für sich behalten, und sie konnte auch einer direkten Antwort ausweichen, aber sie besaß kein Talent, ihren Mann anzulügen, und das wußten beide.

»Und was hast du entdeckt?«

Sie biß sich auf die Lippen. »Nichts – leider.«

»Überhaupt nichts?«

»Nein. Ich habe mit Amethyst Hamilton geredet. Sie und ihr Stiefsohn hassen sich, und sie erbt sehr viel Geld, aber auf ein Mordmotiv bin ich nirgendwo gestoßen.«

»Genausowenig wie ich.«

Sie streckte die Hand aus und legte sie liebevoll auf seine. »Du wirst es schon noch entdecken«, sagte sie mit Überzeugung, aber er war sich nicht sicher, ob sie mit dem Verstand oder mit dem Herzen sprach. »*Wir* werden es entdecken«, fügte sie hinzu und lächelte zuversichtlich.

9

Am nächsten Morgen fuhr Charlotte mit dem Pferdeomnibus, um Großtante Vespasia zu besuchen. Es war ein strahlender Frühlingstag voll milder Luft und warmer Sonne. Es wäre schön auf dem Land gewesen – vielleicht konnten sie, Charlotte und Thomas, diesen Sommer ein Wochenende im Grünen verbringen – oder sogar eine ganze Woche?

Sie dachte an die vielen kleinen Dinge, die sie kaufen könnte, wenn Thomas mehr Geld verdiente. Ein neuer Hut wäre ein wunderbarer Anfang, ein Hut mit einer breiten Krempe, einem rosa Band und vielen Blumen darauf – große Zentifolien mit goldenem Blütenstaub, die waren besonders hübsch.

Während der ganzen Fahrt dachte Charlotte an all das Erfreuliche, das der Geldsegen mit sich bringen würde, und versäumte deshalb beinahe, rechtzeitig auszusteigen. Das wäre sehr unangenehm gewesen, denn sie mußte sowieso noch ein beträchtliches Stück Wegs zu Fuß zurücklegen. Leute wie Großtante Vespasia wohnten nicht in den Straßen, die der öffentliche Omnibus anfuhr.

Im Haus der Tante wurde Charlotte sofort in das Frühstückszimmer geführt, wo Vespasia mit einer Feder in der Hand saß. Vor ihr lagen Papiere ausgebreitet.

»Hast du etwas entdeckt?« fragte sie hoffnungsvoll.

»Es ist so schlimm, wie wir befürchten«, meinte Charlotte und nahm sofort Platz. »Ich habe dir nicht gesagt, daß Thomas mit dem Fall betraut ist. Ich vermutete, Zenobia würde mich nicht für unparteiisch halten, und dich wollte ich nicht in eine peinliche Situation bringen. Aber es war Thomas, der Mrs. Ivory befragte, und er denkt tatsächlich, daß sie die Täterin sein könnte. Der einzige Hoffnungsstrahl – wenn man bei so einer tragischen Geschichte überhaupt von einem Hoffnungsstrahl reden kann – ist, daß Mrs. Ivory keinen Grund hatte, Cuthbert Sheridan zu töten.«

»Auf diesen Hoffnungsstrahl kann ich verzichten«, sagte Vespasia grimmig.

»Und Thomas wird befördert, sobald der Fall gelöst ist.«

»Wirklich?« Vespasias Blick drückte Befriedigung aus. »Es wird auch Zeit! Aber was können wir inzwischen für Zenobia tun?«

Charlotte merkte, daß sie Zenobia gesagt hatte, nicht Florence Ivory, und daß das Absicht gewesen war.

»Ich denke, daß wir jetzt endlich unsere Vernunft walten lassen sollten«, stellte Charlotte fest. »Thomas sagt, daß die Polizei trotz größter Bemühungen keine Verschwörung irgendeiner Art ausmachen konnte, und eine Verfolgung politischer Ziele ist auch nur vorstellbar, wenn mit den Attentaten Bekennerbriefe oder Forderungen verbunden sind. Anarchie käme noch in Frage, aber die erscheint mir an sich schon verrückt – wer würde von ihr profitieren? Anonyme Gewalttaten können einzelnen Gruppen keine Vorteile und auch nicht die Erfüllung irgendwelcher Wünsche bescheren.«

»Das sollte man annehmen«, stimmte Vespasia zu. »Ist es möglich, daß zwischen den drei Opfern eine Verbindung besteht, an die wir noch nicht gedacht haben?«

»Sie waren alle Mitglieder des Parlaments«, erwiderte Charlotte trübe. »Sonst konnte Thomas nichts entdecken. Es gibt keine Geschäftsverbindungen, keinen Verwandtschaftsgrad; sie gehörten auch nicht der gleichen Partei an – zwei waren Liberale, einer Tory. Und sie hatten verschiedene politische Auffassungen, abgesehen davon, daß sie alle drei gegen das Frauenwahlrecht waren.«

»Dagegen sind die meisten Leute.« Vespasias Gesicht wirkte bleich, doch sechzig Jahre Disziplin zeigten sich in ihren Händen, die elegant in ihrem Schoß lagen und ruhig ein feines Spitzentuch hielten. »Wer deshalb morden würde, müßte fast das ganze Parlament ausrotten.«

»Wenn wir also persönliche Gründe annehmen«, sagte Charlotte sanft, »sollten wir uns ernsthaft mit den Personen beschäftigen, die Motive haben, und sie so einkreisen, wie Thomas es nicht kann. Ich habe Lady Hamilton bereits kennengelernt und möchte ihr keinen Mord zutrauen, obwohl es irgendeine Verbindung geben könnte.« Sie seufzte unglücklich. »Natürlich ist die Wahrheit manchmal unglaublich. Leute, die du gern hast, quälen sich mit Problemen herum, von denen du keine Ahnung hast, und die sie fast in den Wahnsinn treiben, oder alte Wunden schmerzen so unsagbar, daß sie keinen seelischen Frieden zulassen. Rachegedanken werden zur Besessenheit und sind stärker als alles andere – Liebe, Sicherheit, gesunder Menschenverstand.«

Vespasia schwieg. Vielleicht hatte sie auch schon dieselbe Erfahrung gemacht.

»Da gibt es noch den jungen Barclay Hamilton«, fuhr Charlotte fort. »Obwohl er offenbar sehr unter der zweiten Heirat seines Vaters gelitten hat, wüßte ich nicht, warum er zum Mörder werden sollte.«

»Ich auch nicht«, meinte Vespasia leise und kämpfte gegen den Überdruß an, der sie befiel. »Was wäre über Etheridge zu sagen? Da geht es doch um viel Geld.«

»Wir müßten James Carfax, seinen Schwiegersohn, unter die Lupe nehmen, oder dessen Frau, die um die Treue ihres Mannes bangt und ihn halten möchte.«

»Wie tragisch.« Vespasia seufzte. »Die arme Kreatur. Mord wäre ein furchtbarer Preis für eine Illusion, die doch schließlich vergeht. Die Frau hätte sinn- und zwecklos ihr Leben ruiniert.«

»Etheridge könnte sich mit verheirateten Damen eingelassen haben, dann käme als Täter vielleicht ein gehörnter Ehemann in Betracht...«

»Sehr wahrscheinlich hatte er Affären«, stellte Vespasia nüchtern fest. »Aber drei Parlamentsmitgliedern die Kehle durchzuschneiden und die Männer an Laternenpfählen aufzuhängen erscheint mir als Genugtuung für einen Betrogenen doch recht absurd.«

Charlotte war ziemlich niedergeschmettert. Absurd – alles war absurd.

Vespasia erhob sich und ging zum Fenster. Sie blickte in den Garten hinaus, wo das Sonnenlicht schräg einfiel und die Baumstämme sowie die ersten roten Triebe der Rosenblätter beleuchtete. »Wir sollten einfach tun, was wir können. Nachdem wir befürchten, daß Florence Ivory tatsächlich schuldig sein mag, könntest du sie noch einmal besuchen und dir eine weitere Meinung über ihren Charakter bilden.«

Charlotte betrachtete Vespasias schmalen Rücken, der unter dem bestickten Spitzenkleid sehr aufrecht wirkte. Die Schultern der Großtante waren so schmächtig, daß Charlotte schmerzlich daran erinnert wurde, wie alt und zerbrechlich Vespasia war, und daß sie trotzdem nicht aufhörte zu lieben oder verletzlich zu sein. Spontan und ohne Befangenheit aufkommen zu lassen, legte Charlotte die Arme um Vespasia und drückte sie an sich, wie sie es bei ihrer Schwester oder einem ihrer Kinder getan hätte.

»Ich liebe dich, Tante Vespasia, und nichts auf der Welt wünsche ich mir lieber, als dir eines Tages ein wenig ähnlich zu sein.«

Es dauerte einige Sekunden, bis Vespasia antwortete. Ihre Stimme klang etwas heiser. »Danke, mein Liebes.« Sie schniefte ganz leise. »Ich denke, du hast schon einen ausgezeichneten Anfang gemacht – im Guten wie im Schlechten. Jetzt sei so nett und laß mich los, ich brauche mein Taschentuch.«

Charlotte gehorchte, und Vespasia putzte sich die Nase etwas weniger vornehm als gewöhnlich. »Nun«, sagte sie munter und steckte das völlig unzureichende Stückchen Batist und Spitze in ihren Ärmel, »ich werde das Telefon benützen und mit Nobby reden, damit sie Lady Mary Carfax noch einmal besucht; ich werde einige politische Bekanntschaften auffrischen, die mir etwas Interessantes sagen könnten; du wirst dich um Florence Ivory kümmern, und dann treffen wir uns morgen hier um zwei Uhr und gehen zusammen zu der Witwe von Cuthbert Sheridan, um ihr zu kondolieren. Vielleicht war er sogar das beabischtigte Opfer.«

»Ja, Tante Vespasia«, sagte Charlotte folgsam. »Morgen um zwei Uhr.«

Charlotte machte sich widerwillig auf den Weg zu Florence Ivory. Sie fürchtete, entweder gar nichts zu erfahren oder ihrer aller böse Ahnung in bezug auf Florences mögliche Täterschaft bestätigt zu finden. Aus tiefster Seele hoffte sie, die beiden Frauen in ihrem Heim nicht anzutreffen.

Sie wurde enttäuscht. Mrs. Ivory und Miß Dowell waren zu Hause und hießen sie sogar willkommen.

»Treten Sie ein, Miß Ellison«, sagte Africa schnell. Sie war blaß, doch auf ihren Wangen zeichneten sich rote Flecken ab, und die Schatten um ihre Augen verrieten Sorge und zu wenig Schlaf. »Ich bin so froh, daß Sie uns noch einmal besuchen. Wir hatten schon Angst, daß die letzte Schreckenstat Sie von unserem Fall abgelenkt haben könnte. Das Ganze ist wirklich ein Alptraum.« Sie führte Charlotte in das entzückende Wohnzimmer mit den geblümten Vorhängen und den Pflanzen. Sonnenlicht flutete durch die Fenster herein, und drei blaue Hyazinthen verströmten einen betörenden Duft.

Charlotte hatte jedoch nur Interesse für Florence Ivory, die in einem Rattanstuhl saß und einen Raffiabastkorb flickte. Sie sah Charlotte zurückhaltend an.

»Guten Tag, Miß Ellison. Es ist nett von Ihnen, noch einmal nach uns zu schauen. Wollen Sie uns sagen, daß Sie sich noch um unseren Fall bemühen, oder halten Sie ihn inzwischen für hoffnungslos?«

Das klang ein wenig aggressiv, und Charlotte fühlte sich beinahe verletzt.

»Ich werde nicht aufgeben, Mrs. Ivory«, erwiderte sie scharf, »bis die Sache gewonnen oder verloren ist, oder bis ich einen Beweis Ihrer Schuld finde, der mir ein weiteres Engagement unmöglich macht.«

Florences bemerkenswertes Gesicht mit den weit auseinanderstehenden Augen, die große Intelligenz verrieten, wirkte sekundenlang etwas belustigt, dann deutete die Frau auf einen Stuhl und lud Charlotte zum Sitzen ein.

»Was könnte ich Ihnen noch sagen? Ich kannte Cuthbert Sheridan nur dem Namen nach, aber seine Frau habe ich einige Male getroffen. Wahrscheinlich habe ich dazu beigetragen, daß sie sich der Bewegung für das Frauenwahlrecht angeschlossen hat.«

Charlotte sah den Schmerz in den lebendigen Zügen der Frau, sah die Ironie in ihren Augen, die Bitterkeit in den Linien um ihren Mund und die kleinen knochigen Hände, die den Bastkorb umspannten. »Mr. Sheridan schätzte das wohl nicht?«

»Gewiß nicht«, stimmte Florence ihr trocken zu. Sie betrachtete Charlotte genau, und ihr Blick drückte kaum verhüllte Mißachtung aus. Nur ihr dringendes Bedürfnis nach Hilfe und ein Rest Anstand verdeckten ihre wahren Gefühle. »Es ist ein Thema, das große Emotionen auslöst, Miß Ellison, was Sie nicht zu ahnen scheinen. Ich weiß nicht, wie sich Ihr Leben gestaltet hat. Ich nehme an, daß Sie zu jenen bequemen Frauen gehören, für die materiell ausreichend gesorgt wird und die dafür mit Fügsamkeit und häuslichen Tugenden bezahlen – und daß Sie sich glücklich preisen, in dieser Situation zu sein.«

»Sie haben ganz recht – Sie wissen nichts über mein Leben«, entgegnete Charlotte äußerst schroff. »Und Ihre Vermutungen sind eine ausgesprochene Frechheit.« Kaum hatte sie diese Worte gesagt, schon erinnerte sie sich daran, wie sehr diese Frau darunter gelitten hatte, daß sie ihre Kinder verloren hatte. Voller Schamgefühl erkannte Charlotte, daß sie vielleicht tatsächlich so zu beneiden war, wie Florence es dargestellt hatte.

Natürlich besaß sie wenig Geld, aber wie wichtig war das? Sie hatte genug; sie mußte nicht hungern und frieren. Sie hatte ihre Kinder, und Thomas behandelte sie nicht wie sein Besitztum, sondern wie eine wahre Freundin. Mit tiefer Dankbarkeit wurde ihr bewußt, daß sie die Freiheit besaß, für die unzählige andere Frauen ihre Seidenkleider und Dienerschaft hergegeben hätten.

Florence schaute sie an, und zum erstenmal drückte ihr Gesicht Verwirrung aus.

»Ich entschuldige mich«, sagte Charlotte mühsam. Trotz ihres Mitleids fand sie diese Frau höchst irritierend. »Meine Heftigkeit war unnötig, und in gewisser Weise haben Sie völlig recht. Aber ich kann Ihren Ärger nicht verstehen. Ich habe nie das alles erleiden müssen, was Sie beklagen. Erzählen Sie mir davon.«

Florence furchte die Stirn. »Um Himmels willen, was soll

ich Ihnen erzählen? Etwas über die gesellschaftliche Stellung der Frau?«

»Falls das die Streitfrage ist – ja. Wurden die Männer deshalb ermordet?«

»Ich habe keine Ahnung. Aber wenn ich die Taten begangen hätte, wäre das der Grund gewesen.«

»Warum? Für eine Wahlstimme, wer im Parlament sitzen soll?«

Florence war mit ihrer Geduld am Ende. Sie erhob sich plötzlich, so daß der Bastkorb zu Boden fiel. »Halten Sie sich für intelligent? Für lernfähig? Haben Sie Gefühle, sogar Leidenschaften? Wissen Sie etwas über Menschen, über Kinder? Wissen Sie überhaupt, was für Sie persönlich wichtig ist?«

»Natürlich weiß ich das«, erwiderte Charlotte sofort.

»Sind Sie sicher, daß Sie nicht nur ein zu groß geratenes Kind geblieben sind?«

Nun war Charlotte ebenfalls zornig. Auch sie stand auf, und ihre Wangen brannten. »Ja, da bin ich ganz sicher. Ich habe ein Gespür für Menschen und viel gelernt in meinem Leben. Ich bin fähig, jemanden klug zu beurteilen. Wie jede Person mache ich manchmal Fehler. Erwachsensein bringt nicht Immunität gegen Irrtümer mit sich, es macht diese Irrtümer nur bedeutsamer und gibt einem mehr Macht, sie zu vertuschen.«

Florence beruhigte sich kein bißchen. »Das stimmt. Was ich so besonders verabscheue, ist, wie ein Kind behandelt zu werden – daß mein Vater oder mein Ehemann für mich die Entscheidungen treffen, als hätte ich keinen eigenen Willen und keine eigenen Bedürfnisse.« Sie drehte sich um, trat hinter ihren Stuhl und beugte sich über dessen Lehne. »Glauben Sie für eine Sekunde, daß das Gesetz so wäre, wie es ist, wenn diejenigen, die es machten, auch uns Frauen Rede und Antwort stehen müßten, und nicht nur den Männern?«

Charlotte öffnete den Mund, um zu antworten, doch Florence schnitt ihr das Wort ab.

»Machen Sie Ihrer Mutter zu Weihnachten oder zu ihrem Geburtstag ein Geschenk?«

»Wie bitte?«

Florence wiederholte ihre Frage mit höhnischer Ungeduld.
»Ja. Was hat das mit dem Frauenwahlrecht zu tun?«
»Wissen Sie, daß Sie vom Tag Ihrer Verlobung an – Verlobung, nicht Heirat – niemandem mehr ein Geschenk machen dürfen, ohne die Erlaubnis Ihres Verlobten?«
»Nein, ich...«
»Und daß bis vor vier Jahren sogar Ihre Kleider und persönlichen Gegenstände Ihrem Mann gehörten? Und wenn Sie Geld erbten, Schmuck von Ihrer Mutter, irgend etwas – es gehörte ihm! Einen Lohn, der Ihnen für Ihre Arbeit zustand, konnte er sich direkt ausbezahlen lassen, so daß Sie keinen Pfennig davon in die Hand bekamen. Dachten Sie, Sie könnten zugunsten Ihrer Tochter, Ihrer Schwester oder einer Freundin ein Testament machen? Ja, aber nur, wenn Ihr Gatte es erlaubt. Überlegt er es sich anders, ist Ihr Wille hinfällig, auch nach Ihrem Tod. Wußten Sie das? Nichts, rein gar nichts gehört Ihnen – von Ihrem Körper ganz zu schweigen!«
Ihre Lippen verzogen sich bei der Erinnerung an alte Wunden, die nie verheilt waren. »Sie können Ihren Ehemann nicht zurückweisen, egal, wie er Sie behandelt, und mit wieviel anderen Frauen er schläft. Sie dürfen nicht einmal fliehen – er kann Sie zurückholen lassen und jeden strafrechtlich verfolgen, der Ihnen Unterschlupf gewährt, selbst wenn es Ihre eigene Mutter ist. Und wenn er Ihnen erlaubt zu gehen, behält er Ihren Besitz. Sie müssen alles zurücklassen.«

Als Charlotte etwas sagen wollte, schrie Florence sie an: »Unterbrechen Sie mich nicht! Verdammt sei Ihre Selbstzufriedenheit! Glauben Sie, Sie hätten ein Mitspracherecht, wenn es um Ihre Kinder geht? Selbst wenn Sie Ihr Baby noch stillen? Nein, absolut nicht! Die Kinder gehören ihm, er kann mit ihnen machen, was er will – sie erziehen, oder nicht, sich um ihre Gesundheit kümmern, oder nicht – gerade wie es ihm gefällt. Und er kann Ihre Juwelen seiner Geliebten hinterlassen sowie alles, was Sie einmal Ihr eigen genannt haben.«

Charlotte war überwältigt von der Flut der Ungerechtigkeiten und von dem glühenden Zorn, der in Florence brannte. Sie sank auf die Armlehne ihres Sessels. Florence zählte nicht nur die Unzulänglichkeiten der Gesetze auf, sondern sie machte auch ihrer eigenen Qual Luft.

»Das, Miß Ellison, ist ein Teil der Gründe, warum ich für das Frauenwahlrecht bin.« Florence war nun blaß und erschöpft; ihr Gefühlsausbruch und alle damit verbundenen Erinnerungen an ihre Niederlage hatten sie viel Kraft gekostet. Charlotte kämpfte erneut mit ihrer niederschmetternden Überzeugung, daß diese Frau durchaus in der Lage war, drei Männer zu ermorden.

Africa Dowell ging auf ihre Gefährtin zu und machte eine Bewegung, als wolle sie Florence berühren, doch dann blieb sie stehen und sah Charlotte furchtsam und zugleich trotzig an.

»Florence spricht im Namen sehr vieler Frauen. Es sind mehr, als Sie vielleicht vermuten.«

Charlotte blickte der jungen Person in die Augen. »Warum nicht alle Frauen? Warum sollte irgendein weibliches Wesen dagegen sein, oder auch nur gleichgültig?«

Florences Antwort klang hart. »Weil es leichter ist! Wir werden von der Wiege an dazu erzogen, unwissend, charmant, gehorsam und vollkommen abhängig zu sein. Wir erzählen den Männern, daß wir körperlich und geistig schwach sind und beschützt und versorgt werden müssen. Man kann uns keine Schuld zuschieben, weil wir für nichts verantwortlich sind. Und die Männer sorgen für uns! Sie tun soviel für uns, wie eine Mutter für ihr Kind tut, das nicht laufen kann: Sie trägt es. Solange sie es nicht auf den Boden stellt, wird es niemals laufen. Nun, ich möchte nicht mein ganzes Leben lang getragen werden.« Sie schlug sich kräftig gegen die Brust. »Aber viele Frauen glauben selbst, daß sie nicht gehen können, und es fehlt ihnen der Mut, es zu versuchen. Andere sind zu faul – es ist schließlich leichter, getragen zu werden.«

Das stimmte nur teilweise. Charlotte kannte noch mehr Gründe, warum sich eine Frau dem Mann unterordnete: Liebe, Dankbarkeit, Schuldgefühle, das Bedürfnis nach Zärtlichkeit, die tiefe Befriedigung, den Respekt eines Partners zu gewinnen und seine besten Seiten hervorzulocken.

Doch es hatte keinen Sinn, mit Florence Ivory darüber zu reden. Ihre Wunden waren zu schmerzhaft, und ihre Verzweiflung war wirklich begründet. Charlotte stellte sich ihre Gefühle vor, wenn man sie ihrer Kinder beraubt hätte, und wußte, daß da jedes Wort fehl am Platz wäre.

Aber sie mußte nüchtern vorgehen. Sie wechselte das Thema und sah Florence mit vorgetäuschter Ruhe an. »Wo waren Sie, als Mr. Sheridan ermordet wurde?«

Florence war bestürzt. Dann lächelte sie humorlos. Der Ausdruck ihres lebhaften Gesichtes wechselte wie die Reflektionen auf einer Wasseroberfläche.

»Ich war hier – allein«, sagte sie leise. »Africa besuchte eine Freundin, die entbunden hat und sich nicht gut fühlt. Aber warum, um Himmels willen, sollte ich Mr. Sheridan umbringen? Er hat mir nichts getan. Ich habe weder Mr. Sheridan noch Mr. Etheridge oder Sir Hamilton getötet. Doch ich bezweifle, daß Sie das beweisen können, Miß Ellison. Ihre guten Absichten sind reine Zeitverschwendung.«

»Möglich.« Charlotte erhob sich und blickte ihr Gegenüber kalt an. »Aber es ist meine Zeit, die ich verschwende, wenn ich es will.«

»Das glaube ich nicht«, stellte Florence fest, ohne sich zu rühren. »Wenn Sie der Sache auf den Grund gehen, merken Sie, daß die Zeit Ihrem Vater oder Ihrem Gatten gehört – falls Sie einen haben.« Sie bückte sich, um den Korb aufzuheben, als sei Charlotte schon gegangen.

Africa brachte sie zur Tür. Die junge Person war totenblaß, und ihre steifen Bewegungen verrieten ihre Furcht. Sie liebte und bemitleidete Florence, sie trug das Leid ihrer Freundin mit, und sie hatte entsetzliche Angst, daß die Qual um den Verlust ihrer Kinder Florence zum Morden getrieben hatte.

Charlotte hegte die gleichen schrecklichen Gedanken und konnte sich nicht verstellen. Sie sah in das bleiche Engelsgesicht, das so stark und jung und entschlossen wirkte, als sei Africa bereit, einen verlorenen Kampf aufzunehmen. Charlotte ergriff die eiskalten Hände des Mädchens und drückte sie einen Moment lang. Es gab keine hilfreichen oder ehrlichen Worte, die der Situation gerecht werden konnten.

Dann wandte sich Charlotte ab und ging rasch die Straße hinunter zu dem Platz, wo der öffentliche Omnibus hielt.

Zenobia Gunne sah ihrem zweiten Besuch bei Lady Mary Carfax mit dem gleichen Kraftaufwand entgegen, wie sie ihn für eine Kanufahrt auf dem Kongo benötigt hatte – nur versprach die bevorstehende Aufgabe weniger Befriedigung. Es würde keine hinreißenden Sonnenuntergänge geben, keine Mangrovenwurzeln, die aus dämmergrünem Wasser emportauchten, keine juwelenbunten Vögel, die kreischend in die Lüfte schwebten. Nur Mary Carfax' dreißigjährige Verachtung und hundertfachen alten Groll.

Mit großem Mißbehagen und einem flauen Gefühl in der Magengrube gehorchte Zenobia Vespasias Anweisungen. Sie hatte mit Mary Carfax nichts gemeinsam als ihre Erinnerungen aus der Vergangenheit.

Aber sie mußte etwas für ihre Nichte Africa tun. Sie machte sich Vorwürfe, daß sie die junge Verwandte nicht öfter besucht und ihr erlaubt hatte, sich so eng an Florence anzuschließen, eine starke Frau, die in ihrem Leid und den erlittenen Ungerechtigkeiten leicht das seelische Gleichgewicht verlieren und in den Wahnsinn abgleiten konnte. Africa war das Kind ihres jüngsten Bruders – Zenobia hätte sich mehr um sie kümmern müssen, nachdem ihre Eltern verstorben waren. Selbstsüchtig hatte sie, die Tante, die Welt bereist. Doch nun war es zu spät, um ihre Zeit und Freundschaft anzubieten.

Der einzige Weg, Africa zu helfen, war, Florences Unschuld zu beweisen, und wie Charlotte Pitt gesagt hatte – was für eine seltsame Frau, diese Charlotte Pitt, geteilt zwischen zwei Welten und doch offensichtlich in beiden zu Hause –, konnte das nur durch den Beweis gelingen, daß ein anderer der Täter war.

Zenobia überreichte ihre Visitenkarte Lady Marys Dienstmädchen und wartete. Sie beabsichtigte nicht zu lügen, was den Zweck ihres Besuches betraf – es fiel ihr auch keine passende Ausrede ein, die ihrem Ziel dienlich gewesen wäre.

Das Mädchen führte sie in den Salon, in dem trotz des mildes Wetters ein üppiges Kaminfeuer brannte. Lady Mary saß aufrecht in einem goldverzierten französischen Sessel und verbarg ihre Verwunderung sowie ihre Neugierde.

»Wie nett, Sie wiederzusehen – so bald«, sagte sie in einem Ton, der zwischen Höflichkeit und Spott schwankte. »Ich fürchtete schon...« Doch das war zu intim. Sie verbesserte sich. »Ich dachte schon, das würde ein langweiliger Nachmittag werden. Wie geht es Ihnen? Bitte nehmen Sie Platz und machen Sie es sich bequem. Das Wetter ist ja sehr erfreulich, nicht wahr?«

Zenobia setzte sich möglichst weit entfernt vom Kamin und nickte. »Wundervoll. Es blüht schon vieles, und die Luft ist so lind. Im Park gehen vereinzelt Leute spazieren, und in der Rotunde spielt eine deutsche Kapelle.«

»Man kann den Sommer kaum erwarten.« Lady Mary platzte fast vor Neugierde, warum Zenobia, die sie nicht leiden konnte, sie nun innerhalb von vierzehn Tagen schon zum zweitenmal besuchte. »Werden Sie in Ascot oder Henley erscheinen? Mich ermüden die Rennen ja, aber man muß schließlich gesehen werden, finden Sie nicht auch?«

Zenobia schluckte eine beleidigende Antwort hinunter und lächelte süß. »Bestimmt wären Ihre Freunde enttäuscht, wenn Sie nicht auftauchen würden, aber ich fürchte, für mich kommt es nicht in Frage. Ein Mitglied meiner Familie erlebt momentan eine Tragödie, und wenn sich die Situation verschlechtert, kann ich mich an gesellschaftlichen Ereignissen nicht erfreuen.«

Lady Mary bewegte sich leicht in ihrem Sessel. »Tatsächlich? Das tut mir leid.« Sie zögerte, dann stieß sie hervor: »Kann ich irgendwie helfen?«

Zenobia schluckte hart. Sie dachte an die letzte Nacht mit Peter Holland, ehe er zur Krim aufbrach. Wie hätte er über diese Szene gelacht! »Sie könnten mir etwas über die Frauen erzählen, die darum kämpfen, das Wahlrecht zu erlangen.« Sie sah, wie sich Lady Marys Gesicht vor Mißfallen verzog, und wie starr die blaßblauen Augen plötzlich blickten. »Was für Leute sind das?« fügte Zenobia hinzu.

»Das ist leicht zu beantworten«, erwiderte Lady Mary. »Es

sind Frauen, die es nicht geschafft haben, sich angemessen zu verheiraten, oder solche mit unnatürlichen männlichen Ambitionen, die lieber herrschen, anstatt sich ihrer Bestimmung entsprechend häuslich und anmutig zu geben. Diese Frauen verzichten auf Attraktivität und die Künste, die einem weiblichen Wesen wohl anstehen, um Kinder zu gebären und großzuziehen und einen Haushalt zu führen, der ihrem Ehemann ein Refugium der Ruhe und Ehrbarkeit ist. Mich wundert es, daß Frauen überhaupt so einen Irrweg wählen – vielleicht wollen sie sich an ihren normalen Geschlechtsgenossinnen rächen, denen sie nicht nacheifern können oder mögen. Leider gibt es eine wachsende Anzahl dieser Kreaturen, und sie gefährden das Gefüge der Gesellschaft.« Ihre Augenbrauen hoben sich. »Sie haben hoffentlich nichts mit ihnen zu tun, selbst wenn Ihre Instinkte und Ihre Altjüngferlichkeit Sie dazu verführen könnten!« Eine Sekunde lang leuchtete die Bosheit in ihren Augen auf, und alte Erinnerungen wurden wach. Mary Carfax' angebliches Mitleid war nur gespielt – sie hatte nichts vergessen und vergeben.

»Der Himmel weiß«, fuhr sie mit ihrer dünnen Stimme fort, »daß es schon genug Unruhe und Elend im Lande gibt. Die Leute kritisieren sogar die Königin, und es wird von Revolution und Anarchie geredet. Die Regierung sieht sich von allen Seiten bedroht.« Sie seufzte schwer. »Man muß nur diese unfaßbaren Verbrechen auf der Westminster Bridge betrachten, um zu erkennen, daß die ganze Gesellschaft in Gefahr schwebt.«

»Glauben Sie?« Zenobia legte in ihre Stimme eine Mischung aus Zweifel und Respekt. »Die Tragödien, von denen Sie sprechen, könnten doch auch persönliche Hintergründe haben: Neid, Habgier, Angst – vielleicht – Rache für Unrecht oder Kränkungen?«

»Rache an drei Parlamentsmitgliedern?« Lady Mary war interessiert, wenn auch widerwillig. Sie atmete langsam ein und schaute zu den Fotografien von Gerald Carfax und James hinüber, die auf dem Klavier standen. »Eines der Opfer war der Schwiegervater meines Sohnes, wie Sie wissen.«

»Ja – wie tragisch für Sie«, meinte Zenobia etwas oberflächlich. »Und auch für Ihren Sohn, natürlich.« Sie wußte noch nicht, wie sie fortfahren sollte. Sie mußte mehr über James und seine Frau erfahren, doch Lady Mary würde nur ihre eigene vorgefaßte Meinung zum besten geben. Allwerdings hatte Zenobia keine Wahl. »Ich vermute, er ist höchst betroffen.«

»Ah ... ja, selbstverständlich.« Lady Mary sträubte sich ein wenig.

Zenobia hatte unzählige Menschen beobachtet und viel über ihre Verhaltensweisen und Charaktere gelernt. Sie erkannte Verlegenheit hinter Marys steifem Zögern und bemerkte einen Hauch von Röte, der die blassen Wangen ihrer Gastgeberin überzog. Also war James Carfax gar nicht betrübt über den Tod seines Schwiegervaters.

Zenobia versuchte es mit Mitgefühl, da sie eine Möglichkeit witterte, dadurch ihrem Ziel näherzukommen. »Jungen Menschen fällt das Trauern schwer – aber Mrs. Carfax wird sicher sehr unglücklich sein!«

»Ja, sehr«, stimmte Lady Mary diesmal sofort zu, »was ja kein Wunder ist. Aber für James bedeutet es eine große Belastung.«

Zenobia schwieg, und ihr Schweigen lud Lady Mary zu weiteren Äußerungen ein.

»Sie ist momentan sehr auf ihn angewiesen und verlangt viel von ihm.«

Wieder verstand Zenobia das Zögern der Jüngeren. Sie erinnerte sich an die Mary von einst: eine stolze, dominierende Person, die überzeugt war zu wissen, was für andere das Beste war, und sich berufen fühlte, diese Erkenntnisse in die Tat umzusetzen. Zweifellos hatte sie in erster Linie James die wichtigsten Entscheidungen abgenommen und würde die konkurrierenden Forderungen einer Ehefrau nicht akzeptieren.

Jeder weitere Gedanke in dieser Richtung wurde durch das Eintreten des Mädchens unterbrochen, das den Besuch von Mr. und Mrs. James Carfax ankündigte; und gleich darauf erschien das Paar. Zenobia betrachtete die beiden mit unverhohlenem Interesse, während sie ihr vorgestellt wurden. James Carfax war überdurchschnittlich groß, elegant und schlank, mit dem ungezwungenen Lächeln, das ihr nie gefährlich geworden war. Sie hielt ihn nicht für einen starken Charakter, eher für einen Schwächling.

Helen Carfax machte einen anderen Eindruck. Ihr Gesicht war kraftvoll, nicht schön, aber in dem Gleichgewicht zwischen seiner Form und dem breiten ausdrucksvollen Mund lag ein gewisser Reiz, der sich im Lauf der Zeit noch verstärken würde. Doch im Augenblick war sie äußerst nervös. Zwar zupfte sie nicht an ihrer Kleidung und rieb sich auch nicht die Finger, doch die Anspannung sprach aus ihren Augen und ihrem steifen Gang. Nicht nur das erlittene schwere Leid machte sich hier bemerkbar, sondern auch die Angst vor einem zukünftigen Verlust. Doch ihr Mann schien davon nichts zu spüren.

»Ich begrüße Sie, Miß Gunne.« Er verneigte sich leicht. Er war charmant und direkt; seine hübschen Augen lächelten. »Ich hoffe, wir unterbrechen Ihr Gespräch nicht! Ich besuche Mama regelmäßig, aber ich habe nichts Wichtiges zu berichten. Während der Trauerzeit kann man nur wenig gesellschaftlichen Verkehr pflegen, und ich bin so froh, wenn wir einmal aus dem Haus kommen. Bitte verkürzen Sie Ihren Besuch nicht unseretwegen.«

»Guten Tag, Mr. Carfax«, erwiderte Zenobia und betrachtete ihn weiterhin mit Interesse. Seine Kleidung war gut geschnitten, sein Hemd aus Seide und der Ring an seiner Hand von ausgezeichnetem Geschmack. Selbst seine Stiefel verrieten Handarbeit aus – vermutlich – importiertem Leder. Offenbar versorgte ihn jemand finanziell aufs großzügigste, und das war nicht Lady Mary, sollte sie sich nicht total verändert haben! Sie würde von Zeit zu Zeit ein wenig Geld herausrücken, wie Zenobia wußte, und peinlich genau darauf achten, wofür jeder Pfennig ausgegeben wurde – das war ihre Ausübung von Macht. »Sie sind sehr gütig«, fügte sie hinzu.

Er deutete auf Helen. »Darf ich Ihnen meine Frau vorstellen.«

»Guten Tag, Miß Gunne«, sagte Helen pflichtschuldig. »Ich freue mich, Ihre Bekanntschaft zu machen.«

»Die Freude ist ganz meinerseits.« Zenobia lächelte höflich. »Darf ich Ihnen mein tiefempfundenes Beileid aussprechen. Jeder Mensch, der ein Herz hat, muß mit Ihnen fühlen.«

Helen sah fast überrascht aus; offenbar waren ihre Gedanken ganz woanders gewesen. »Danke«, sagte sie leise. »Sehr freundlich von Ihnen...« Wie es schien, hatte sie Zenobias Namen schon vergessen.

In den nächsten dreißig Minuten wurde nur oberflächliche Konversation betrieben. James und seine Mutter standen sich anscheinend vor allem auf dem gesellschaftlichen Sektor nahe – gefühlsmäßig wohl weniger. Zenobia beobachtete alle mit äußerster Aufmerksamkeit. Hin und wieder beteiligte sie sich aus Höflichkeit durch eine kurze Bemerkung am allgemeinen Geplauder. Helens Gesicht sprach Bände, vor allem wenn es ihrem Gatten zugewendet war. Knappe Äußerungen, unbewußte Bewegungen, ein schmerzliches Zucken, eingeübte Verhaltensweisen, die Zenobia verrieten, wie sich Helen mit ungestillten Sehnsüchten und der Angst um die Liebe ihres Mannes herumschlug.

Mary Carfax verwöhnte und beherrschte ihren einzigen Sohn. Sie schmeichelte ihm, nährte seine Eitelkeit und seine Gelüste, doch zugleich hielt sie ihre Geldbörse streng verschlossen in den juwelengeschmückten Fingern. James' sorgfältig getarnter Groll war unvermeidbar, ebenso sein Schwanken zwischen Dankbarkeit und Erbitterung, seine Abhängigkeitshaltung, sein Wissen, daß Mary ihn für den großartigsten Menschen hielt, und seine heimliche Erkenntnis, daß er dieser Wertschätzung nie gerecht geworden war und wohl auch nie dazu in der Lage sein würde. Wenn Mary Carfax ermordet worden wäre, hätte Zenobia sofort gewußt, wohin sie hätte blicken müssen.

Doch Etheridge war das Opfer. Sein Geld stand im Vordergrund – gewichtig und ausreichend, um James Carfax die kostbare Freiheit zu schenken. Aber Freiheit wem gegenüber? Nur Mary gegenüber, denn das Geld würde James an

Helen binden, nachdem das neue Gesetz den Ehefrauen ihr persönliches Vermögen beließ.

Oder spielte das hier keine Rolle? Man mußte nur Helens blasses Gesicht betrachten, ihre Augen, deren Blick an James hing, um zu wissen, daß sie ihren Mann weit mehr liebte als er sie. Sie lobte ihn, beschützte ihn; eine leichte Röte der Freude überzog ihre Wangen, wenn er nett mit ihr redete, und ihr Schmerz zeigte sich unverblümt, wenn James sie herablassend behandelte oder sie zum Ziel seiner Spötteleien machte. Sie würde ihm alles geben, was er sich wünschte – in dem Versuch, seine Liebe zu kaufen. Zenobia tat das Herz weh, denn sie wußte, daß Helens Kummer nie ein Ende finden würde. Helen begehrte etwas, was ihr Mann nicht besaß und ihr demnach auch nicht geben konnte.

Zenobia hatte selbst schwache Männer geliebt, als sie allein in Afrika gewesen war, und alte Erinnerungen kamen an die Oberfläche. Sie hatte die bittere Erfahrung gemacht, daß ihre freigebige Liebe niemals erwidert werden würde. Das Format der Gefühle spiegelt das Format eines Mannes wider – oder einer Frau. Die Seele mit wenig Mut, Ehre oder Leidenschaft mag geben, was sie besitzt, doch das wird ein großzügigeres Herz nicht befriedigen.

Eines Tages würde auch Helen Carfax das erkennen und verstehen, daß sie von James niemals bekommen würde, was er nicht zu vergeben hatte – nicht ihr und auch keiner anderen Frau.

Zenobia stand langsam auf. Sie war ein wenig steif vom langen Sitzen.

»Ich bin sicher, Lady Mary, daß Sie gern ein bißchen mit Ihrem Sohn plaudern würden. Es ist so ein schöner Tag, ich möchte einen kurzen Spaziergang machen. Mrs. Carfax, vielleicht wären Sie so liebenswürdig, mich zu begleiten?«

Helen sah erschrocken aus, beinahe so, als hätte sie nicht verstanden, was Zenobia von ihr wollte.

»Wir könnten bis zum Ende der Straße gehen«, meinte Zenobia hartnäckig. »Bestimmt würde die Luft uns guttun, und ich wäre dankbar für Ihre Begleitung...«

Diese Einladung konnte Helen mit Anstand nicht abschlagen. Gehorsam entschuldigte sie sich bei ihrem Mann und der Schwiegermutter, und fünf Minuten später befand sie sich mit Zenobia auf der sonnigen Straße.

Zenobia nahm sich vor, mit Helen so zu sprechen, als sei diese ihre Tochter, ein Abbild der eigenen Jugend. Sie wollte dabei in Kauf nehmen, daß Mrs. Carfax möglicherweise beleidigt war. Zenobias Plan sah so aus, daß sie wahre Gefühle und erfundene Situationen mischen und als Erlebtes darstellen würde.

»Meine Liebe, ich empfinde zutiefst mit Ihnen«, begann sie, als sie sich ein paar Minuten vom Haus entfernt hatten. »Auch ich habe meinen Vater unter schrecklichen Umständen verloren.« Sie hatte keine Zeit, sich mit der Ausschmückung dieser Lüge aufzuhalten – sie diente nur als Einleitung. Die Story, auf die es ankam, war die Schilderung von Zenobias verzweifeltem Versuch, eine Liebe von einem Mann zu erringen, die er nicht zu geben vermochte, und wie sie, Zenobia, statt dessen ihre eigene Würde verloren hatte, indem sie ein Vermögen für einen Artikel bezahlte, der nicht existierte.

Sie fing langsam an, erwähnte ihre Reisen nach Afrika und erfand einen Gefährten, den sie aus vielen Eigenschaften fantasievoll zusammensetzte.

»Oh... ich kann gar nicht sagen, wie sehr ich ihn liebte.« Zenobia seufzte. Sie sah Helen nicht an, sondern vertiefte sich in den Anblick eines Dornenstrauches am Wegesrand. »Er war hübsch und so aufmerksam, ein bezaubernder interessanter Partner.«

»Und was passierte?« Helen fragte aus Höflichkeit, nicht aus Interesse.

Zenobia versah ihre dichterische Freiheit mit einem Körnchen Wahrheit.

»Ich finanzierte seine Reisen und überschüttete ihn unklugerweise mit Geschenken.«

Zum ersten Mal horchte Helen auf. »Das war doch ganz natürlich! Sie liebten ihn ja!«

»Und ich wollte, daß er mich liebte«, fuhr Zenobia fort. Es war ihr bewußt, daß sie die junge Frau an ihrer Seite nun verletzen würde. »Ich tat sogar einiges, was ich im Rückblick als unehrenhaft empfinde. Sicher spürte ich das auch damals, aber ich war nicht ehrlich genug, es mir einzugestehen.« Sie blickte in die Höhe, wo weiße Wolken über den Himmel zogen. »Es kostete mich viel Zeit und Kummer, bis ich erkannte, daß ich einen hohen Preis für etwas bezahlt hatte, was es nicht gab und was ich niemals gewinnen würde.«

»Was war das?« Helen schluckte hart, und Zenobia sah sie noch immer nicht an. »Was meinen Sie damit?«

»Daß es eine Illusion ist, die viele Frauen hegen – zu glauben, alle Männer seien zu der Art von Liebe fähig, die wir ersehnen, und daß man uns diese Liebe schließlich schenken würde, wenn wir nur treu, großzügig und geduldig genug wären. Einige Menschen sind nicht fähig zu intensiven Bindungen. In einem seichten Wasser kann man nicht tief tauchen, und wenn man es versucht, kostet es einen den Seelenfrieden, die Gesundheit, vielleicht sogar die Selbstachtung, die Unversehrtheit der eigenen Ideale, die allem dauerhaften Glück zugrundeliegen.«

Helen schwieg einige Minuten lang. Die einzigen Laute waren das Hallen ihrer Schritte auf dem Pflaster, das Singen eines Vogels hoch in den Bäumen und das Klappern von Pferdehufen auf der Hauptstraße.

Schließlich legte Helen ihre Hand sehr sanft auf Zenobias Arm. »Danke. Ich glaube, ich habe dasselbe getan. Vielleicht wußten Sie das? Aber irgendwie werde ich jetzt den Mut finden aufzuhören. Ich habe schon genug Schlimmes angerichtet. In dem verzweifelten Versuch, die Polizei von meinem Haushalt abzulenken, habe ich die Frauen verdächtigt, die für ihr Wahlrecht kämpfen. Dabei glaube ich nicht, daß sie irgend etwas mit dem Tod meines Vaters zu tun haben. Es war sehr grausam von mir. Ich bete, daß niemand geschädigt wurde – außer mir selbst, wegen meines Mangels an Charakter. Es fällt mir schwer, der Wahrheit ins Auge zu sehen ...« Sie hielt inne, weil sie nicht fortfahren konnte, und weitere Worte waren auch nicht nötig.

Zenobia umschloß nun ihrerseits Helens Hand mit ihren Fingern, und die beiden Frauen gingen schweigend den sonnenbeschienenen Weg zurück zum Haus.

10

Charlotte kehrte mit einem Gefühl des Versagens und der Erschütterung in ihr Heim zurück. In Parthenope Sheridan hatte sie mit Entsetzen die junge attraktive Person wiedererkannt, die sie nach der Frauenversammlung auf der Straße belauscht hatte. Nun war das tapfere streitbare Wesen Witwe – mit all der Verzweiflung des Verlustes und mit den Selbstvorwürfen, die beim plötzlichen Tod eines engen Familienmitglieds unvermeidlich sind: Man hatte keine Zeit mehr gehabt, über Liebe zu sprechen oder sich wegen alter Mißverständnisse und kleiner Streitigkeiten zu entschuldigen. Über Parthenope Sheridan gab es nur das eine zu sagen, nämlich, daß sie zutiefst unglücklich und verzweifelt war.

Als einziges positives Ergebnis dieses Tages konnte nur Zenobias felsenfeste Überzeugung gelten, daß Helen Carfax nicht zu den Verdächtigen gehörte, weder direkt noch indirekt. James Carfax blieb in der engeren Wahl der möglichen Täter, doch Zenobia glaubte nicht, daß er den Mut aufgebracht hätte, solch einen Mord zu begehen oder eine andere Person damit zu beauftragen. Charlotte und Vespasia stimmten ihr in dieser Ansicht zu.

Charlotte hatte von dem Eindruck erzählt, den sie von Florence Ivory gewonnen hatte, von ihrem Mitgefühl für die unglückliche Frau und ihrer Befürchtung, daß Florence doch die Mörderin war. Charlotte hatte nichts Entlastendes herausgefunden.

Sie trug Gracie Küchenarbeit auf und gab Mrs. Phelps Anweisungen – der Frau, die zweimal in der Woche kam, um die groben Arbeiten zu verrichten. Sie selbst beschäftigte sich mit dem Bügeln von Leinen. Während sie das schwere Eisen vor und zurück über die Wäsche schob und inzwischen ein weiteres auf dem Herd erhitzte, rekapitulierte sie alles im Geiste, was Tante Vespasia, Zenobia Gunne und Thomas erfahren hatten. Übrig blieb eine Hoffnung, die nicht zu halten war. Wenn Florence Ivory doch nicht als Täterin in Frage kam – wer dann?

Hatte Barclay Hamiltons Abneigung gegen seine Stiefmutter etwas mit dem Tod seines Vaters zu tun? Wußte oder argwöhnte er etwas? Dieser Gedanke war auch nicht gerade angenehm; sie hatte beide gemocht, und welcher Anlaß für Antipathie konnte zu einem Mord führen? War der Täter vielleicht ein geschäftlicher oder politischer Feind? Thomas hatte nichts in dieser Richtung entdecken können.

Wenn ihrer – der drei Frauen – Nachforschungen irgend etwas wert sein sollten, was Charlotte allmählich bezweifelte, dann lag dieser Wert eindeutig in der Beurteilung von Charakteren, in der Fähigkeit weiblicher Wesen, ihre Geschlechtsgenossinnen zu durchschauen, und ihrer Kenntnis der Gesellschaft. Dieses Wissen konnte die Polizei nicht haben, und genau darin lag der Unterschied. Sie hatten ihre Kandidatinnen in arglosem Zustand beobachtet und deren Vertrauen gewonnen, weil ihr Interesse unverdächtig war. Wenn sie diesen Vorteil unberücksichtigt ließen, blieb nichts übrig.

Und Cuthbert Sheridan? Bisher wußten sie nichts über ihn, außer daß seine Familie absolut normal erschien und nichts auf einen Anlaß hinwies, seinen Tod zu wünschen. Seine Witwe war eine Frau, die zum ersten Mal in ihrem Leben unabhängige Ansichten entwickelte. Vielleicht hatte sie mit ihrem Mann öfters gestritten, doch man beauftragt keinen Mörder, der dem eigenen Lebensgefährten die Kehle durchschneiden soll, weil er auf dem politischen Sektor eine ablehnende Haltung den eigenen Ideen gegenüber einnimmt.

Thomas war unterwegs, um mehr über Sheridans politisches, geschäftliches und privates Leben zu erfahren. Doch was hatte dieser Ermordete mit den anderen Opfern gemein, das ihn zum Tod verurteilte? Charlotte hatte keine Ahnung.

Ihre Gedanken wurden vom Postboten unterbrochen, der die Rechnungen des Fleischers und des Kohlenhändlers brachte – und einen langen Brief von Emily.

Charlotte riß den Umschlag auf und las:

Florenz, Samstag

Meine liebe Charlotte,
was für eine wunderbare Stadt! Paläste, deren Namen einem auf der Zunge zergehen, Statuen überall und von solch erstaunlicher Schönheit, daß ich dastehe und schaue, bis die Passanten mich anrempeln. Und die Menschen! Ich dachte immer, daß die von da Vinci gemalten Gesichter nur in seiner Fantasie bestanden, doch hier gibt es Leute, die tatsächlich so aussehen. Gestern entdeckte ich eine perfekte ›Madonna auf dem Felsen‹, die auf der Piazza Vögel fütterte, während ihr Kutscher ungeduldig auf sie wartete. Vielleicht hoffte sie auf einen Liebhaber oder auf Dante, der die Brücke überqueren würde? Ich weiß, ich lebe im falschen Jahrhundert – aber was macht das schon? Es ist so, als würde ein herrlicher poetischer Traum Wirklichkeit.

Ich dachte auch, das goldene Licht über den Hügeln auf Renaissance-Gemälden sei eine Mischung aus künstlerischer Vision und der Farbe von altem Firnis. Aber das ist es nicht: hier gibt es wirklich ein anderes Licht voller Wärme und Goldtöne; sogar die Steine und die Bäume tragen einen Schimmer von Gold. Ganz anders als in Venedig mit seinen ständig wechselnden Ausblicken, dem blauen Himmel und Wasser, aber genauso bezaubernd.

Ich glaube, daß Donatellos Heiliger Georg meine Lieblingsstatue ist. Er ist nicht sehr groß, aber so wunderbar jung! Sein Gesicht drückt soviel Hoffnung und Mut aus, als habe er kürzlich Gott gesehen und sei entschlossen, alles Übel der Welt zu überwinden und seinen Weg zurück zu suchen, jeden Drachen der Selbstsucht und des Elends zu bekämpfen, jeden bösen Gedanken der Menschheit, ohne zu ahnen, wie lange oder wie schrecklich der Kampf sein würde. Ich leide mit ihm, denn ich sehe Edward und auch Daniel in seiner Unschuld, und gleichzeitig macht er mich froh wegen seiner Zuversicht. Ich stehe im Nationalmuseum Bargello, und die Tränen laufen mir übers Gesicht. Jack denkt, daß ich wunderlich werde, oder daß die Sonne mir geschadet hat, aber ich glaube, daß ich das Beste in mir gefunden habe.

Ich erlebe wirklich eine herrliche Zeit und treffe viele interessante Leute. Hier ist eine Frau, die zweimal verlobt war und jedesmal verlassen wurde. Sie muß bald fünfunddreißig sein, hat aber eine Lebensfreude, die ansteckend wirkt. Das müssen jämmerliche Kerle gewesen sein, die so eine Person um einer anderen willen sitzenge-

lassen haben. Ich hoffe von Herzen, daß sie es büßen werden. Von Tag zu Tag bewundere ich diese Frau mehr!

Zwischen all der Musik, den Theateraufführungen, Fahrten mit der Kutsche und sogar Bällen haben wir auch ein paar Mißgeschicke erlebt. Wir wurden beraubt, aber Gott sei Dank haben wir nur wenige Wertgegenstände verloren, und einmal brach ein Wagenrad. Leider waren keine Helfer in der Nähe, und wir mußten eine Nacht in einem kalten und lauten Quartier zwischen Pisa und Siena verbringen, wo wir nicht willkommen waren. Und ich schwöre, daß es dort Ratten gab!

Aber Jack ist nach wie vor reizend. Ich glaube, daß ich auch dann noch glücklich mit ihm sein werde, wenn diese romantische Reise vorbei ist und wir in den Alltag zurückkehren. Ich muß ihn dazu bringen, eine Beschäftigung zu suchen, weil ich ihn nicht den ganzen Tag ständig um mich haben möchte, sonst werden wir einander noch überdrüssig. Auf der anderen Seite wäre es mir nicht angenehm, wenn ich mir Sorgen machen müßte, ob er sich nicht in schlechter Gesellschaft befindet. Hast du schon einmal festgestellt, wie ermüdend Leute wirken, die sich langweilen?

Weißt du, ich glaube, daß Glück zum Teil eine Sache der eigenen Entscheidung ist. Ich habe beschlossen, glücklich zu sein, und daß Jack mich glücklich machen soll – oder wenigstens will ich jede Gelegenheit ergreifen, mich zu freuen.

Wahrscheinlich werde ich in zwei Wochen heimkommen, und in gewisser Weise freue ich mich darauf, vor allem, Dich wiederzusehen. Ich vermisse Dich wirklich, und da ich keine Briefe von Dir bekommen konnte, sehne ich mich mehr denn je danach, Neues von Dir und Thomas zu erfahren. Weißt Du, ich glaube, daß ich Thomas von allen Männern am meisten vermisse – und natürlich Edward.

Ich werde Dich am Tag meiner Rückkehr gleich besuchen. Bis dahin paß auf Dich auf und denk daran, daß ich Dich liebe,

Emily

Charlotte stand eine Weile da und hielt den Brief in der Hand. Ein wachsendes Gefühl der Wärme erfüllte ihr Herz, und sie lächelte unbewußt. Wie gern hätte sie Florenz gesehen, die Farben, die Museen und Theater und vor allem den Heiligen Georg. Doch Emily hatte recht, ein großer Teil des

Glücks war eine Sache der Wahl. Charlotte konnte die Romanze und die Erlebnisse ihrer Schwester mit Neid betrachten; sie konnte sich aber auch die seltene und kostbare Freundschaft, die sie mit Thomas verband, vor Augen halten – seine Zärtlichkeit, seine Toleranz ihren Abenteuern gegenüber, seine Bereitschaft, Ideen und Empfindungen mit ihr zu teilen. Sie erkannte plötzlich erstaunt und zutiefst dankbar, daß sie, seitdem sie Thomas kennengelernt hatte, nie wieder wirklich einsam gewesen war. Und was bedeutete ein lebenslanges Durchstreifen fremder Länder verglichen mit dieser Kostbarkeit?

Sie verbrachte den restlichen Tag mit Hausarbeit und redete mit sich selbst, während sie saubermachte, aufräumte und Silber polierte. Sie schickte Gracie zum Blumen holen und frisches Fleisch kaufen, weil sie Thomas' Lieblingsgericht kochen wollte – Steak und Nierenpastete mit einer üppigen lockeren Kruste. Im Wohnzimmer legte sie eine Leinentischdecke auf und präsentierte die Kinder gewaschen und in ihren Nachthemden, als Thomas heimkam.

Sie erlaubte den Kleinen, zur Tür zu laufen und ihn zu begrüßen. Als er sie umarmt und geküßt und ins Bett geschickt hatte, legte sie die Arme um seinen Hals und drückte ihn stumm an sich. Sie war einfach froh, ihn um sich zu haben.

Thomas Pitt bemerkte das Leinen und die Blumen und roch den köstlichen Essensduft. Seine Gedanken wanderten in eine falsche Richtung, und er verkannte die Situation. Er dachte an Micah Drummonds Erwähnung einer Beförderung und daran, was etwas mehr Geld für Charlotte bedeuten würde.

Obwohl er die Schreibtischarbeit immer mehr haßte, je öfter er sie sich vorstellte, dachte er beim Anblick von Charlottes lächelndem Gesicht, der Blumen, der femininen Note in seiner Wohnung, des Nähkorbes mit den Stoffen für Kinderkleidung, daß er diesen kleinen Preis für das Glück seiner Frau zahlen würde. Er würde den Innendienst nehmen und sich bemühen, daß Charlotte nie erfuhr, welches Opfer ihn das gekostet hatte. Er lächelte zurück und begann, mit ihr die Ereignisse des Tages zu besprechen.

Charlotte ging mit Großtante Vespasia und Zenobia Gunne zum Begräbnis von Cuthbert Sheridan. Das Wetter hatte sich geändert. Der sanfte Wind und Sonnenschein waren heftigen Böen gewichen, die im einen Moment Regengüsse, im anderen kaltes gleißendes Licht mit sich brachten, das auf nassem Asphalt, gurgelndem Rinnstein und tropfenden Blättern funkelte.

Die drei Damen fuhren in Vespasias Kutsche. Sie unterhielten sich über ihre Nachforschungen, die zu einem Stillstand gekommen waren. Charlotte berichtete, daß auch die Polizei über keine weiteren Informationen verfügte.

Vespasia saß aufrecht da in lavendelblauer und schwarzer Spitze. Zenobia hatte ihr gegenüber, mit dem Rücken zur Fahrtrichtung, Platz genommen. Sie trug ein sehr elegantes hochmodisches Kleid, dessen schwarzes Lilienmuster mit dunkel-schiefergrauer Seide unterlegt und über dem Busen mit Jettperlen bestickt war. Dazu paßte der schwarze Hut hervorragend, der in seiner Schieflage bei jedem Windstoß wegzufliegen drohte.

Wie gewöhnlich hatte sich Charlotte ein altes dunkelgraues Kleid, einen schwarzen Hut und Umhang von Vespasia geliehen. Doch zu ihrem üppigen Haar und der honigwarmen Haut sah diese Garderobe bemerkenswert gut aus. Vespasias Kammerzofe hatte daran ein paar Änderungen vorgenommen und die Spuren von fünf Jahre alter Mode entfernt. Nun paßte das Gewand in seiner unauffälligen Feinheit perfekt zu einem Begräbnis.

Die drei kamen pünktlich in der St. Mary-Kirche an, nach den Pflichttrauernden, den Parlamentsmitgliedern mit ihren Frauen und direkt hinter Charles Verdun, den Vespasia kannte und auf den sie Charlotte aufmerksam machte.

Sie setzten sich in ihre Bankreihe und konnten Amethyst Hamilton beobachten, die aufrecht und groß einen Schritt vor ihrem Bruder, Sir Garnet Royce, ging und seinen dargebotenen Arm ablehnte. Zwei Schritte hinter ihnen kam ihr jüngerer Bruder Jasper, der einen Seidenhut in der Hand hielt und von einer blonden Frau begleitet wurde, die vermutlich seine Gattin war. Jaspers Gesicht wirkte sehr ernst und traurig. Sir Garnet war ein auffallender Typ mit seiner hohen Stirn und der Adlernase. Das Licht der südlichen Fenster fiel kurz auf seinen silberhaarigen Kopf, ehe Wolken den Himmel wieder verdunkelten. Charlotte bemerkte, wie viele Blicke ihm folgten, und er nickte ab und zu in irgendeine Richtung, doch seine Hauptsorge galt offensichtlich seiner Schwester, die dafür gar nicht dankbar zu sein schien.

Ein Raunen ging durch die Menge, als ein wohlbekanntes Kabinettsmitglied in Vertretung des Premierministers erschien. Wenn die Regierung und die Polizei Ihrer Majestät den Mörder schon nicht dingfest machen konnte, mußten sie wenigstens dem Toten den nötigen Respekt erweisen.

Micah Drummond kam unauffällig herein und nahm in der letzten Reihe Platz. Er blickte aufmerksam um sich, obwohl er die Hoffnung aufgegeben hatte, etwas Wichtiges zu erfahren. Weder Charlotte noch Vespasia sahen Thomas Pitt ganz hinten stehen. Man hätte ihn für einen Platzanweiser halten können, hätte sich nicht von seinem nassen Mantel eine Wasserpfütze um seine Füße gebildet. Natürlich wußte Charlotte, daß er da sein würde.

Am fernen Ende entdeckte sie zwischen anderen Parlamentsmitgliedern das humorvolle Gesicht von Somerset Carlisle. Ihre Blicke trafen sich, ehe er Vespasia bemerkte und den Kopf mit der Andeutung eines Lächelns neigte.

Dann tauchten die Carfaxes auf. James, ganz in Schwarz, war bemerkenswert elegant, aber einen Hauch blasser als sonst. Er hielt den Blick gesenkt, als sei ihm sein lässiges Selbstbewußtsein abhanden gekommen. Helen schritt ruhig an seinem Arm dahin. Ihr Gesicht drückte einen Frieden aus, der ihre Würde vermehrte. Sie nahm ihre Hand von James' Arm und setzte sich gefaßt in die Bankreihe direkt rechts von Charlotte.

Lady Mary erschien zuletzt. Sie sah prächtig, fast königlich aus. Ihr Kleid war hochmodisch – ein schwarzes Lilienmuster, über dem Busen mit Jettperlen bestickt – es war dasselbe, das Zenobia trug! Ein schwarzer Hut mit verwegen gebogener Krempe saß flott auf ihrem Kopf. Als sie auf gleicher Höhe mit Charlotte angelangt war, glitt ihr Blick die Bankreihe entlang und blieb an Zenobias aufregendem Hut, an ihrem Kleid, hängen... Sie erstarrte zur Salzsäule, alle Farbe wich aus ihrem ohnehin bleichen Gesicht.

Hinter ihr murmelte ein Platzanweiser. »Setzen Sie sich bitte, meine Dame.« Zitternd vor Wut, blieb ihr nichts anderes übrig, als zu gehorchen.

Zenobia wühlte in ihrer Handtasche, doch sie fand kein Taschentuch. Vespasia, die alles beobachtet hatte, reichte ihr eines mit unverhohlenem Lächeln. Daraufhin bekam Zenobia einen unterdrückten Hustenanfall, der auch eine Lachsalve sein konnte.

Die Orgel spielte Trauermusik in Moll. Schließlich kam die tiefverschleierte Witwe herein. Ihre Kinder, die klein und verloren aussahen, folgten ihr. Eine Gouvernante kniete in der Bank hinter ihnen nieder.

Die Predigt begann. Die vertrauten Folgen von Musik und intonierten Gebeten wurden von der hohlen Stimme des Pfarrers begleitet, der Leid und Vergänglichkeit in würdevolle Worte kleidete. Charlotte hörte kaum zu, sondern beobachtete möglichst diskret die Carfaxes.

Lady Mary starrte geradeaus. Sie hätte ihren Hut abgenommen, wenn das in der Kirche möglich gewesen wäre, doch hier wurde jede Bewegung registriert.

James saß neben seiner Mutter. Er folgte konzentriert und pflichtbewußt der Zeremonie. Doch an seinem melancholischen Gesichtsausdruck hatte sich nichts geändert.

Helen Carfax saß mit geraden Schultern in der Bank und blickte nach vorn. Sie strahlte eine Entschlossenheit aus, die gar nicht zu der Bedrücktheit und Ängstlichkeit paßte, die Zenobia und Thomas Pitt an ihr festgestellt hatten. Und doch spürte Charlotte, daß Helens Erleichterung von einer Entscheidung herrührte und nicht von der Tatsache, daß sich ihre Ängste in nichts aufgelöst hätten. Charlotte erkannte, daß in ihrem Blick Mut lag.

Hatte Helen irgendwie Gewißheit erlangt, daß James mit dem Tod ihres Vaters nichts zu tun hatte? Oder war die Last auf ihren Schultern nur eine Folge der Erkenntnis gewesen, daß ihr Mann sie nicht so liebte, wie sie es sich gewünscht hätte? Hatte sie nun der Wahrheit ins Auge geblickt und eingesehen, daß die Schwäche bei ihm lag und nicht bei ihr? Vielleicht war es ihr gelungen, auf dieser Basis ihre Selbstachtung wiederzugewinnen. Dreimal während der Totenmesse sah Charlotte, wie James mit seiner Frau redete, und jedesmal flüsterte sie höflich zurück, doch sie betrachtete ihn nicht mehr verliebt, sondern eher wie eine Mutter, die einem lästigen Kind notwendige Antworten gibt. Nun war James der Erstaunte und Verwirrte. Er war daran gewöhnt, daß sie sich ihm anpaßte, nicht umgekehrt, und diese Veränderung war höchst unerfreulich.

Charlotte lächelte und dachte liebevoll an Thomas, der irgendwo im rückwärtigen Teil der Kirche stehen mußte.

Nach der letzten Hymne und dem endgültigen Amen erhoben sich viele der Anwesenden, um zu gehen. Nur die Witwe und die nächsten Trauernden folgten den Sargträgern und dem Sarkophag zum Grab.

Es war ein grausamer Vorgang, dieses Beseitigen der sterblichen Überreste, einer Kiste mit der unsichtbaren Leiche, in der kalten Frühlingserde.

Das Sonnenlicht war grell. Es leuchtete auf den Kirchenmauern und dem zwischen den Grabsteinen sprießenden Gras. Alte Namen waren in Marmor gemeißelt – alte Erinnerungen. Charlotte überlegte, ob hier wohl auch Ermordete ihre letzte Ruhestätte gefunden hatten. Das stand nirgendwo zu lesen.

Der Boden war naß, und graue Wolken fegten über den Himmel. Jeden Augenblick konnte es wieder regnen, und es wehte ein eisiger Wind. Er zerrte an den flatternden Kreppbändern, die um die Hüte der Sargträger gewunden waren. Die Männer behielten einen gleichmäßigen Schritt bei, während sie die Last zwischen sich balancierten.

Charlotte folgte in gebührendem Abstand der Witwe und trat neben Amethyst Hamilton, die ihr flüchtig zulächelte und hinter ihren beiden Brüdern herging. Schon öffnete sich vor ihnen das große rechteckige Loch in der Erde mit seinen frischen dunklen Seiten, die steil in einen tiefen Grund abfielen.

Die Leute versammelten sich um das Grab, während die Sargträger ihre Last abstellten. Frauen hoben schwarz behandschuhte Hände, um ihre Hüte festzuhalten. Jemand kicherte nervös, und Lady Mary sah sich empört um.

Charlotte schaute zu Jasper Royce und seiner Frau hinüber. Sie war gut, aber ohne Schick gekleidet und offenbar nur aus Pflichtgefühl anwesend. Jasper war ein weicheres unauffälligeres Abbild seines Bruders mit derselben gewölbten Stirn und etwas geraderen Augenbrauen. Er war nicht so charakteristisch und lange nicht so beeindruckend, aber – nach Charlottes Ansicht – vermutlich umgänglicher als der ältere.

Sir Garnet studierte die Umstehenden ebenso aufmerksam, wie Charlotte es tat, und sie mußte sich in acht nehmen, damit er es nicht merke.

Nun wurde der Sarg in das Grab gesenkt, während die ersten Regentropfen fielen. Der Pfarrer sprach etwas schneller.

Garnet Royce war angespannt. Die Furchen in seinem Gesicht hatten sich seit Lockwood Hamiltons Tod verstärkt. Er bewegte sich unruhig und spähte umher, als könne er die Lösung des grauenvollen Rätsels in der Trauergemeinde finden.

Schließlich war das Begräbnis vorbei, und die Leute gingen zurück zur Kirche. Es regnete stärker, und das herabströmende Wasser verwandelte sich durch das Licht in glitzernde Silberstreifen. Doch sich zu beeilen wäre ungehörig gewesen. Lady Mary schwang ihren Regenschirm und erfaßte mit seiner scharfen Spitze Zenobias Kleid, wobei ein Stück Seide herausgerissen wurde.

»Entschuldigung«, sagte Lady Mary mit einem triumphierenden Lächeln.

»Das macht nichts«, entgegnete Zenobia und neigte den Kopf. »Ich kann einen Optiker empfehlen, der sehr gute Brillen herstellt.«

»Danke, ich sehe noch tadellos«, erklärte Lady Mary verärgert.

Zenobia lächelte. »Dann vielleicht eine Krücke, die Ihnen dabei hilft, die Balance zu halten?«

Lady Mary trat daraufhin so heftig in eine Pfütze, so daß sie und Zenobia bespritzt wurden, und wandte sich der Frau des Kabinettsmitgliedes zu.

Jeder suchte so schnell, wie es gerade noch dem Anstand entsprach, das Kirchenportal zu erreichen.

Charlotte bemerkte irritiert, daß sie ihr feines Spitzentaschentuch verloren hatte, das viel zu schön war, um es dem Wunsch zu opfern, trocken zu bleiben. Sie entschuldigte sich bei Tante Vespasia und ging den Weg zurück zum Grab.

Als sie einen großen Rokokogedenkstein umrunden wollte, sah sie zwei Gestalten, die sich gegenüberstanden, als hätten sie sich soeben unerwartet getroffen. Der Mann war Barclay Hamilton. Sein blasses Gesicht war naß vom Regen, das Haar klebte ihm am Kopf. Im hellen Licht sah er erschreckend unglücklich aus – wie ein Mensch, der an einer schweren Krankheit leidet.

Die Frau war Amethyst. Sie errötete, dann wich ihr das Blut aus den Wangen, und sie wurde ebenso bleich wie er. Sie hob die Hände, als wolle sie ihn abwehren, doch dann sanken sie wieder mutlos herab. Sie schaute ihn nicht an.

»Ich... ich dachte, ich sollte kommen«, meinte sie schwach.

»Natürlich«, stimmte er zu. »Man sollte dem Toten die letzte Ehre erweisen.«

»Ja, ich...« Sie biß sich auf die Lippen und fixierte den mittleren Knopf seines Mantels. »Ich glaube nicht, daß es ihr hilft, aber...«

»Vielleicht doch.« Er betrachtete ihr Gesicht und nahm jede flüchtige Regung in sich auf, als wolle er sie sich ewig einprägen. »Vielleicht denkt sie eines Tages, daß es gut war, daß die Leute alle kamen.«

»Ja.« Sie stand ganz still. »Ich... ich bin ja auch froh, daß die Leute zu... zu...« Tränen rannen ihr über die Wangen, und sie schluckte hart. »Lockwoods Begräbnis kamen.« Sie atmete tief und hob das Gesicht, so daß ihre Blicke sich begegneten. »Du weißt, ich habe ihn geliebt.«

»Ja, das weiß ich«, sagte er so sanft, daß es fast nur ein Flüstern war. »Glaubst du, daß ich je daran gezweifelt habe?«

»Nein.« Sie schluckte hilflos, da die Gefühle jahrelang verhaltenen Schmerzes sie überwältigten. »Nein.« Ihr Körper bebte vor Schluchzen.

Mit einer unbeschreiblichen Zärtlichkeit, die an Charlottes Herz rührte, nahm er sie in die Arme und hielt sie fest, während sie weinte. Seine Wange ruhte auf ihrem Haar, das er gleich darauf in einem kurzen unendlich intimen Moment mit den Lippen berührte.

Charlotte zog sich aus ihrem Versteck hinter dem Grabstein zurück und entfernte sich lautlos von den beiden. Nun verstand sie die eisige Höflichkeit und Anspannung zwischen ihnen, die ehrenhafte Haltung, die ihnen Distanz auferlegte in ihrer schrecklichen Loyalität dem Mann gegenüber, der ihr Ehepartner und sein Vater gewesen war. Und sein Tod hatte ihnen keine Freiheit gebracht; der Bann, der auf solch einer Liebe lag, wurde nicht gelöst – er blieb für immer bestehen.

Pitt nahm an der Trauerfeier teil, ohne zu hoffen, daß er dabei etwas Nützliches erfahren würde. In der Kirche machte er die gleichen Beobachtungen wie Charlotte, aber er folgte dem Trauerzug nicht auf dem Weg zum Grab. Das wäre zu auffällig gewesen. Statt dessen blieb er in der Nähe des Eingangs zur Sakristei und wartete. Bald kam Micah Drummond herein. Er schüttelte das Regenwasser von seinem Hut und Mantel und sah aus, als wäre ihm kalt. Sein Gesicht drückte wachsende Besorgnis aus. Pitt konnte sich die anklagenden Blicke vorstellen, die sein Vorgesetzter hatte ertragen müssen – von den Parlamentsmitgliedern und den Herren aus dem Kabinett. Er konnte sich auch die Kommentare vorstellen, die von der Unfähigkeit der Polizei handelten.

Er lächelte Drummond freudlos zu. Beide Männer wußten, daß sie noch keinen Schritt weitergekommen waren.

Es war keine Zeit, sich zu unterhalten, sonst wäre Pitts ›Tarnung‹ als Platzanweiser aufgedeckt worden. Einen Moment später tauchte Garnet Royce auf. In den Schatten der Säulen sah er Pitt nicht, sondern ging sofort auf Micah Drummond zu. Seine Stirn war gefurcht.

»Der arme Sheridan«, sagte er kurz. »Was für eine Tragödie, vor allem für seine Witwe. So ein... ein brutaler Tod. Meine Schwester leidet noch schwer unter der Ermordung Hamiltons.«

»Natürlich«, stimmte Drummond zu. Seine Stimme klang gepreßt, weil ihn seine Erfolglosigkeit quälte. Er konnte nicht den geringsten Hinweis anbieten, doch er würde nicht lügen.

»Denken Sie an Anarchisten oder Revolutionäre?« fuhr Royce fort. »Gott weiß, daß es genug von ihnen gibt. Ich habe noch nie so viele Gerüchte über den Sturz des Thrones gehört. Ihre Majestät ist nicht mehr jung, und die Witwenschaft hat sie hart getroffen, aber die Leute erwarten von der Herrscherin eine gewisse Pflichterfüllung, ungeachtet alles persönlichen Unglücks. Und das Benehmen des Prince of Wales gereicht der Krone auch nicht gerade zur Ehre. Dazu kommt das ausschweifende Leben des Herzogs von Clarence, das ebenfalls zu Klatsch Anlaß gibt. Es scheint, daß alles, was wir in einem halben Jahrtausend aufgebaut haben, derzeit in Gefahr gerät, und daß wir nicht fähig sind, wahnsinnige Mörder im Herzen unserer Hauptstadt zu stoppen.« Er sah beklommen aus, nicht wie ein Hysteriker oder Feigling, sondern eher wie ein Mensch, der eine Situation klar erkannt hat.

Micah Drummond entgegnete: »Wir haben alle Unruhequellen überprüft, und unsere Agenten und Informanten arbeiten zuverlässig. Doch es gibt nicht den Hauch eines Verdachts, daß die politisch unzuverlässigen Gruppen etwas mit den Morden zu tun haben – im Gegenteil: diese Gruppen sind nicht erfreut, wenn man sie mit solchen Greueltaten in Zusammenhang bringt. Sie wollen das gewöhnliche Volk gewinnen, den kleinen Mann, den die Gesellschaft ablehnt oder ausbeutet, den Mann, der zuviel arbeiten muß und schlecht bezahlt wird. Diese wahnsinnigen Morde bringen niemand ans Ziel, nicht einmal die Fenier.«

»Dann glauben Sie also nicht an die Taten von Anarchisten?«

»Nein, Sir Garnet, alles deutet in eine andere Richtung.«

Drummond blickte auf seine durchweichten Stiefel. »Aber welche Richtung, weiß ich nicht.«

»Lieber Gott, es ist schrecklich.« Royce schloß die Augen für einen Moment. »Wer wird der nächste sein? Sie, ich? Ich sage Ihnen, nichts würde mich dazu bringen, nach Einbruch der Dunkelheit allein über die Westminster Bridge nach Hause zu gehen.« Seine Augen glänzten. »Und ich fühle mich schuldig, Mr. Drummond. Mein Leben lang habe ich versucht, klug zu handeln und die Schwächeren zu schützen, und jetzt bin ich nicht einmal in der Lage, Ihnen bei der Suche nach den Mördern zu helfen.«

Drummond machte ein Gesicht, als sei er geschlagen worden. Er öffnete den Mund, um etwas zu sagen, doch Royce kam ihm zuvor.

»Gütiger Himmel, Mann, ich tadele Sie doch nicht! Wie soll man denn einen blindlings mordenden Irren finden? Es könnte jeder sein! In der Stadt gibt es fast vier Millionen Menschen. Wissen Sie überhaupt irgend etwas?«

Drummond atmete langsam aus. »Wir wissen, daß er seine Zeit sehr sorgfältig wählt, denn keiner hat ihn gesehen – nicht die Straßenverkäufer, die Prostituierten und auch nicht die Kutscher.«

»Oder es lügt jemand«, meinte Royce schnell. »Vielleicht hat er einen Komplizen.«

Drummond sah ihn nachdenklich an. »Das setzt geistige Gesundheit voraus – jedenfalls bei einem von ihnen. Warum sollte jemand bei einer solch sinnlosen Tat helfen?«

»Ich weiß es nicht«, gab Royce zu. »Möglicherweise ist der Komplize der Anstifter? Er benutzt einen Verrückten, der die Verbrechen für ihn begeht.«

Drummond schauderte. »Es klingt grotesk, aber es könnte sein. Jemand fährt nachts mit dem Wagen über die Brücke. Er hat einen Irren neben sich, den er so lange losläßt, bis er den Mord begangen hat. Dann lädt er ihn wieder ein und verschwindet vom Tatort, ehe die Leiche gefunden wird. Es ist scheußlich.«

»Das ist es wirklich«, sagte Royce heiser. Sie standen einen Moment schweigend da. Trauernde gingen an ihnen vorbei.

»Wenn ich irgend etwas tun kann«, sagte Royce schließlich, »lassen Sie es mich wissen. Das meine ich ernst, Drummond – ich bin zu allem bereit, damit dieses Monster gefangen wird, ehe es noch einmal zuschlägt.«

»Danke«, sagte Drummond leise. »Wenn es nötig sein sollte, werde ich mich an Sie wenden.«

11

Pitt verließ die Kirche und ging hinunter zum Albert-Kai. Als er die Lambeth Bridge halb überquert hatte, fand er eine Droschke, die ihn zu seinem Polizeirevier in der Bow Street brachte. Dort würde er Micah Drummond wieder treffen. Was Garnet Royce gesagt hatte, war furchtbar, aber man konnte es nicht einfach außer acht lassen. Jede noch so absurde Möglichkeit mußte in Betracht gezogen werden. Wahrscheinlich war es am besten, wieder ganz von vorn zu beginnen und aufs neue nach irgendeinem Zeugen zu suchen.

Micah Drummond war bereits in seinem Büro, als Pitt die Treppen heraufkam und klopfte.

»Kommen Sie herein«, sagte Drummond freundlich. Er stand vor dem Fenster, um sich zu wärmen und seine nasse Kleidung zu trocknen. Seine Stiefel waren dunkel vom Wasser. Er trat zur Seite, um Pitt auch etwas von der Kaminwärme zukommen zu lassen. Es war nur eine kleine Geste, aber sie rührte Pitt mehr, als es viele Lobesworte hätten tun können.

»Nun?« fragte Drummond.

»Zurück zum Anfang«, erwiderte Pitt. »Wir müssen die Zeugen noch einmal verhören, die Polizisten, die in der Nähe der Brücke Dienst taten, die Kutscher, die darüberfuhren, und alle Leute, die innerhalb einer Stunde vor und nach der Tatzeit irgend etwas bemerkt haben könnten. Ich werde mit den Parlamentsmitgliedern reden, die in einer der drei Mordnächte im Unterhaus waren. Wir werden auch alle Straßenverkäufer noch einmal befragen.«

In Drummonds Augen blitzte ein schwacher Hoffnungsfunke. »Denken Sie, daß wir dann doch noch etwas finden?«

»Ich weiß es nicht.« Pitt wollte nicht zuviel Optimismus verströmen. »Es ist das einzige, was uns übrigbleibt.«

»Sie werden mindestens noch sechs Polizisten brauchen – mehr kann ich auch nicht entbehren. Wo sollen sie beginnen?«

»Sie können sich die Kutscher, die Nachtstreifen und die Zeugen vornehmen und mir bei den Parlamentsmitgliedern helfen. Ich fange heute nachmittag an und spreche in der Nacht mit den Straßenverkäufern.«

»Ich werde mir ebenfalls ein paar Parlamentsmitglieder vorknöpfen.« Zögernd verließ Drummond den Platz vor der Feuerstelle und nahm seinen nassen Mantel vom Haken. »Viel Glück.«

Doch alle Bemühungen an diesem Tag brachten nichts Neues. Nur Charlotte erzählte ihrem Mann an diesem Abend von der Szene, die sie hinter dem Grabstein belauscht hatte. Auch Pitt empfand große Achtung vor dem Paar – und Mitleid wegen der Aussichtslosigkeit dieser Liebe.

Er war plötzlich dankbar für sein eigenes Glück, und das Wissen um solch ein Geschenk sprengte ihm fast die Brust.

Am nächsten Abend fand er die Blumenverkäuferin in der Nähe der Brücke, eine Frau mit breiten Hüften und einem wettergegerbten Gesicht. Es war unmöglich, ihr Alter zu schätzen – es konnten gesunde fünfzig oder verlebte dreißig Jahre sein. Sie trug ein Tablett mit frischen blauen, purpurfarbenen und weißen Veilchen vor sich her und sah Pitt hoffnungsvoll entgegen. Dann erkannte sie ihn als den Polizisten, der sie schon einmal befragt hatte, und das Leuchten verschwand aus ihrem Gesicht.

»Ich kann Ihnen nicht mehr sagen«, erklärte sie, ehe er sprach. »Ich habe nichts gesehen, als die Männer ermordet wurden – nur das, was ich immer sehe und was ich Ihnen schon gesagt habe.«

Pitt angelte in seiner Tasche nach ein paar Pfennigen und bot sie der Frau an. »Blaue Veilchen, bitte – oder ... einen Moment, was ist mit den weißen?«

»Sie kosten mehr, weil sie süßer duften. Das kommt bei weißen Blumen öfters vor. Vielleicht wollen sie damit den Mangel an Farbe wettmachen.«

»Dann geben Sie mir von jeder Sorte, wenn Sie wollen.«
»Ja, gern... aber ich habe trotzdem nichts gesehen! Ich kann Ihnen nicht helfen – leider.«

»Aber Sie erinnern sich, daß Sie Sir Lockwood Hamilton Blumen verkauft haben?«

»Ja, natürlich, sogar regelmäßig. Er war nett und feilschte nie, wie es manche tun, die ein Vermögen verdienen.« Sie seufzte schwer, und Pitt konnte sich ihr Dasein vorstellen. Ein Viertelpfennig bei einem Blumensträußchen machte für sie viel aus, und dennoch hielt sich ihr Ärger in Grenzen über Männer, die täglich ein Menü mit neun Gängen aßen und sich mit ihr wegen Kosten stritten, für die man ein Stück Brot kaufen konnte.

»Erinnern Sie sich an jene Mordnacht? Es war eine ungewöhnlich lange Sitzung.«

»Gott segne Sie – sie haben immer lange Sitzungen«, meinte sie und blinzelte ihn an. »Sitzen die da über neuen Gesetzen oder über einer Flasche guten Portwein?«

Pitt überhörte den Scherz. »Es war eine laue Nacht und angenehm zum Heimgehen. Jetzt überlegen Sie noch einmal scharf – tun Sie das für mich, bitte! Haben Sie abends etwas gegessen? Was haben Sie gegessen? Haben Sie es hier von jemand gekauft?«

»Ja«, erwiderte sie plötzlich vergnügt. »Ein Stück geräucherten Aal und eine Scheibe Brot an Jackos Stand auf der Uferstraße.«

»Wann war das – um wieviel Uhr?«

»Ich weiß es nicht.«

»Doch, Sie wissen es. Sie haben den Big Ben gehört – denken Sie nach! Sie haben auf die Parlamentsmitglieder gewartet, bis sie aus dem Unterhaus kamen.«

Sie legte ihr Gesicht in Falten. »Ich hörte zehn Uhr, aber das war, ehe ich zu Jacko ging.«

»Haben Sie elf Uhr gehört? Wo waren Sie, als der Big Ben elf Uhr schlug?«

»Ich sprach mit Jacko. Er sagte, es sei eine günstige Nacht zum Verkaufen, weil noch viele Leute unterwegs seien.«

»Dann kamen Sie irgendwann hierher zurück, ehe die Unterhaussitzung zu Ende war?« meinte Pitt.

»Nein«, erwiderte sie nachdenklich und mit gefurchter Stirn. »Das habe ich nicht gemacht! Ich hatte keine Lust mehr zu warten. Ich ging zum Strand und zu den Theatern. Da habe ich all meine Blumen verkauft.«

»Das kann nicht sein«, widersprach Pitt. »Das muß in einer anderen Nacht gewesen sein. Sie haben Sir Lockwood Hamilton Blumen verkauft – gelbe Schlüsselblumen. Als er getötet wurde, trug er frische Blumen im Knopfloch, die er beim Verlassen des Unterhauses noch nicht hatte.«

»Schlüsselblumen? Ich habe keine Schlüsselblumen. In dieser Jahreszeit habe ich Veilchen, sonst nichts.«

»Keine Schlüsselblumen?« sagte Pitt langsam, und ihm dämmerte etwas Seltsames, Schreckliches. »Würden Sie das beschwören?«

»Du meine Güte! Seitdem ich sechs Jahre alt bin, also mein ganzes Leben lang, habe ich Blumen verkauft, und ich soll den Unterschied zwischen einer Schlüsselblume und einem Veilchen nicht kennen? Wofür halten Sie mich eigentlich?«

»Wer hat dann Sir Lockwood die Schlüsselblumen gegeben?«

»Jemand, der in meinem Revier gewildert hat«, antwortete sie mißmutig. »Nun ja, der Strand war auch nicht direkt mein Gebiet, aber...« Sie zuckte die Schultern. »Tut mir leid, mein Lieber!«

»Vermutlich haben Sie auch Mr. Etheridge oder Mr. Sheridan keine Schlüsselblumen verkauft?«

»Ich habe es Ihnen doch schon gesagt: niemand!«

Pitt holte ein Sixpencestück aus seiner Tasche und nahm noch zwei Veilchensträuße. »Wer war es dann?«

»Oh!« Sie stöhnte ungläubig und machte gleich darauf ein entsetztes Gesicht. »Das Monster, der Mörder! Er hat sie verkauft. Da gefriert mir ja das Blut!«

»Danke.« Thomas Pitt ging schnell fort, dann begann er zu rennen und winkte einer Kutsche.

»Ein Blumenverkäufer?« wiederholte Micah Drummond erstaunt. Er dachte nach, und der Gedanke erschien ihm immer plausibler.

»Ich werde mich darum kümmern«, erklärte Pitt eifrig. »Blumenverkäufer sind gewissermaßen unsichtbar, wenn man sich nicht direkt für sie interessiert. Sie haben ihr eigenes Gebiet; die Westminster Bridge ist eigentlich das von Maisi Willis. In der Nacht, als Hamilton getötet wurde, ging sie jedoch zum Strand. Das konnte unser Mörder natürlich nicht im voraus wissen. Also ergriff er – oder sollte ich besser sagen: sie – die Gelegenheit, und noch einmal, als Etheridge und Sheridan umgebracht wurden. Sie muß auf diese Gelegenheit gewartet und sich den gewünschten Mann geschnappt haben, als er allein auf der Brücke war. Wahrscheinlich blieb er stehen, um Blumen zu kaufen, und erkannte die Verkäuferin nicht in dem schwachen Licht, zudem er auch nicht daran dachte, in dieser Situation eine Bekannte zu treffen.«

Thomas Pitt beugte sich vor, während er sich die Szene lebendig vorstellte. »Sie – oder er – nahm das Geld, gab dem Mann die Blumen und schnitt ihm mit einer raschen Bewegung die Kehle durch. Dann drückte sie ihn gegen den Laternenpfahl, band ihn mit seinem Schal fest und steckte die Blumen in sein Knopfloch. Daraufhin konnte sie einfach weggehen – niemand würde sie beachten...«

»Das muß eine verdammt kräftige Frau sein«, meinte Drummond, schaudernd vor Abscheu. »Oder es war ein verkleideter Mann. Wie sollen wir ihn bloß finden?«

»Jetzt können wir uns nach einer bestimmten Person erkundigen. Wir werden wieder bei den Parlamentsmitgliedern anfangen. Eines wird sich vielleicht an etwas Typisches erinnern. Schließlich war es ungewöhnlich, daß nicht Maisie auftrat, und daß Schlüsselblumen statt Veilchen angeboten wurden. Wir werden zumindest die Größe der Frau erfahren.«

»Vielleicht waren es zwei?« Drummond sah Pitt bedrückt und unsicher an. »Vielleicht dienten die Blumen zur Ablenkung, während eine zweite Person angriff?«

Pitt wußte, was er dachte: Africa Dowell mit Blumen, und Florence mit dem Messer. Dann hätten beide Frauen gemeinsam den Leichnam festbinden können. Doch es wäre auch gefährlicher und auffallender gewesen.

»Wir müssen an die Kleidung denken«, sagte er bedächtig. »Eine Blumenverkäuferin im Gewand einer Dame wäre sofort bemerkt worden. Doch die Parlamentsmitglieder erwähnten kein Wort in dieser Richtung. Also muß sie ganz ähnlich wie Maisie ausgesehen haben – mittelgroß und stämmig, mit breiten Schultern und ausladenden Hüften; einfache Kleider, ein Schal um den Hals wegen des Windes, der immer vom Fluß heraufkommt. Und am wichtigsten: ein Tablett mit Blumen. Sie mußte welche kaufen – nicht zu viele. Am Ende des Tages genügten vier oder fünf Sträuße.«

»Sagten Sie nicht, daß Florence Ivory einen Garten hat?« fragte Drummond. Er ging zum Feuer und legte mehr Kohlen darauf. Der Tag war kühl, und Nieselregen rann über die Fensterscheiben. Beide Männer froren.

»Ja, aber man kann nicht Tag für Tag mehrere Sträuße Schlüsselblumen in einem privaten Garten pflücken.«

»Nicht? Woher wissen Sie das? Haben Sie einen Garten, in dem Sie auch noch arbeiten? Woher nehmen Sie die Zeit?« Er sah Pitt an. »Wenn Sie nach Beendigung dieses Falles befördert werden, haben Sie mehr Freizeit.«

Pitt lächelte dünn. »Ja... ja, sicher. Tatsächlich besitzen wir einen kleinen Garten, aber Charlotte kümmert sich mehr darum, als ich es tue. Ich bin auf dem Land groß geworden.«

»Ach, wirklich?« Drummond hob die Brauen. »Das wußte ich nicht. Ich hielt Sie immer für einen Londoner. Erstaunlich, wie wenig man über die Menschen weiß, die man jeden Tag sieht! Also – unsere Mörderin mußte Blumen kaufen?«

»Ja, wahrscheinlich auf dem Markt, wie andere Blumenverkäufer auch. Wir können Männer wegschicken, um nachzuforschen.«

»Gut, machen Sie das. Welche von den Personen, die

wir kennen, könnte als Blumenverkäuferin auftreten? Doch nicht Lady Hamilton?«

»Sicher nicht – und auch Barclay Hamilton nicht. Er ist viel zu groß, von allem anderen abgesehen.«

»Mrs. Sheridan?«

»Möglich.«

»Helen Carfax?«

Pitt zuckte die Schultern, die Frage war zu brutal. Er konnte sich nicht vorstellen, daß die blasse unglückliche Frau, die ihm nach ihres Vaters Tod gegenübergestanden hatte, das Selbstvertrauen und die Fähigkeit besaß, auf der Straße Blumen an Passanten zu verkaufen, um danach einen Mord zu begehen. Er erinnerte sich auch an Maisie Willis' breite, vom Dialekt gefärbte Aussprache.

»Ich bezweifle, daß sie dazu imstande wäre«, erklärte er offen. »Und bei James Carfax ist es das gleiche wie bei Barclay Hamilton – er ist zu groß, um nicht aufzufallen.

»Florence Ivory?«

»Möglicherweise. Bestimmt hat sie die Intelligenz und die Willenskraft, so etwas zu tun.«

Drummond nickte. »Dann müssen wir sie packen. Jetzt haben wir Grund genug, ihr Haus zu durchsuchen. Vielleicht finden wir die Kleider – wenn sie noch einmal morden will, sind sie bestimmt noch da. Lieber Gott, sie muß verrückt sein!«

»Ja«, stimmte Pitt innerlich entsetzt zu. »Ja, das muß sie wohl, die arme Seele.«

Doch die gründlichste Durchsuchung erbrachte nur stark gestopfte Arbeitskleidung, Gartenhandschuhe und Küchenschürzen – nichts, was eine Blumenverkäuferin getragen hätte, und auch nur Körbe und Schalen für Blumen, kein Tablett, wie es die Straßenhändler verwendeten.

Die dritte Befragung der Parlamentsmitglieder ergab etwas mehr. Einige Männer erinnerten sich bei besonders intensiver Nachforschung an eine ungewöhnliche Blumenverkäuferin in den Mordnächten, doch die Beschreibung der Frau war äußerst vage: eher etwas dicker und größer als Maisie Willis, sonst keine Auffälligkeiten. Die Herren wußten nur noch, daß sie Schlüsselblumen anstatt Veilchen verkauft hatte.

War sie sehr verhüllt durch Halstücher?

Eigentlich nicht.

War sie jung oder alt, dunkelhaarig oder blond?

Weder jung noch sehr alt, vielleicht vierzig oder fünfzig – um Himmels willen, wer schaut eine Blumenverkäuferin so genau an?

Dicker als Maisie Willis, darin stimmten alle überein; also war es Florence Ivory bestimmt nicht gewesen. Africa Dowell, ein wenig ausgestopft, das Gesicht leicht mit Ruß verschmiert, das blonde Haar unter einem Schal oder Hut verborgen?

Thomas Pitt kehrte in die Bow Street zurück, um mit Drummond den nächsten Schritt zu besprechen.

Drummond wirkte müde und niedergeschlagen. Seine Hosenbeine waren naß, seine Füße kalt, und er war erschöpft vom vielen Reden und dem Versuch, auf höfliche Art immer wieder die gleichen Fragen zu stellen und die gleichen Antworten abzuwägen. Am schlimmsten setzte ihm die Tatsache zu, daß er immer noch nicht mehr wußte als zu Beginn der Mordserie.

»Glauben Sie, daß sie noch einmal zuschlägt?« fragte er.

»Das weiß nur Gott«, erwiderte Pitt. »Aber wenn sie es tut, wissen wir, wonach wir suchen müssen.« Drummond schob das Tintenfaß und den Löscher zur Seite und setzte sich auf die Ecke seines Schreibtischs. »Das könnte in Wochen, Monaten oder auch niemals geschehen.«

Pitt sah ihn an. Im Gesicht der beiden Männer spiegelte sich derselbe Gedanke wider.

Drummond faßte ihn in Worte. »Wir müssen sie provozieren. Jemand muß nach jeder langen Sitzung allein über die Brücke gehen. Wir werden in der Nähe sein, als Straßenverkäufer oder Droschkenkutscher verkleidet.«

»Wir haben keinen Polizisten, der als Parlamentsmitglied auftreten könnte.«

Drummond schnitt eine Grimasse. »Nein, aber ich könnte selbst diese Rolle spielen.«

Und acht Nächte lang schlüpfte Drummond heimlich in die Besuchergalerie des Unterhauses, saß dort, bis die Sitzung zu Ende war, und mischte sich dann unter die Mitglieder, die das Haus verließen. Ein paar Minuten sprach er mit denen, die er kannte. Dann ging er an der großen Statue der Boadicea vorbei und schlenderte über die Westminster Bridge. Zweimal kaufte er Veilchen bei Maisie Willis und einmal eine heiße Pastete bei dem Verkäufer auf der Uferstraße, aber er sah niemanden mit Schlüsselblumen, und es näherte sich ihm auch niemand.

Am neunten Abend, als er müde und deprimiert den Mantelkragen hochstellte, weil ein kalter Wind und Nebelschwaden vom Fluß heraufwehten, traf er Garnet Royce.

»Guten Abend, Mr. Drummond.«

»Oh... guten Abend, Sir Garnet.«

Royces Gesicht war angespannt. Das Lampenlicht fiel auf seine hohe Stirn und glänzte in seinen hellen Augen.

»Ich weiß, was Sie machen, Mr. Drummond«, sagte er leise. »Und daß es keinen Erfolg hat.« Er schluckte, und sein Atem ging unregelmäßig, doch er war ein Mann, der es gewohnt war, sich selbst und andere zu beherrschen. »Sie werden auch in Zukunft keinen Erfolg haben – nicht so! Ich habe Ihnen meine Hilfe angeboten, und das gilt immer noch. Lassen Sie mich über die Brücke gehen. Wenn dieser Irre noch einmal losschlagen will, bin ich ein rechtmäßiges Ziel: ein echtes Parlamentsmitglied...« Er schwieg einen Moment, dann räusperte er sich und fuhr mit Anstrengung fort. »Ein echtes Parlamentsmitglied, das südlich des Flusses lebt und in einer schönen Nacht zu Fuß nach Hause geht.«

Drummond zögerte. Er wußte um die Risiken: Wenn Royce etwas passierte, trug er die Verantwortung. Man konnte ihm auch leicht Feigheit vorwerfen. Und doch hatte er in den vergangenen Nächten überhaupt nichts erreicht. Was Royce sagte, stimmte – der Mörder, oder die Mörderin, mochte verrückt sein, doch er, oder sie, ließ sich nicht so einfach hereinlegen.

Drummond spürte, daß Royce Angst hatte; seine Augen und seine ganze Haltung verrieten es.

»Sie sind ein mutiger Mann, Sir Garnet«, sagte er offen. »Ich nehme Ihr Angebot an. Ich wünschte, wir könnten auf Ihre Mitarbeit verzichten, aber offenbar sind wir dazu nicht in der Lage.« Er sah, daß Royce das Kinn ein wenig hob, und daß sich seine Halsmuskeln strafften. Die Würfel waren gefallen. »Wir werden ständig ganz in Ihrer Nähe sein – Droschkenkutscher, Straßenverkäufer, Betrunkene. Ich gebe Ihnen mein Wort, daß wir Sie vor Verletzungen schützen werden!« Gott möge mir helfen, daß ich mein Wort auch halten kann, dachte Drummond.

Am folgenden Morgen erzählte er Pitt bei prasselndem Kaminfeuer die Neuigkeit. Der Anblick der Flammen, die in den Abzug hinaufleckten, vermittelte die Illusion einer gemütlichen heilen Welt.

Thomas Pitt starrte ihn sprachlos an.

»Gibt es denn keine andere Möglichkeit?« fragte Drummond hilflos. »Wir müssen der Todesserie ein Ende bereiten.«

»Ich weiß«, stimmte Pitt zu. »Und ein anderer Ausweg fällt mir auch nicht ein.«

»Ich werde da sein. Ich kann einen Betrunkenen spielen...«

»Nein, Sir!« Pitt gab sich entschieden. Zu einer weniger turbulenten Zeit und einem weniger verständnisvollen Mann gegenüber hätte man diesen Widerspruch als Unhöflichkeit auslegen können. »Sir, wenn wir Royce brauchen, dann deshalb, weil der Mörder weiß, daß Sie kein Mitglied des Parlaments sind. Royce muß verletzlich erscheinen, ein einsames Opfer, nicht ein Köder der Polizei. Sie dürfen sich nur bis zum Victoria Embankment nähern. Wir werden drei Polizisten am fernen Ende aufstellen, damit er da nicht entkommen kann, und wir werden die Flußpolizei einspannen, damit er nicht über die Brücke zum Wasser flieht, obwohl ich mir nicht vorstellen kann, daß das überhaupt möglich wäre. Zwei Polizisten sollen sich als Straßenverkäufer verkleiden und vor dem Unterhaus stehen, und ich werde eine Droschke kutschieren, wenn Royce losmarschiert. Wenn ich ein bißchen zurückbleibe, kann ich ihn beobachten. Ich werde ihm nahe genug folgen, ohne den Mörder zu verscheuchen. Die Leute meinen immer, daß Kutscher nur die Straße im Blickfeld haben.«

»Könnten wir nicht einen Mann direkt auf der Brücke postieren – als Betrunkenen oder Bettler?« Drummonds Gesicht war blaß, sein Ausdruck verzweifelt besorgt.

»Nein.« Pitt ließ keinen Widerspruch zu. »Wenn noch irgend jemand da ist, vertreiben wir den Mörder.«

Drummond versuchte einen letzten Einwand. »Ich habe Royce mein Wort gegeben, daß wir ihn beschützen.«

Dem war nichts hinzuzufügen. Beide waren sich der Gefahr bewußt, aber konnten nicht anders handeln.

An den nächsten drei Abenden waren die Sitzungen früh zu Ende. Am vierten hing der Himmel voll schwerer Regenwolken. Das Licht verschwand bald, und die Dunkelheit brach früh herein. Die Lampen am Ufer sahen wie eine Kette gefallener Monde aus. Die Luft roch feucht, und die Lastkähne auf dem Fluß bewegten sich wie Keile, die das flüsternde zischende Wasser mit seinen gebrochenen Reflexen in Scheiben schnitten.

Unter der Statue der Boadicea mit ihren prächtigen Pferden stand ein Polizist, der wie ein Sandwichverkäufer gekleidet war und seine Handkarre vor sich hatte. Er wartete mit wachsamen Augen auf Garnet Royce, um ihm zu folgen, wenn sich jemand näherte. Sein Gummiknüppel war unter dem Überwurf verborgen, doch seine Hand wußte genau, wohin sie greifen mußte.

Am Eingang des Unterhauses befand sich ein weiterer Polizist in der Livrée eines Dieners, der offensichtlich auf seinen Herrn wartete, doch sein Blick suchte Garnet Royce und eine Blumenverkäuferin.

Am fernen Ende der Brücke waren drei Wachmänner postiert, zwei elegant gekleidete und einer mit einer Kutsche, die knapp vor der Brücke nahe dem ersten Haus in der Bellevue Road stand.

Micah Drummond lauerte in einem Eingang im Schatten

der Lichter des Victoria Embankment. Er hatte den Seidenhut in die Stirn gezogen und den Schal hoch um das Kinn gewickelt. Ein Passant hätte ihn für einen Herrn gehalten, der zu üppig gefeiert hatte und stehengeblieben war, um den Kopf wieder freizubekommen.

Irgendwo in Richtung des Pool of London ertönten die Nebelhörner, da der Dunst sich verdichtete und mit der einströmenden Flut hochstieg.

Am Nordufer saß Pitt auf dem Kutschbock einer zweiten Droschke, oberhalb der Treppen, die zum Wasser hinabführten. Von seinem erhöhten Sitz aus hatte er einen guten Überblick, und ein Passant konnte sein Gesicht nicht so leicht erkennen. Er hielt die Zügel lose in den Händen, während das Pferd sich unruhig bewegte.

Jemand wollte ihn anmieten, doch er wehrte ab. »Es tut mir leid, aber ich habe schon einen Fahrgast.«

Der Mann knurrte, da er keinen solchen entdecken konnte, doch er machte sich nicht die Mühe zu streiten.

Die Minuten verrannen. Allmählich zerstreuten sich die Parlamentsmitglieder. Der Polizist verkaufte ein paar Sandwiches. Pitt hoffte, daß noch einige übrigbleiben würden, denn ein Händler ohne Ware würde in solch einer Nacht Verdacht erregen.

Wo war Royce? Was tat er bloß? Pitt konnte es ihm nicht übelnehmen, wenn ihn der Mut verlassen hatte. Es gehörte viel Courage dazu, jetzt die Westminster Bridge zu überqueren.

Der Big Ben schlug ein Viertel nach elf.

Pitt wäre am liebsten abgestiegen und hätte sich nach Garnet Royce umgesehen.

Doch da kam er die Straße herunter. Er rief jemand etwas zu. Seine Stimme klang heiser – er hatte Angst. Seine Schritte waren beinahe schleppend, als er an dem Sandwichverkäufer vorbeiging und die Brücke betrat. Pitt sah seinen geraden Rücken, die steifen Schultern, und daß er sich nicht umblickte.

Mit höchster Aufmerksamkeit bewegte Pitt sein Pferd einige Meter vorwärts. Ein Mann mit einem Regenschirm marschierte zwischen ihm und Royce hindurch. Der Sandwichhändler ließ seine Karre stehen, und der Lakai wendete sich der Brücke zu, als habe er keine Lust mehr zu warten.

Aus dem schwarzen Schatten unter der Boadicea tauchte eine andere Gestalt auf: stämmig, mit breiten Hüften, einen dicken Schal um die Schultern geschlungen, und mit einem Blumentablett. Sie ignorierte den Lakaien, was ganz natürlich war, denn Diener kauften keine Blumen – und folgte Royce erstaunlich schnell über die Brücke. Dieser wanderte stetig in der Mitte des Fußweges, schaute weder rechts noch links und konzentrierte sich auf die Lampen. Er hatte gerade die Hälfte der Strecke hinter sich gebracht.

Micah Drummond kam aus seinem Versteck hervor.

Pitt lenkte das Pferd nach links über die Brücke. Er war nur ein paar Meter hinter der Blumenverkäuferin. Ihre Gestalt hob sich gegen den Dunst ab. Sie trat leise auf und näherte sich Royce. Er schien sie nicht zu hören.

Er verließ den milchigen Lichtkegel einer Lampe mit dreifachen Glocken und betrat die dunkle Leere dahinter. Der Nebel breitete sich wie Silbergaze um den Laternenschein aus. Royces Rücken war beleuchtet, die Breite der Schultern sichtbar, doch das Gesicht des Mannes verschwomm im Schatten.

Pitt hielt sie Zügel so straff, daß sich seine Fingernägel durch die nassen Handschuhe hindurch in seine Handinnenflächen gruben. Er fühlte kalten Schweiß auf seiner Haut.

»Blumen, Sir? Kaufen Sie süße Schlüsselblumen, Sir?« Die Stimme war hoch und sehr leise, wie die eines kleinen Mädchens.

Royce drehte sich mit einem Ruck um. Er war nahe genug an einer Laterne, so daß man seine Züge erkennen konnte – die hohe Stirn, die lebendigen Augen und die starken Gesichtsknochen. Er sah die Frau und das Tablett mit den Blumen. Er sah, wie sie ein Sträußchen in eine Hand nahm und mit der anderen etwas unter den Blüten hervorzog. Sein Mund öffnete sich zu einem lautlosen Schrei des Entsetzens ... und strahlenden Triumphes.

Pitt ließ die Zügel fahren und sprang vom Kutschbock. Er

landete hart auf der schlüpfrigen Straße. Die Frau riß den Arm hoch mit dem Rasiermesser in der Hand. Die Klinge blitzte im Licht. »Ich habe Sie erwischt!« schrie die Unbekannte. Das Tablett flog zu Boden, und die Blumen lagen verstreut auf den Steinen. »Ich habe Sie schließlich erwischt, Royce!«

Pitt stürzte zu der Frau hin und ließ seinen Gummiknüppel auf ihre Schulter niedersausen. Der Schmerz stoppte sie. Sprachlos vor Staunen drehte sie sich um und hielt die Klinge noch in die Höhe.

Eine Sekunde lang standen die drei reglos da: die Wahnsinnige mit den schwarzen Augen und dem offenen Mund, Pitt mit dem Gummiknüpfel in der Hand und Royce in kurzem Abstand hinter ihnen.

Dann griff Royce in die Tasche, und ehe sich jemand rühren konnte, fiel ein Schuß. Die Frau stolperte auf Pitt zu. Ein weiterer Schuß und noch einer zerrissen die Stille der Nacht. Die Verrückte sank auf die Straße und lag im Rinnstein. Blut tränkte ihren Schal, das Messer und die blassen Schlüsselblumen umgaben ihren Körper.

Pitt beugte sich über sie. Da war nichts mehr zu machen. Sie war tot. Ein Geschoß war ihr von hinten ins Herz gedrungen, die beiden anderen in die Schulter und die Brust.

Pitt erhob sich langsam und blickte Royce an. Er stand noch da mit dem schwarzen glänzenden Revolver in der Hand. Royces Gesicht war weiß, die Züge fast ausdruckslos.

»Guter Gott, Mann – wie leicht hätten Sie sterben können«, sagte er mit belegter Stimme. Er bedeckte die Augen mit den Fingern und blinzelte dann, als sei ihm schwindlig. »Ist sie tot?«

»Ja.«

»Es tut mir leid.« Royce trat näher und reichte Pitt die Pistole, die dieser zögernd nahm. Royce starrte auf die Frau. »Obwohl es vielleicht am besten für sie ist. Die arme Kreatur hat jetzt wenigstens ihren Frieden. Das hier ist sauberer als ein Strick.«

Pitt konnte keinen Einwand finden. Aufgehängt zu werden war eine groteske und scheußliche Sache, und warum sollte man für eine so offensichtlich wahnsinnige Person ein Gerichtsverfahren anstrengen? Er musterte Royce und suchte nach den passenden Worten.

»Danke, Sir Garnet. Wir schätzen Ihren Mut – ohne ihn hätten wir sie womöglich nie gefaßt.« Er streckte die Hand aus.

Inzwischen hatten sich die Polizisten rundum versammelt. Micah Drummond blieb auf dem Pflaster stehen und sah erst die Frau, dann Pitt und Royce an.

Royce packte Pitts Hand und drückte sie schmerzhaft.

Nun kniete sich Drummond auf die Steine und zog den Schal vom Gesicht der Frau.

»Kennen Sie sie, Sir?« fragte er Royce.

»Kennen... ich? Gütiger Gott, nein!«

Drummond betrachtete die Leiche noch einmal eingehend, und als er sich erhob, sagte er betroffen und entsetzt: »Ein Teil ihrer Kleidung stammt aus Bedlam. Offenbar kommt sie aus der Irrenanstalt.«

Pitt erinnerte sich an die Worte der Frau und sah Royce an. »Sie kannte Sie und nannte Sie beim Namen.«

Royce rührte sich nicht. Seine Augen waren weit geöffnet. Dann ging er langsam zu der Toten hin und blickte auf sie nieder. Keiner sprach. In der Ferne ertönte ein Nebelhorn.

»Ich... ich bin nicht sicher, aber wenn sie wirklich aus Bedlam kommt, könnte sie Elsie Draper sein – das arme Wesen. Sie war die Kammerjungfer meiner Frau – vor siebzehn Jahren, und stammte vom Land. Naomi brachte sie in unsere Ehe mit. Elsie war ihr sehr ergeben, und als Naomi starb, nahm sie sich das unbeschreiblich zu Herzen und verlor den Verstand. Wir mußten sie aus unserem Haushalt entfernen. Ich... ich gebe zu, daß ich sie nie für gefährlich gehalten hätte, und ich wundere mich, wie sie freigekommen ist.«

»Uns wurde kein Fall einer Flucht gemeldet«, erklärte Drummond. »Vermutlich wurde die Frau entlassen. Nach siebzehn Jahren dachte man wohl, sie sei geheilt.«

Royce atmete schwer. »Geheilt?« Das Wort hing in der feuchten Luft und vermischte sich mit dem Nebel, der das Lampenlicht umfing.

»Kommen Sie«, sagte Drummond. »Wir werden einen Leichenwagen herbestellen und sie wegbringen lassen. Pitt, nehmen Sie Ihre Droschke und fahren Sie Sir Garnet nach Hause in die...«

»Bethlehem Road«, ergänzte Royce. »Danke. Ich muß gestehen, daß ich plötzlich sehr müde bin, und daß es mich friert.«

»Natürlich sind wir äußerst dankbar.« Drummond reichte ihm die Hand. »Ganz London steht hoch in Ihrer Schuld.«

»Mir wäre es lieber, Sie würden meinen Namen nicht erwähnen«, sagte Royce schnell. »Und ich... ich möchte gern ein anständiges Begräbnis für die Tote bezahlen. Die Frau war einmal eine gute Dienerin, ehe sie... ihren Verstand verlor.«

Pitt kletterte wieder auf den Kutschbock, und Drummond öffnete die Droschkentür für Royce, der gleich einstieg. Im nächsten Augenblick zog das Pferd an.

Charlotte schlief bereits, als Pitt heimkam, und er weckte sie nicht. Er spürte keine Euphorie, die die Lösung eines so langwierigen und schrecklichen Falles hätte mit sich bringen sollen. Das Ende der Anspannung verschaffte ihm nur eine große Müdigkeit, und am nächsten Morgen stand er so spät auf, daß er kein Frühstück mehr einnehmen konnte.

Er erzählte Charlotte nichts. Zuerst wollte er sicher sein, daß das, was in der Nacht so offensichtlich erschienen war, auch der Wahrheit entsprach. Er sagte Charlotte nur, der Fall sei beinahe aufgeklärt, küßte sie und ging aus dem Haus, während sie hinter ihm herrief, er solle ihr Näheres berichten.

Micah Drummond war bereits im Polizeirevier an der Bow Street. Er sah zum erstenmal seit Wochen so aus, als habe er tief und fest geschlafen. »Guten Morgen, Pitt.« Er streckte die Hand aus. »Ich gratuliere zum Chefinspektor. Der Fall ist abgeschlossen. Zweifellos hat diese Verrückte die Morde begangen. Auf ihrer Kleidung waren alte Blutflecken, die von den ersten Morden stammten. Auch auf der Klinge und dem Messergriff wurden Reste von getrocknetem Blut gefunden.

Wir haben zudem mit dem Leiter der Irrenanstalt von Bedlam gesprochen: Die Frau ist Elsie Draper, die vor siebzehn Jahren wegen akuter Depression eingeliefert und zwei Wochen vor dem Mord an Lockwood Hamilton entlassen worden war. Sie hatte nie Schwierigkeiten gemacht, war zwar ein wenig einfältig, aber nie gewalttätig. Eine furchtbare Fehleinschätzung – aber nicht mehr zu ändern. Heute morgen hat der Innenminister uns gratuliert. Die Zeitungen haben Extraseiten gedruckt.« Er lächelte breit. »Gut gemacht, Pitt! Sie können heimgehen und sich ein paar Tage freinehmen – das haben Sie wirklich verdient. Nächste Woche kommen Sie als Chefinspektor wieder und beziehen ihr neues Büro im ersten Stock.« Er hielt Pitt erneut die Hand hin.

Thomas Pitt schüttelte sie kräftig. »Ich danke Ihnen, Sir.« Aber die rosigen Aussichten machten ihn nicht froh.

12

Pitt kehrte mit einem Gefühl der Erleichterung nach Hause zurück, das nur durch eine kleine Frage weit im Hintergrund seines Gehirns gestört wurde. Der Fall war abgeschlossen. Es gab keinen Zweifel, daß Elsie Draper eine kriminelle Wahnsinnige gewesen war. Sie hatte drei Männer auf der Westminster Brücke ermordet und versucht, noch einen vierten umzubringen. Nur Royces Mut und die Wachsamkeit der Polizei hatten das verhindert.

Nun konnte Thomas Pitt ein paar freie Tage mit Charlotte und den Kindern genießen. Er lächelte vor sich hin, als er sich vorstellte, wie im Garten die warme Sonne auf seinen Rücken schien und seine Familie um ihn hereum lachte und plauderte.

Er betrat die Küche und fand dort Charlotte mit aufgerollten Ärmeln beim Teigkneten vor. Gracie kniete auf dem Boden. Der Raum war vom Duft frischen Brotes erfüllt. Daniel rannte mit einem Reifen im Garten herum, und Pitt konnte sein entzücktes Krähen durch das offene Fenster hören.

Er legte den Arm um Charlotte und küßte ihre Wangen und den Hals, ohne auf Gracie zu achten.

»Wir haben den Fall gelöst«, sagte er nach einigen Minuten. »Letzte Nacht wurde die Frau bei frischer Tat ertappt. Garnet Royce spielte den Köder für uns. Sie griff ihn mit einem Rasiermesser an. Ich sprang vom Kutschbock, um sie aufzuhalten. Royce erschoß sie, hauptsächlich, weil er mich retten wollte.«

Charlotte erschrak und versuchte, sich aus seiner Umarmung zu befreien.

»Nein«, sagte er rasch. »Sie hätte mich nicht erwischt. Ich hatte sie mit dem Gummiknüppel geschlagen, und die anderen Polizisten kamen herbei. Jedenfalls war sie eine Wahnsinnige, und dieser Tod ist besser als der durch den Strick. Jetzt ist alles vorbei. Und ich bin Chefinspektor.«

Diesmal löste sie sich von ihm und betrachtete ihn mit fragenden Augen.

»Ich bin stolz auf dich, Thomas; du hast die Beförderung mehr als verdient. Aber wünschst du sie dir?«

»Wünschen?« Er hatte sein Zögern doch verborgen, seinen Unwillen, die Straße zu verlassen!

»Du kannst dich über die Ehre freuen, daß man es dir angeboten hat, und trotzdem ablehnen«, meinte sie sanft. »Du mußt nicht ein höheres Amt akzeptieren, wenn es für dich Schreibtischarbeit bedeutet.« Ihr Gesicht war ruhig und zeigte keine Spur eines Bedauerns. »Wir brauchen das Geld nicht. Du könntest das weitermachen, was dir so sehr liegt. Wenn du andere beauftragt hättest, anstatt selbst mit den Leuten zu reden – wäre der Fall dann schon gelöst?«

Er dachte an Maisie Willis und die Veilchen. »Ich weiß es nicht«, erwiderte er ehrlich. »Vielleicht.«

»Oder vielleicht nicht.« Sie lächelte. »Ich möchte, daß du das machst, was dich freut, und worin du am besten bist. Bei allem anderen ist der Preis zu hoch – für ein bißchen mehr Geld, das wir nicht brauchen. Wir kommen aus, und das genügt. Was sollten wir mit überschüssigen Mitteln anfangen? Was ist wertvoller als das tun zu können, was man möchte?«

»Ich habe die Beförderung angenommen«, erwiderte er langsam.

»Dann geh zurück und sag deinem Herrn Drummond, daß du es dir anders überlegt hast. Bitte, Thomas.«

Er widersprach nicht, sondern nahm sie noch einmal wortlos und lange in die Arme. In seinem Innersten breitete sich ein ungeheures Glücksgefühl aus.

Gracie erhob sich mit dem Putzeimer in der Hand und ging singend hinaus, um das Schmutzwasser auszuleeren.

»Erzähl mir, was ich noch nicht weiß«, sagte Charlotte schließlich. »Wie hast du die Frau gefangen, und wer war sie? Warum hat sie die Morde begangen? Hast du mit Florence Ivory und mit Tante Vespasia gesprochen?«

»Ich habe mit niemand gesprochen. Ich dachte, du würdest das gern tun.«

»O ja, natürlich! Ich wünschte, wir hätten so ein Telefon!

Sollen wir den Omnibus nehmen und die Neuigkeiten verkünden? Möchtest du zuerst eine Tasse Tee? Oder bist du hungrig? Wie wäre es mit einem schnellen Mittagessen?«

»Ja, ja, nein, und es ist noch zu früh«, antwortete er.

»Wie bitte?«

»Ja, wir fahren zu Tante Vespasia. Ja, ich möchte eine Tasse Tee. Nein, ich bin nicht hungrig, und für das Mittagessen ist es noch zu früh. Übrigens – dein Brotteig ist soweit...«

»Oh! Dann stell den Wasserkessel auf, und während ich den Teig fertig knete, erzählst du mir alles.«

Er tat, worum sie ihn gebeten hatte, und begann dann die Geschichte noch einmal aufzurollen – mit allen Einzelheiten.

Charlotte hörte interessiert zu, und als er geendet hatte, fragte sie: »Meinst du, daß die Frau von Anfang an Royce töten wollte und die anderen nur mit ihm verwechselte? Warum haßte sie ihn so? Weil er sie nach Bedlam brachte?«

»Vielleicht.« Die leise Unzufriedenheit in seinem Unterbewußtsein verstärkte sich. Es war Garnet Royce gewesen, den sie angegriffen hatte, nicht Jasper, den Arzt. Hing das nur damit zusammen, daß er der ältere Bruder und der stärkere war, und daß sie in seinem Haushalt gedient hatte? Aber was hatte ihre Depression in den wahnsinnigen Haß verwandelt, dessen Zeuge Pitt auf der Westminster Brücke geworden war?

Er trank seinen Tee aus und erhob sich. »Geh du zu Tante Vespasia. Ich denke, ich spreche noch einmal mit Drummond.«

»Über Elsie Draper?«

»Ja, ich glaube schon.«

Auf dem ganzen Weg zur Bow Street begegneten ihm Zeitungsjungen mit Extrablättern. Die Schlagzeilen posaunten es aus: *Brückenmörder gefaßt! Das Parlament ist wieder sicher! Verrückte auf der Westminster Brücke erschossen!* Thomas Pitt kaufte eine Zeitung, ehe er das Polizeirevier betrat. Unter der dicken schwarzen Überschrift stand ein Artikel, der vom Erfolg der Metropolitan-Polizei, ihrer Geschicklichkeit und Bemühungen und vom Mut eines unbekannten Parlamentsmitgliedes handelte. Die ganze Hauptstadt beglückwünschte sich zur Rückkehr von Ordnung und Sicherheit in den Straßen.

Micah Drummond war überrascht, Pitt so schnell wiederzusehen. »Was ist passiert?« fragte er leicht beunruhigt.

Pitt schloß die Tür hinter sich.

»Vor allem, Sir, danke ich Ihnen für die Beförderung, aber ich möchte lieber meinen gegenwärtigen Rang behalten, wo ich selbst draußen Nachforschungen anstellen kann, anstatt das andere Männer machen zu lassen. Ich glaube, hierin liegt meine Fähigkeit, und es ist die Art von Arbeit, die mir am meisten Freude macht.«

Drummond lächelte. In seinen Augen waren eine gewisse Wehmut sowie Erleichterung zu lesen. Entweder hatte er etwas Unangenehmes erwartet, oder er konnte Thomas Pitt zumindest teilweise verstehen.

»Ich bin nicht erstaunt«, sagte er freimütig. »Und nicht allzu traurig. Sie hätten einen guten Chefinspektor abgegeben, aber wir hätten viel verloren, wenn wir Sie von der Straße fortgenommen hätten. Ich bewundere Sie wegen Ihrer Wahl – es ist nicht leicht, Geld oder Status auszuschlagen.«

Pitt errötete. Die Bewunderung eines Mannes, den er schätzte und achtete, war eine kostbare Sache. Es war ihm zuwider, daß er jetzt wieder von Elsie Draper anfangen mußte, anstatt sich noch einmal bei Drummond zu bedanken und zu gehen. Doch die Frage bedrückte ihn und verlangte nach einer Antwort. Sie war wie Hunger, der gestillt werden mußte.

»Danke, Sir.« Er atmete langsam aus. »Sir, ich würde gern noch mehr über Elsie Draper herausfinden. Sie tötete nicht aufs Geratewohl; sie nannte Royce beim Namen. Ich möchte wissen, warum sie ihn so sehr haßte.«

Drummond stand still und blickte auf seinen Schreibtisch. »Das wollte ich auch wissen. Ich habe überlegt, ob sie von Anfang an nur Royce umbringen wollte und die anderen lediglich mit ihm verwechselte. Ich habe mich erkundigt, was er vor siebzehn Jahren gemacht hat.«

»Ja?«

Drummond lächelte finster. »Er war parlamentarischer Privatsekretär des Innenministers, wie die anderen Ermordeten auch.«

Pitt überlegte. »Das könnte ein Zufall sein. Die Frau hat bestimmt ihre Opfer verwechselt und Royce gemeint. Warum haßte sie ihn so lange und so leidenschaftlich?«

»Weil er sie nach Bedlam gebracht hat.«

»Wegen der Depression? Möglich. Aber kann ich nach Bedlam fahren und die Leute fragen, was sie wissen?«

»Ja, ja, Pitt – und informieren Sie mich bitte.«

Das Bethlem Royal Hospital, das allgemein Bedlam genannt wurde, war in einem riesigen alten Gebäude an der Lambeth Road südlich des Flusses untergebracht. Hier betrat man eine andere Welt, weit entfernt von aller Freude und Leichtigkeit.

In Bedlam herrschten Wahnsinn und Verzweiflung. Jahrhundertelang waren hier oder hinter anderen Mauern diejenigen einquartiert worden, die keine menschliche Vernunft mehr erreichen konnte. Früher wurden sie Tag und Nacht gefesselt, und man folterte sie, um den Teufel auszutreiben. Da gab es Leute, die kamen zum Zuschauen, weil sie das als Unterhaltung betrachteten, wie spätere Generationen zum Karneval oder in den Zoo gingen – oder zu einer Hinrichtung durch den Strang.

Mittlerweile hatten es die Irren etwas leichter. Es gab nur noch wenige einengende Maßnahmen, doch die Qualen des Geistes blieben bestehen, die Angst und die Wahnvorstellungen, das Elend und die endlose Gefangenschaft ohne Hoffnung.

Pitt war in Newgate und Coldbath Fields gewesen, und trotz eines Direktors im Gehrock, all der Verwaltungsangestellten und des medizinischen Personals roch es hier genauso – die Luft war von Gestank durchsetzt.

»Elsie Draper?« fragte der Direktor kalt. »Was wollen Sie wissen? In den letzten neun oder zehn Jahren benahm sie sich tadellos. Sie erweckte nicht den geringsten Anschein von Gewalttätigkeit.« Er wurde aggressiv. »Wir können die

Leute nicht ewig behalten, wenn kein Grund dazu besteht. Unsere Möglichkeiten sind begrenzt.«

»Warum wurde sie ursprünglich hier untergebracht?«

»Wegen akuter Depressionen. Sie war eine einfache Frau vom Land, die ihrer Herrin gefolgt war, als diese heiratete. Soviel ich weiß, starb ihre Herrin an Scharlach. Elsie Draper wurde vor Kummer verrückt, und ihr Herr mußte sie uns anvertrauen. Unter den gegebenen Umständen war das sehr großzügig von ihm – er hätte sie ja auch einfach auf die Straße setzen können. Wir haben siebzehn Jahre für sie gesorgt, und als wir sie entließen, war sie durchaus in der Lage, ihr Leben selbst in die Hand zu nehmen. Wir hatten keinen Grund zu der Annahme, daß sie eine Gefahr für die Allgemeinheit bedeuten könnte.«

Pitt machte keine Einwände; das wäre auch sinnlos gewesen. Außerdem war er nicht gekommen, um diese Frage zu erörtern.

»Kann ich mit den Leuten sprechen, die sich um sie gekümmert haben? Und hatte sie einen besonderen Kontakt zu anderen Patienten?«

»Was glauben Sie eigentlich, da noch erfahren zu können? Hinterher ist jeder gescheiter.«

»Ich suche nicht nach Beweisen für ihre Mordlust«, erklärte Pitt ehrlich. »Ich möchte etwas anderes wissen: die Gründe für ihre Taten.«

»Ich sehe nicht ein, daß die jetzt noch wichtig sein sollen.«

»Ich zweifle Ihre Fähigkeit auf Ihrem Gebiet nicht an, Sir«, entgegnete Pitt ein wenig gereizt. »Bitte zweifeln Sie deshalb meine Kompetenz in meinem Fach auch nicht an. Wenn ich die Nachforschung nicht für nötig halten würde, wäre ich daheim bei meiner Familie und säße im Garten.«

Das Gesicht des Mannes wurde noch verschlossener. »Gut, wie Sie wollen. Folgen Sie mir bitte.« Er drehte sich um und führte Pitt durch einen eiskalten Steinkorridor, eine Treppe hinauf und einen weiteren Flur entlang zu einer Tür, die sich in einen großen Raum mit zehn Betten öffnete. Neben den Betten standen Stühle. Es war das erstemal, daß Pitt in einer Irrenanstalt war, und er fühlte sich sofort erleichtert.

Es gab Emailleschalen mit Blumen und verschiedene Kissen und Decken, die nicht der Anstalt gehörten. Ein leuchtend gelbes Tuch bedeckte einen der kleinen Tische.

Nun betrachtete Thomas Pitt die Leute. Die Vorsteherin stand vor dem Fenster, durch dessen Gitterstäbe die Frühlingssonnenstrahlen auf ihr graues Kleid, die weiße Kappe und Schürze fielen. Das Gesicht der Frau war gezeichnet von Anstrengung und dem Anblick des Elends, ihre Augen wirkten müde. Sie hatte große Hände mit roten Knöcheln, und von ihrem Gürtel hing ein Schlüsselbund herab.

Links von ihr saß eine Patientin undefinierbaren Alters mit über den Knien verschränkten Armen auf dem Boden und schaukelte unentwegt vor und zurück, wobei sie vor sich hin flüsterte. Das Haar hing ihr verfilzt in die Stirn. Eine andere weibliche Person mit fleckiger Haut und einem strengen Knoten schaute mit leerem Blick in die Ferne.

Drei ältere Frauen saßen an einem Tisch und spielten begeistert Karten, obwohl sie jede der verschiedenen Karten mit dem gleichen Namen bezeichneten.

Eine andere Insassin hielt sich ein Journal verkehrt herum vor die Augen und murmelte ständig: »Ich kann es nicht finden. Ich kann es nicht finden. Ich kann es nicht finden.«

»Der Kommissar möchte jemand sprechen, der Elsie Draper gekannt hat«, sagte der Direktor kurz.

»Wozu?« fragte die Vorsteherin unfreundlich. »Das bringt doch nichts mehr.«

»Es ist wichtig«, erklärte Pitt und versuchte vergebens zu lächeln. Die Hoffnungslosigkeit in dieser Anstalt ging ihm unter die Haut – die verwirrten verzweifelten Gesichter, die er sah, der Horror, der in allen Ecken lauerte.

Die Vorsteherin hatte schon zuviel Schreckliches erlebt, um noch Mitleid empfinden zu können.

»Polly Tallboys«, sagte sie gleichmütig. »Sie hatte Kontakt mit ihr. Komm her, Polly, und rede mit dem Herrn. Du brauchst keine Angst zu haben. Er tut dir nichts. Du antwortest ihm nur ehrlich.«

»Ich habe es nicht getan!« Polly war eine kleine Person mit blassen Augen, deren äußere Winkel herabhingen. Als sie gehorsam näher kam, spielten ihre Finger mit dem grauen Baumwollstoff ihres Kleides. »Ich habe es wirklich nicht getan!«

Pitt nahm auf einem der Stühle Platz und forderte Polly auf, sich ebenfalls zu setzen.

»Das weiß ich«, sagte er liebenswürdig. »Natürlich hast du es nicht getan. Ich glaube dir.«

»Wirklich?« Sie war ungläubig und unsicher.

»Polly, ich brauche deine Hilfe.«

»Meine?«

»Ja, bitte! Du hast Elsie doch gekannt, nicht wahr? Ihr wart Freundinnen?«

»Elsie? Ja, ich kannte Elsie. Sie ist heimgegangen.«

»Das stimmt.« Die elementare Wahrheit dieser Worte ging ihm zu Herzen. »Elsie war früher Dienstmädchen. Hat sie dir je etwas darüber erzählt?«

»O ja!« Pollys leeres Gesicht wurde einen Moment lebendig. »Dienstmädchen – sie war... fein. Sagte, ihre Herrin war die beste Lady der Welt.« Langsam erlosch das Licht in ihren Augen; Tränen füllten sie und rannen über die bleichen Wangen.

Pitt zog sein Taschentuch hervor und trocknete ihr die Tränen. Es war eine sinnlose Geste – Polly hörte nicht auf zu weinen –, doch er fühlte sich besser. Irgendwie ließ es sie eher wie eine Frau erscheinen und nicht wie einen zerbrochenen Gegenstand, den man weggeworfen hat.

»Sie starb, Elsies Herrin – vor langer Zeit«, sagte er. »Elsie war sehr traurig.«

Polly nickte langsam. »Sie ist verhungert, die Arme. Sie hat sich zu Tode gehungert – um Jesu willen.«

Thomas Pitt war verblüfft. Vielleicht war es eine blödsinnige Idee von ihm gewesen, nach Bedlam zu kommen und Verrückte auszufragen.

»Verhungert?« wiederholte er. »Ich dachte, sie starb an Scharlach.«

»Verhungert.« Sie sprach das Wort sorgfältig aus, doch es schien, als wisse sie nicht, was es bedeutete.

»Hat Elsie das gesagt?«

»Ja. Für Jesus.«

»Hat sie gesagt, warum?« Das war eine sehr optimistische Frage. Was konnte diese arme Kreatur wissen, und was konnte es heißen, nachdem es Elsies verwirrtem Geist entsprungen war?

»Für Jesus«, wiederholte Polly und sah ihn mit klaren Augen an.

»Wieso für Jesus?« War es überhaupt der Mühe wert, zu fragen?

Polly blinzelte. Pitt wartete und lächelte ihr zu.

Ihre Aufmerksamkeit ließ nach.

»Wieso war dieses Hungern für Jesus?« drängte er.

»Die Kirche«, erwiderte sie mit plötzlich aufflackerndem Interesse. »Die Kirche in einem Saal in der Bethlehem Road. Er wollte sie nicht gehen lassen. Das hat Elsie gesagt. Sie waren Fremde – hatten Gott gesehen... und Jesus.«

»Wer hat Jesus gesehen, Polly?«

»Ich weiß es nicht.«

»Wie hießen die Leute?«

»Sie hat es nicht gesagt... Oder ich habe es nicht gehört.«

»Aber sie haben sich in einem Saal in der Bethlehem Road getroffen? Bist du sicher?«

Sie strengte sich an nachzudenken. Ihre Stirn war gefurcht, ihre Finger im Schoß verschlungen. »Nein«, erwiderte sie schließlich. »Ich weiß es nicht.«

Er streckte die Hand aus und berührte Polly sanft. »Das macht nichts. Du hast mir sehr geholfen. Danke, Polly.«

Sie lächelte argwöhnisch, dann begriff ein Teil in ihr, daß der Herr zufrieden war, und ihr Lächeln wurde stärker. »Unterdrückung, das hat Elsie gesagt. Unterdrückung... Gottlosigkeit... schreckliche Gottlosigkeit.« Sie betrachtete Pitt mit fragenden Augen.

»Danke, Polly. Nun muß ich gehen und mich nach all dem erkundigen, was du mir erzählt hast. Ich gehe zur Bethlehem Road. Auf Wiedersehen, Polly.«

Sie nickte. »Auf Wiedersehen, Mr....« Sie wußte nicht, wie sie ihn nennen sollte.

»Thomas Pitt«, sagte er.

»Auf Wiedersehen, Thomas Pitt«, wiederholte sie.

Er bedankte sich bei der Vorsteherin, und ein jüngerer Wärter führte ihn hinaus, indem er die Türen immer wieder hinter sich absperrte. Pitt verließ das Bethlem Royal Hospital und trat in die Sonne hinaus. Sein Mitleid war so stark, daß er am liebsten gerannt wäre, um nicht nur diesen Mauern, sondern auch sämtlichen Erinnerungen daran zu entfliehen.

Er ging zu Fuß zur Bethlehem Road; dazu brauchte er nur eine Viertelstunde. Er wollte Royce nicht aufsuchen, sondern irgendeine Person ausfindig machen, die etwas über eine religiöse Gemeinschaft wußte, die sich vor siebzehn Jahren in einem Saal an der Bethlehem Road getroffen hatte. Vielleicht erinnerte sich jemand an Mrs. Royce.

In der Straße gab es noch einen kleinen Saal, den man laut Anschlag mieten konnte. Pitt merkte sich den Namen und die Adresse des Verwalters, und zehn Minuten später saß er in einem kalten Empfangszimmer einem untersetzten älteren Mann gegenüber, der einen Kneifer auf der Nase und ein Taschentuch in der Hand hatte und von häufigen Niesanfällen geplagt wurde.

»Was kann ich für Sie tun, Mr. Pitt?« fragte er und nieste kräftig.

»Waren Sie schon vor siebzehn Jahren Verwalter des Saales in der Bethlehem Road, Mr. Plunkett?«

»Ja, das war ich, Sir. Warum?«

»Haben Sie den Saal regelmäßig an eine religiöse Gemeinschaft vermietet?«

»Ja, Sir. Das waren exzentrische Leute mit sehr seltsamen Ansichten. Sie tauften die Babys nicht, weil sie glaubten, Kinder kämen direkt von Gott rein auf die Welt und könnten bis zu ihrem achten Lebensjahr nicht sündigen. Mit so etwas kann man doch nicht einverstanden sein! Aber die Sektenmitglieder waren immer höflich, anständig gekleidet und fleißig, zudem halfen sie einander.«

»Treffen sie sich noch hier?«

»O nein, Sir! Ich weiß nicht, wohin sie verschwunden sind. Sie wurden immer weniger, bis vor fünf Jahren ungefähr, dann gingen die letzten weg.«

»Erinnern Sie sich an eine Mrs. Royce?«

»Mrs. Royce? Nein. Es gab da zwar ein paar junge Damen, die hübsch und wohlerzogen waren. Sicher haben sie inzwischen alle geheiratet und führen ein normales Leben, ohne all diesen Unsinn.«

Pitt konnte noch nicht aufgeben.

»Erinnern Sie sich überhaupt an irgend jemanden von damals – vor siebzehn Jahren? Es ist wichtig, Mr. Plunkett.«

»Ich will mich bemühen. Wie sah denn diese Mrs. Royce aus?«

»Das weiß ich leider nicht. Sie starb zu der Zeit an Scharlach.«

»Oh... o mein Gott! Das war sicher die Freundin von Lizzie Forrester.«

Pitt ließ sich seine Aufregung nicht anmerken. Das war nur eine Spur – vielleicht eine, die sich im Nichts verlor.

»Wo kann ich Lizzie Forrester finden?«

»Das weiß ich nicht, Sir. Aber ihre Eltern wohnen noch in der Tower Street, Nummer dreiundzwanzig, wenn ich mich recht erinnere. Wenn Sie hingehen und fragen, werden Sie sicher Auskunft bekommen.«

»Danke, vielen Dank, Mr. Plunkett!« Pitt erhob sich, schüttelte dem Mann die Hand und ging.

Sogar das Essen vergaß er. Nicht einmal der Duft frischgebackener Pasteten, der aus einem Restaurant drang, konnte ihn ablenken, so ungeduldig war er, Lizzie Forrester aufzuspüren. Er wollte die andere Seite der Wahrheit kennenlernen, etwas aus der Vergangenheit von Elsie Draper, das sie in diesen furchtbaren Wahnsinn getrieben hatte.

Tower Street war nicht schwer zu finden. Pitt fragte ein paarmal nach dem Weg, und schon stand er auf der Türschwelle der Nummer dreiundzwanzig. Das Eingangstor war solide Handwerksarbeit mit einem Messingklopfer in Form eines Pferdekopfes. Pitt hob ihn und ließ ihn fallen. Dann trat er zurück und wartete einige Minuten, bis eine saubere, aber schlecht gekleidete Bedienstete öffnete.

»Ja, Sir?« sagte sie erstaunt.

»Guten Tag. Ist das das Haus von Mr. und Mrs. Forrester?«

»Ja, Sir, das ist es.«

»Ich bin Kommissar Pitt von der Bow Street.« Sie wurde blaß, und er bereute sofort seine Ungeschicklichkeit. »Es ist nichts passiert, Madam, was diesen Haushalt angeht. Wir wollen nur etwas über eine Dame wissen, die vor vielen Jahren starb, und die mit einer Person hier bekannt war.«

Die Frau zögerte, doch dann nickte sie. »Gut, kommen Sie herein. Ich werde fragen. Warten Sie hier.« Den Boden der Halle bedeckte ein abgetretener roter Orientteppich. Die Dienerin deutete auf eine Stelle neben dem Schirmständer und einer Topfpflanze. Pitt gehorchte pflichtschuldig, während die Frau den Korridor entlang, an einer Treppe mit poliertem Geländer vorbei, nach hinten huschte. Sie klopfte an eine Tür, die geöffnet und wieder geschlossen wurde. Inzwischen betrachtete Pitt ein Bild der Königin Victoria und zwei gestickte Wanddecken mit den Sprüchen: *Das Auge Gottes ruht auf dir* und *Nirgendwo ist es so schön wie daheim*.

Es dauerte etwa fünf Minuten, bis ein Ehepaar in mittleren Jahren erschien. Beide waren gut gekleidet; er trug eine goldene Uhrkette auf dem Bauch, sie hatte einen Spitzenkragen umgelegt.

»Mr. Forrester, Sir?« fragte Pitt höflich.

»Jonas Forrester, zu Ihren Diensten. Das ist Mrs. Forrester. Was können wir für Sie tun? Martha sagt, Sie wollten etwas über eine vor langer Zeit verstorbene Dame wissen.«

»Ich glaube, sie war eine Freundin Ihrer Tochter Elizabeth.«

Forresters Gesicht verschloß sich und verlor etwas von seiner frischen Farbe, die Hand seiner Frau ergriff seinen Arm. »Wir haben keine Tochter Elizabeth«, erklärte er ruhig. »Catherine, Margaret, Anabelle. Es tut mir leid, wir können Ihnen nicht helfen.«

Pitt betrachtete das sehr alltägliche Paar, das da Seite an Seite mit ordentlicher Frisur und frommen Sprüchen an den Wänden vor ihm stand, und fragte sich, warum solche Leute ihn anlogen. Was hatte Lizzie Forrester getan, daß ihre Eltern behaupteten, sie existiere nicht? Schützten sie die Tochter, oder hatten sie sich von ihr losgesagt?

Er klopfte auf den Busch. »Es gibt amtliche Register, in denen Elizabeth als Ihr Kind eingetragen ist.«

In Forresters Gesicht kehrte die Farbe zurück, seine Frau bedeckte den Mund mit der Hand, um ein Stöhnen zu unterdrücken.

»Es wäre weniger schmerzlich für Sie, wenn Sie mir die Wahrheit sagen würden«, stellte Pitt fest. »Und auch viel besser, als wenn ich fremde Leute fragen müßte. Meinen Sie nicht auch?«

Forrester sah ihn mit tiefer Abneigung an. »Gut, wenn Sie darauf bestehen. Aber wir haben nichts getan, womit wir das verdienen! Mary, meine Liebe, du mußt das alles jetzt nicht ertragen. Warte im hinteren Salon auf mich. Ich komme zu dir, wenn die Unterredung vorbei ist.«

»Aber ich denke...«, wandte sie ein.

»Ich habe so entschieden, meine Liebe«, bekräftigte er ruhig. Unter seinem höflichen Ton war Autorität zu spüren. Er wünschte keine Widerrede.

»Wirklich, ich sollte doch...«

»Ich möchte mich nicht wiederholen, meine Liebe.«

»Also gut, wenn du meinst...« Sie nickte Pitt zu und zog sich gehorsam zurück.

»Sie soll nicht noch mehr leiden«, sagte Mr. Forrester scharf und musterte Pitt hart und kritisch. »Meine arme Frau hat schon genug mitgemacht. Was wollen Sie wissen? Wir haben Elizabeth seit siebzehn Jahren nicht mehr gesehen. Damals hörte sie auf, unsere Tochter zu sein. Ich weiß nur nicht, was Sie das angeht!« Er öffnete die Tür zu einem der vorderen Zimmer und führte Pitt in einen kalten, mit Möbeln vollgestellten Raum, die aber alle tadellos sauber waren. Auf den Tischen drängten sich Fotografien, chinesische Figuren, japanische Lackdosen, zwei ausgestopfte Vögel und ein ausgestopftes Wiesel unter Glas, dazu zahllose Topfpflanzen. Forrester setzte sich nicht und bot Pitt auch keinen Platz an, obwohl drei bequeme Stühle, mit Zierdeckchen auf der Rückenlehne, vorhanden waren.

»Vielleicht könnte ich selbst mit Elizabeth reden?« meinte Pitt.

»Nein, das können Sie nicht. Elizabeth ging vor siebzehn Jahren nach Amerika – dort ist es am besten für sie! Wir wissen gar nichts von ihr – sie könnte auch schon gestorben sein!« Forrester reckte das Kinn hoch, aber das Zittern seiner Stimme verriet, daß er außer Ärger auch Kummer empfand.

»Ich glaube, sie gehörte einer ungewöhnlichen religiösen Sekte an«, sagte Pitt versuchsweise.

Nun war Forrester nur wütend. »Alles üble Subjekte! Gotteslästerer!« Er zitterte vor Zorn. »Ich weiß nicht, warum man solche Kreaturen in ein gottesfürchtiges Land hereinläßt, wo sie mit ihren Ideen unschuldige Menschen verführen. Das sollten Sie tun – solchen Typen das Handwerk legen! Was nützt es, wenn Sie siebzehn Jahre zu spät hier aufkreuzen? Was hilft es uns und unserer Lizzie? Sie hat sich den Verderbten angeschlossen und nie wieder ein Wort von sich hören lassen. Wir sind Christen; wir haben ihr gesagt, daß sie erst wieder zu uns gehört, wenn sie zur guten christlichen Religion zurückkehrt.«

Es hatte nichts mit dem Fall zu tun, aber Pitt fragte dennoch: »Wie war denn ihre Religion, Mr. Forrester?«

»Blasphemie«, erwiderte er hitzig. »Reine Blasphemie – eine Verspottung Gottes und aller Christenmenschen. Irgendein Scharlatan behauptete, er habe Gott gesehen – und Jesus Christus – zwei Personen! Wir glauben an einen einzigen Gott in diesem Haus, wie alle anständigen Menschen. Mich kann kein Spinner, der von Magie und Wundern redet, beeindrucken! Wir haben Elizabeth aufgeklärt, ihr die Teilnahme an den Zusammenkünften verboten. Aber sie hörte nicht auf uns. Wir warnten sie vor dem, was geschehen würde. Gott weiß, wie viele Stunden ihre Mutter mit ihr geredet hat. Umsonst! Am Ende ging sie mit den Betrügern, die sich an den leichtgläubigen Frauen bereicherten, und mit den Dummen, die sich wie sie hatten einwickeln lassen, nach Amerika. Man gibt sich alle Mühe, seine Kinder ordentlich zu erziehen, und dann tun sie einem so etwas an! Nun, Mrs. Forrester und ich behaupten, wir hätten keine Tochter Elizabeth, und dabei bleibt es.«

Pitt konnte den Kummer und den Ärger des Mannes verstehen, der sich von seiner Tochter verraten fühlte. So eine Wunde heilte auch im Lauf der Jahre nicht.

Aber Thomas Pitt mußte sein eigenes Ziel verfolgen.

»War Ihre Tochter mit einer Mrs. Royce bekannt, ehe sie England verließ, Mr. Forrester?«

»Ja – auch so eine irregeführte junge Frau, die den Rat ihrer Familie nicht annehmen wollte. Aber sie starb an Typhus oder Diphtherie, soviel ich weiß.«

»An Scharlach, vor siebzehn Jahren.«

»Tatsächlich? Das arme Ding. Dann hatte sie keine Zeit zu bereuen – was für eine Tragödie. Aber die größte Verdammnis wird über diejenigen kommen, die sie zum Götzendienst und zur Gotteslästerung verführt haben.«

»Wußten Sie etwas über Mrs. Royce, Sir?«

»Nein, ich habe sie nie gesehen. Ich hätte auch niemand von diesen Leuten in mein Haus gelassen. Ich habe *eine* Tochter verloren, das ist mehr als genug. Aber sie hat oft von ihr gesprochen, als sei sie etwas Besonderes gewesen.« Er seufzte. »Eine vornehme Herkunft nützt einer Frau nichts, wenn sie eine zarte Gesundheit und einen schwachen Willen besitzt. Man muß weibliche Wesen beschützen, vor allem vor jeder Art von Scharlatanen.«

Pitt konnte und wollte sich einfach nicht geschlagen geben.

»Gibt es jemand, der mir etwas über Mrs. Royce erzählen könnte? Hatten sie und Ihre Tochter vielleicht gemeinsame Freunde, die noch hier leben?«

»Ich weiß nichts davon, Sir, und ich will auch nichts wissen! Das sind Abgesandte des Teufels, die sein Werk vollenden.«

»Es ist wichtig, Mr. Forrester.« Stimmte das? Für wen war es nach all den Jahren noch wichtig? Nur für Thomas Pitt, der unbedingt wissen wollte, warum Elsie Drapers kranker Geist sich so sehr an den Haß auf Garnet Royce geklammert hatte.

Forrester machte ein verlegenes Gesicht. Er sah Pitt nicht an.

»Nun, Sir...«

»Ja?«

»Mrs. Royce schrieb ein paar Briefe an Lizzie, nachdem unsere Tochter schon weg war. Wir konnten die Briefe nicht nachschicken, weil wir keine Adresse hatten. Vernichten wollten wir sie auch nicht, also verstauten wir sie irgendwo in der Rumpelkammer.«

Pitt stockte der Atem vor Aufregung, und eine wilde Hoffnung machte sich in ihm breit. »Kann ich die Briefe sehen?«

»Wenn Sie wollen. Aber ich wäre Ihnen dankbar, wenn Sie meiner Frau nichts davon sagen würden. Sie lesen die Briefe in der Rumpelkammer, das ist meine Bedingung.«

»Selbstverständlich«, stimmte Pitt zu. Er wollte niemandem unnötigen Kummer bereiten. »Zeigen Sie mir bitte den Weg.«

Wenige Minuten später kauerte Pitt unter den Dachbalken in einer kleinen, muffigen und eiskalten Kammer vor drei offenen Schrankkoffern und aufgetürmten Schachteln für Hüte und abgelegte Kleidung. Er hatte die sechs kostbaren Briefe vor sich liegen, die an Lizzie Forrester adressiert waren und Poststempel vom 28. April bis zum 2. Juni 1871 trugen. Sie waren alle versiegelt, so, wie Naomi Royce sie abgeschickt hatte.

Vorsichtig öffnete Pitt den ersten Umschlag mit seinem Federmesser. Der Brief verriet eine junge feminine Hand und schien in Eile geschrieben worden zu sein.

Bethlehem Road 19,
28. April 1871

Meine liebste Lizzie,
ich habe gebettelt und gefleht, aber es ist zwecklos, Garnet ist unerbittlich. Er hört mir nicht einmal zu. Jedesmal, wenn ich die Kirche erwähne, verbietet er mir das Wort. In den letzten beiden Tagen hat er mich dreimal auf mein Zimmer geschickt, damit ich wieder zur Besinnung kommen und die Sache für immer vergessen sollte.

Aber wie könnte ich? Nirgendwo auf der Welt habe ich soviel himmlische Süße oder Wahrheit erfahren! Ich habe alles, was die Brüder sagen, in meinem Gehirn gewälzt und finde nichts Falsches daran. Natürlich ist manches am Anfang seltsam und weit entfernt von dem, was man mir in meinem Elternhaus an Glauben beige-

bracht hat, aber wenn ich meinem Herzen folge, erscheint alles wunderbar und schön.

Ich hoffe, daß ich mich gegen Garnet durchsetzen kann; er ist ein guter und gerechter Mensch und will nur das Beste für mich. Als seine Verlobte und Ehefrau weiß ich, daß er mich immer beschützen und für mich sorgen und alles Üble von mir fernhalten will.

Bete für mich, Lizzie, daß ich die richtigen Worte finden werde, um ihn zu besänftigen, damit ich wieder unsere Kirche besuchen und die berauschende Gesellschaft meiner Schwestern genießen darf, die mir die wahren Lehren des Erlösers aller Menschheit nahebringen,
Deine liebste Freundin
Naomi Royce

Der nächste Brief war eine Woche später datiert.

Liebste Lizzie,
ich weiß gar nicht, wo ich anfangen soll! Mein Mann und ich hatten einen furchtbaren Streit. Er hat mir verboten, je wieder meine Kirche zu betreten, und ich darf unseren religiösen Vorbeter, meine Brüder und ihre Lehren nicht mehr erwähnen und auch nicht erklären, warum ich mich so zu dieser Kirche und ihrer Wahrheit hingezogen fühle.

Ich weiß, daß es schlimm ist für Garnet – das weiß ich genau, glaub mir das! Ich bin auch mit dem orthodoxen Glauben aufgewachsen und habe ihn bis zu meinem achtzehnten Lebensjahr nicht angezweifelt. Dann erst wurde mir klar, daß einige seiner Grundsätze die Fragen nicht beantworteten, die meine Seele herausschrie.

Wenn Gott so ein herrliches und heiliges Wesen ist, wie man uns sagt, und wenn er unser Vater ist, warum sind wir dann solch befleckte und unwürdige Kreaturen? Wir müssen uns mehr bemühen, lernen, wer wir sind, aufrecht stehen, nach dem Guten streben, Wissen und Weisheit erlangen, mit der Demut, uns belehren zu lassen – dann winkt uns ewige Hoffnung, und wir werden, mit Seinem Segen, eines Tages würdig sein, daß man uns Seine Kinder nennt.

Garnet sagt, ich würde Gott lästern, und er befiehlt, ich soll bereuen und jeden Sonntag mit ihm eine ›richtige‹ Kirche besuchen, wie es meine Pflicht Gott gegenüber, der Gesellschaft gegenüber und meinem Mann gegenüber sei.

Ich kann nicht! Lizzie, wie kann ich die Wahrheit verleugnen, die ich gefunden habe! Doch Garnet hört nicht auf mich. Bete für mich, Lizzie, daß der Mut mich nicht verläßt!

Möge der Herr Dich segnen und halten,
Deine Freundin Naomi Royce

Der dritte Brief war nur drei Tage nach dem zweiten geschrieben worden.

Liebste Lizzie,
es ist Sonntag, und Garnet ist in seine Kirche gegangen. Ich sitze in meinem Zimmer, und die Tür ist verschlossen – von außen! Er hat gesagt, daß ich, wenn ich ihn nicht in seine ›richtige‹ Kirche begleiten will, nirgendwohin gehen soll.

Ich muß mich damit zufriedengeben. Wenn ich die Freiheit nicht habe zu wählen, wo und wie ich meinem Gott diene, dann werde ich hierbleiben. Ich bin entschlossen. Ich werde seine Kirche nicht besuchen und mein eigenes Gewissen nicht verraten.

Elsie, mein Mädchen, ist sehr gut zu mir und bringt mir das Essen aufs Zimmer. Ich weiß nicht, was ich ohne sie täte – ich habe sie in meine Ehe mitgebracht, und sie scheint sich vor Garnet nicht zu fürchten. Sie wird diesen Brief aufgeben. Jetzt habe ich nur mehr drei Briefmarken übrig. Wenn sie verbraucht sind, wird Elsie meine Briefe an Dich persönlich überbringen, natürlich so, daß es der Butler nicht merkt.

Ich hoffe, daß mein nächster Brief Dir bessere Nachrichten beschert.

Inzwischen halt den Kopf hoch und vertraue auf Gott – keiner hat je vergebens auf ihn vertraut. Er wacht über uns alle und bürdet uns nicht mehr auf, als wir ertragen können.
Deine ergebene Freundin Naomi

Der nächste Brief trug kein Datum, und die Handschrift war unregelmäßig.

Liebste Lizzie,
ich habe den größten Entschluß meines Lebens gefaßt. Gestern habe ich den ganzen Tag gebetet und mich selbst erforscht in jedem Winkel

meiner Seele. Ich habe meinen Glauben geprüft in bezug auf das, was Garnet von ihm hält – daß er Blasphemie und unnatürlich sei und aufgebaut auf dem Gefasel eines Scharlatans. Garnet sagt, daß die Bibel für die ganze Christenheit ausreiche und daß jeder, der etwas hinzufügt, entweder schlecht oder irregeleitet sei – daß es keine weitere Enthüllung gäbe.

Aber je mehr ich bete, desto sicherer weiß ich, daß das nicht stimmt. Gott hat den Himmel nicht verschlossen, die Wahrheit ist wiederhergestellt, und ich kann sie nicht verleugnen. Bei der Gefahr, meine Seele zu verlieren, kann ich es nicht!

Was für eine schreckliche Prüfung mache ich durch! Oh, Lizzie, ich wünschte, Du wärst hier, dann würde ich mich einen Augenblick lang weniger allein fühlen! Es gibt nur Elsie – Gott segne sie –, aber sie hat keine Ahnung, woran ich so schwer trage. Doch sie liebt mich und wird mir ewig die Treue halten. Und dafür bin ich so dankbar, wie ich es gar nicht ausdrücken kann.

Ich hatte wieder einen entsetzlichen Streit mit Garnet. Er sagte mir, daß ich in meinem Zimmer bleiben muß, bis ich dieser Gotteslästerung abschwöre. Ich erklärte ihm, daß ich nichts essen werde, bis er mir erlaubt, meine eigene Wahl zu treffen, welchem Glauben ich folgen will.

Er war so zornig! Ich denke, daß er wirklich überzeugt ist, meinem Wohl entsprechend zu handeln, aber Lizzie, ich bin eine eigenständige Person – ich habe meine eigenen Gedanken und mein eigenes Herz. Keiner hat das Recht, meinen Weg für mich zu wählen. Keiner wird meinen Schmerz oder meine Freude spüren oder an meinen Sünden schuld sein. Meine Seele ist so wertvoll wie die eines jeden anderen Menschen. Ich habe ein Leben – dieses Leben – und ich werde meine Wahl treffen! Wenn Garnet mir nicht erlaubt, mein Zimmer zu verlassen, dann werde ich nichts mehr essen. Am Ende muß er mir die Freiheit gewähren, meinen eigenen Glauben zu bekennen. Dann werde ich ihm eine pflichtbewußte und liebende Frau sein, meine gesellschaftlichen und häuslichen Aufgaben erfüllen, mich in Bescheidenheit und Höflichkeit üben, so, wie er mich haben will. Aber ich werde mich nie selbst verleugnen.

Deine Schwester in der Lehre Christi *Naomi*

Der nächste Brief war viel kürzer. Pitt öffnete ihn, ohne zu spüren, wie eiskalt seine Glieder waren, und daß er einen Krampf in den Beinen hatte.

Liebste Lizzi,
zuerst war es furchtbar schwer, mein Wort zu halten. Ich hatte so entsetzlichen Hunger. Jedes Buch, das ich in die Hand nahm, schien vom Essen zu handeln.
Ich hatte grauenhafte Kopfschmerzen, und es wurde mir so schnell kalt.
Nun ist es leichter. Die ganze Woche fühle ich mich müde und sehr schwach, aber der Hunger ist vergangen. Ich friere noch stark, und Elsie häuft Berge von Decken über mir auf, als sei ich ein Kind. Aber ich gebe nicht nach.

Bete für mich!
Bleib Deinem Glauben treu,
Naomi

Der letzte Brief bestand nur aus zwei Zeilen, die kaum lesbar niedergekritzelt waren.

Liebste Lizzie,
ich fürchte, wenn er hart bleibt, wird es zu spät sein. Ich verliere alle Kraft und kann es nicht mehr lange aushalten.

Naomi

Pitt saß in der kalten Rumpelkammer, doch er spürte nichts von der eisigen Luft, die ihn umfing, und von dem stillen Haushalt, der sich unter ihm befand. Elsie hatte recht gehabt; in ihrem wilden verrückten Gehirn hatte sie all die Jahre an einem Körnchen Wahrheit festgehalten. Naomi Royce war lieber verhungert, als ihrem Glauben abzuschwören. Es hatte keinen Scharlach gegeben, sondern eine religiöse Sekte, die von der Gesellschaft nicht toleriert worden wäre; ein neuer Glaube, der die Wählerschaft eines Parlamentsmitgliedes empört und Garnet Royce zu einer lächerlichen Figur gemacht hätte.

Also hatte er seine Frau in ihrem Zimmer eingesperrt, um sie zur Vernunft zu bringen.

Aber er hatte die Leidenschaft für ihre religiösen Vorstellungen und die Kraft ihres Herzens unterschätzt. Sie hatte den Hungertod gewählt. Was für ein Skandal wäre das gewesen – weit schlimmer als der einer unkonventionellen Sekte! Royce hätte sein Mandat und seinen guten Ruf verloren. Im Zimmer eingesperrt und verhungert: Unterdrückung, Irrsinn, Selbstmord. In seiner Verzweiflung hatte Royce seinen Bruder Jasper veranlaßt, einen Tod durch Scharlach zu bescheinigen. Was war dann geschehen? Die treue Elsie hatte die Wahrheit ausgesprochen. Und diese Wahrheit durfte auf keinen Fall durchsickern, solche Gerüchte hätten Ruin bedeutet. Als Ausweg bot sich an, Elsie nach Bedlam zu schikken, wo sie für immer zum Schweigen gebracht würde. Jasper mußte bestätigen, daß sie durch den Tod ihrer geliebten Herrin in tiefe Depression verfallen sei, und damit war der Fall erledigt. Wer würde Elsie vermissen? Ihre Geschichten würden als Fantasien einer Verrückten abgetan werden.

Thomas Pitt faltete die Briefe zusammen und steckte sie in die Tasche. Als er sich erhob, waren seine Beine so verkrampft, daß er vor Schmerz stöhnte. Er fiel fast die steile Leiter hinunter, die in das nächsttiefere Stockwerk führte.

In der Halle wartete das Mädchen auf ihn.

»Haben Sie gefunden, was Sie suchten, Sir?«

»Ja, danke. Richten Sie bitte Herrn Forrester aus, daß ich die Briefe mitnehme, und vielen Dank.«

»Ja, Sir.« Mit einem Seufzer der Erleichterung ließ sie ihn in die späte Nachmittagssonne hinaustreten.

Micah Drummond blickte Pitt an; sein Gesicht war bleich.

»Wir können nichts tun. Es ist kein Verbrechen passiert. Garnet Royce tat, was er für seine Frau für am besten hielt. Er irrte sich. Dann versuchte er, ihren Ruf zu schützen.«

»Seinen eigenen Ruf!«

»Den ebenfalls, doch wenn wir jeden Mann in London bestrafen würden, der das tut, hätten wir die halbe feine Gesellschaft im Gefängnis.«

»Und die Mittelklasse auch«, meinte Pitt bedrückt. »Aber sie sperren ihre Frauen nicht ein, um sie verhungern zu lassen. Und wie kann ein Mensch es verantworten, einen anderen nach Bedlam zu schicken, nur, weil ihm seine Gegenwart gefährlich ist? In dieser Irrenanstalt ist man lebendig begraben.«

»Wir müssen die Verrückten irgendwo unterbringen, Pitt.«

Pitt schlug mit der Faust auf den Tisch, so wütend war er. »Sie war keine Verrückte – nicht, als man sie nach Bedlam abschob. Mein Gott, welche Frau würde nicht den Verstand verlieren, wenn man sie siebzehn Jahre lang dort einkerkerte? Waren Sie einmal da? Können Sie sich das vorstellen? Überlegen Sie, was er dieser Frau angetan hat. Kein Wunder, daß sie versuchte, ihn zu ermorden. Wenn sie ihm die Kehle durchgeschnitten hätte, wäre das ein leichter Tod gewesen, verglichen mit der langsamen Qual, der er sie ausgesetzt hat.«

»Ich weiß.« Drummonds Stimme klang belegt, denn auch er war nicht unberührt von den Ereignissen. »Aber Naomi Royce ist tot, Elsie Draper ist tot, und wir können niemand eines Verbrechens anklagen. Garnet Royce verfügte völlig korrekt über seine Frau mit den Rechten und Pflichten, die jeder verheiratete Mann hat. Es obliegt ihm auch, ihre Religion zu bestimmen. Er hat sie nicht umgebracht.«

Pitt sank auf seinen Stuhl.

»Als einziges könnten wir Jasper Royce wegen Ausstellung eines falschen Totenscheines anklagen, aber nach siebzehn Jahren könnten wir das nicht mehr beweisen – keine Jury würde ihn verurteilen.«

»Und der Einweisungsbeschluß für Elsie Draper?«

Drummond sah ihn gequält an. »Pitt, Sie und ich glauben, daß sie geistig gesund war, als sie eingeliefert wurde. Aber da steht unsere Annahme gegen das Wort eines angesehenen Arztes. Und Gott weiß, daß sie verrückt war, als sie starb!«

»Was ist mit Naomi Royces Wort?« Pitt legte die Hand auf die Briefe, die zwischen den beiden Männern ausgebreitet lagen. »Wir haben das schriftlich.«

»Die Aussagen einer Frau, die sich einer seltsamen religiösen Sekte auslieferte und lieber verhungerte, als ihrem Gatten zu gehorchen? Wer würde einen Menschen auf dieser Grundlage für schuldig erklären?«

»Niemand«, erwiderte Pitt müde.

»Was wollen Sie also tun?«

»Ich weiß es nicht. Kann ich die Briefe behalten?«

»Natürlich – aber es ist Ihnen klar, daß Sie nichts damit anfangen können?«

»Ja.« Pitt faltete die Schreiben sorgfältig und steckte sie in die Umschläge zurück, ehe er sie in der Manteltasche verschwinden ließ.

Charlotte blickte auf. Ihre Augen waren vor Entsetzen weit geöffnet. Tränen rannen ihr über die Wangen.

»O Thomas! Das ist zu schrecklich, um es mit Worten auszudrücken. Wie müssen sie gelitten haben – zuerst Naomi und dann die arme Elsie.« Sie nahm Thomas' Taschentuch und putzte sich kräftig die Nase. »Thomas, was werden wir unternehmen?«

»Nichts. Wir können nichts tun«, erwiderte er düster.

»Aber das ist absurd!«

»Es wurde kein Verbrechen begangen.« Er erzählte Charlotte genau, was Drummond dazu gesagt hatte.

Sie war zu betroffen, um noch etwas sagen zu können. Dabei wußte sie, daß Thomas recht hatte, daß jede Diskussion sinnlos war. Sie betrachtete ihren Mann und spürte, daß er sich nicht weniger darüber aufregte als sie.

»Gut«, meinte sie schließlich. »Ich sehe ein, daß euch die Hände gebunden sind. Wenn es dir recht ist, zeige ich morgen Tante Vespasia die Briefe. Sie will bestimmt wissen, wie alles gekommen ist.«

»Wenn du willst.« Er zögerte – aber warum sollte sie Vespasia nicht einweihen? Vielleicht konnten die beiden Frauen einander trösten. Charlotte hatte möglicherweise das Bedürfnis, öfters über die Geschehnisse zu reden, und er war selbst zu bestürzt, um noch viel davon hören zu wollen. »Ja, natürlich.«

»Du mußt müde sein.« Sie steckte die Briefe in ihre Schürzentasche und musterte ihn ernst. »Warum setzt du dich nicht vor das Feuer, während ich das Essen zubereite? Möchtest du einen frischen Räucherhering? Ich habe heute zwei vom Fischhändler bekommen. Dazu gibt es warmes Brot.«

Am späten Nachmittag des folgenden Tages wußte Charlotte genau, was sie tun würde. Niemand würde ihr helfen, aber Großtante Vespasia würde das Nötige erledigen, wenn man sie darum bat. Thomas hatte fast den ganzen Tag im Garten zugebracht, doch um fünf Uhr waren plötzlich Regenwolken am Himmel aufgezogen, und kalter Wind war aufgekommen. Thomas war ins Haus zurückgekehrt und vor dem Feuer eingeschlafen.

Charlotte störte ihn nicht. Sie ließ Lauchgemüse und Kartoffelpüree im Ofen stehen und legte einen Zettel auf den Küchentisch mit der Nachricht, daß sie zu Tante Vespasia gefahren sei. Da es sehr kalt geworden war und Nebelschwaden vom Fluß her wehten, leistete sie sich den Luxus einer Droschke.

Tante Vespasia empfing sie erfreut und ein wenig erstaunt. »Ist etwas nicht in Ordnung, meine Liebe?« Sie betrachtete Charlotte kritisch. »Was ist geschehen?«

Charlotte nahm die Briefe aus ihrem Handtäschchen und reichte sie der alten Dame, während sie erzählte, wie Thomas auf sie gestoßen war.

Vespasia öffnete sie, rückte den Kneifer auf der schmalen Nase zurecht und las sie langsam ohne Kommentar. Schließlich ließ sie das letzte Schreiben sinken und seufzte leise.

»Wie schrecklich! Zwei Leben vergeudet, und unter solchen Umständen – weil eine Person eine andere beherrscht! Wie weit müssen wir noch gehen, bis wir lernen, einander mit Würde zu begegnen! Danke, daß du mir die Briefe gezeigt hast, Charlotte – obwohl ich nachts im Bett wünschen werde, du hättest sie mir nicht gezeigt. Ich muß demnächst mit Somerset über die Gesetze reden, die den Wahnsinn betreffen. Ich werde wohl alt, daß ich mich um Probleme kümmere, von denen ich nichts verstehe, aber sie werden mich verfolgen.

Was könnte schlimmer sein als Irrsinn? Nur, als einzig geistig gesunde Person jahrelang in einer Festung der Wahnsinnigen zu leben!«

»Es tut mir leid. Ich hätte dir die Schreiben nicht zeigen dürfen...«

»Doch, meine Liebe. Es war völlig richtig.« Vespasia legte ihre Hand auf die von Charlotte. »Geteiltes Leid ist halbes Leid. Und es ist besser, du kommst zu mir, als daß du den armen Thomas belastest. Er hat in der letzten Zeit genug durchgemacht, und seine Hilflosigkeit wird ihm sicher zusetzen.«

»Ja«, stimmte Charlotte zu. Aber es war fast sechs Uhr, und sie mußte allmählich mit ihrem Plan herausrücken. »Ich möchte Sir Garnet besuchen... vielleicht, um ihm die Briefe zu geben.« Sie sah, wie Vespasia erstarrte. »Eigentlich – in gewisser Hinsicht – gehören sie doch ihm!«

»Blödsinn!« Vespasia war ungehalten. »Meine liebe Charlotte, du magst andere Leute anlügen können, aber bitte versuche es nicht bei mir. Du glaubst keine Sekunde, daß sie Sir Garnet gehören. Sie sind an eine Miß Forrester gerichtet, und wenn die nicht auffindbar ist, gehören sie dem Postdienst Ihrer Majestät. Außerdem wäre es dir egal, wenn Sir Garnet ihr rechtmäßiger Besitzer wäre. Was hast du wirklich vor?«

Es hatte keinen Sinn weiterzulügen. »Ich möchte ihn damit konfrontieren, daß ich die ganze Wahrheit kenne.«

»Das ist gefährlich«, stellte Vespasia fest.

»Nicht, wenn ich deine Droschke nehme und dein Kutscher mich fährt. Sir Garnet mag so wütend sein, wie er will, er kann es nicht wagen, mir etwas anzutun. Und ich werde nur zwei Briefe mitnehmen, den Rest lasse ich bei dir.« Charlotte beobachtete Vespasias Gesicht, das widerstreitende Gefühle ausdrückte. »Es geschieht ihm recht, daß er es erfährt«, sagte sie drängend. »Vor dem Gesetz kann er nicht belangt werden, aber ich kann ihm die Hölle heiß machen, und das werde ich auch tun, um Naomis und Elsie Drapers willen. Ich werde mit Droschke und Kutscher ankommen, und Diener werden mich einlassen, also kann er mich nicht bedrohen! Bitte, Tante Vespasia! Ich möchte ja nur, daß du mir deinen Wagen für ein oder zwei Stunden zur Verfügung stellst.«

»In Ordnung. Aber Forbes muß ebenfalls auf dem Kutschbock mitfahren – damit mußt du einverstanden sein.«

»Danke, Tante Vespasia. Wenn es dir recht ist, werde ich ungefähr um sieben Uhr aufbrechen. Um diese Zeit wird Sir Garnet am ehesten zu Hause sein.«

»Dann solltest du vorher einen Bissen zu dir nehmen.« Vespasias silberne Augenbrauen hoben sich. »Du hast doch dem armen Thomas etwas zum Essen dagelassen?«

»Natürlich; und eine Mitteilung, daß ich bei dir bin und ungefähr um halb neun oder neun Uhr heimkomme.«

»Tatsächlich?« meinte Vespasia trocken. »Dann werde ich dem Küchenpersonal bestellen, sie sollen uns ein Abendessen bringen. Hast du Lust auf Hasenpfeffer?«

Eine Stunde später saß Charlotte warm eingehüllt in Vespasias Kutsche. Die Pferde trabten langsam durch die nebelverhangenen Straßen von Belgravia, am Westminster Palace vorbei, über die Brücke und das ferne Ende des Südufers entlang in die Richtung der Bethlehem Road. Es war bitter kalt, und die Luft hing reglos zwischen den düsteren Häuserfronten. Ein wenig fürchtete sich Charlotte vor dieser Begegnung, auf der anderen Seite war sie fest entschlossen, ihren Plan durchzuführen. Sie konnte es Garnet nicht gestatten, daß er sein Gewissen vor dem Schicksal von Naomi oder Elsie Draper verschloß und sich vielleicht auch noch im Recht fühlte.

Der Wagen hielt, und Forbes half Charlotte beim Aussteigen. Der Nebel war so dicht, daß die Straßenlaternen wie verwischte Flecken aus dem Dunkel hervortraten. Die Fassaden der Häuser wurden von dem grauen wogenden Dunst fast völlig verschluckt.

»Danke. Es tut mir leid, daß ich Sie bitten muß, hier auf mich zu warten, aber ich hoffe, daß ich mich nicht zu lange aufhalten werde.«

»Das geht in Ordnung, Madam«, sagte Forbes. »Ihre Ladyschaft hat angeordnet, daß wir direkt vor der Tür auf Sie warten sollen.«

Garnet Royce empfing sie höflich, aber distanziert und etwas erstaunt. Offenbar erkannte er sie nicht wieder von dem Besuch bei Amethyst Hamilton, was nicht verwunderlich war; und nun hatte er keine Ahnung, wer da vor ihm stand. Sie verschwendete keine Zeit mit Liebenswürdigkeiten.

»Ich besuche Sie, Sir Garnet, weil ich vorhabe, ein Buch zu schreiben – über eine gewisse religiöse Sekte, der Ihre Frau vor ihrem Tod angehörte.«

Seine Züge erstarrten zu Eis. »Meine Frau war Mitglied der Kirche von England, Madam. Sie sind falsch informiert.«

»Laut ihren Briefen aber nicht«, entgegnete Charlotte ebenfalls in kaltem Ton. »Sie schrieb verschiedene sehr persönliche und äußerst tragische Briefe an eine gewisse Lizzie Forrester, die sich derselben religiösen Bewegung angeschlossen hatte. Miß Forrester wanderte nach Amerika aus, und sie erhielt die Schreiben nie. Sie blieben in diesem Land und gerieten in meine Hände.«

Kein Muskel rührte sich in seinem steinernen Gesicht, und seine Finger tasteten nach der Klingelschnur.

Charlotte mußte sich beeilen, bevor er sie hinauswerfen ließ. Sie öffnete ihre Handtasche und zog die Briefe hervor, die sie mitgebracht hatte. Mit ruhiger Stimme begann sie vorzulesen, wie Naomi beschrieb, daß ihr Mann sie in ihrem Zimmer eingesperrt hatte, damit sie sich seinen Wünschen fügen sollte, und wie sie schwor, nichts mehr zu essen, bis er nachgeben würde. Als Charlotte geendet hatte, blickte sie zu Royce auf. Die Verachtung in seinen Augen war grenzenlos, und er verschränkte wütend die Hände ineinander.

»Ich nehme an, daß Sie mir mit einem Skandal drohen, falls ich nicht zahle. Erpressung ist ein häßliches und gefährliches Geschäft, und ich rate Ihnen, mir die Briefe zu geben und sich zu entfernen.«

Sie sah, daß er Angst hatte, und ihr eigener Abscheu verstärkte sich. Sie dachte an Elsie Draper und ein Leben in Bedlam.

»Ich will nichts von Ihnen, Sir Garnet«, sagte sie mit rauher Stimme. »Sie sollen nur wissen, was Sie getan haben: Sie haben einer Frau das Recht verweigert, Gott auf ihre Weise zu suchen und ihrem Gewissen, gemäß ihrem Glauben, zu folgen. Sie hätte Ihnen sonst in allem gehorcht. Aber Sie verlangten ihren Geist und ihre Seele zu besitzen. Es wäre ein Skandal erster Güte gewesen, nicht wahr? Die Frau eines Parlamentsmitgliedes verschreibt sich extremer religiöser Sekte! Ihre politische Partei hätte Sie fallengelassen, ebenso wie Ihre Freunde in der feinen Gesellschaft. Also haben Sie Ihre Frau eingesperrt, um ihren Willen zu brechen. Aber Sie haben sich verkalkuliert. Sie gab nicht nach und starb lieber.

Wie sehr müssen Sie da in Panik geraten sein! Sie brachten Ihren Bruder dazu, als Todesursache Scharlach zu bescheinigen...« Sie hob die Stimme und ließ sich nicht unterbrechen. »Aber die treue Elsie war nicht einverstanden, sie wollte die Wahrheit verkünden, deshalb schickten Sie sie nach Bedlam. Siebzehn Jahre in einem Irrenhaus, siebzehn Jahre gelebter Tod! Kein Wunder, daß sie nach ihrer Entlassung mit dem Rasiermesser auf Sie losging. Gott sei ihr gnädig. Wenn sie nicht verrückt war, als Sie sie einweisen ließen, war sie es bestimmt zum Schluß.«

Für einige Sekunden starrten sie einander voller Abscheu schweigend an. Dann veränderte sich Sir Garnets Gesichtsausdruck langsam. Er begann zu begreifen, wie sie die ganze Sache sah, nämlich als eine Herausforderung an alle Regeln, die er als gültig akzeptiert hatte, ein Umstürzen der bestehenden Ordnung, der Rechte und Pflichten der Starken gegenüber den Schwachen, die beschützt und zu ihrem eigenen Besten überwacht werden mußten.

»Meine Frau war leichtgläubig und brüchig in ihrer Gemütswelt, Madam. Sie haben sie nicht gekannt. Sie hatte plötzliche Einfälle und Launen, und sie ließ sich schnell von Scharlatanen und Leuten mit fieberhaften Fantasien beeinflussen. Die Sektenanführer wollten Geld von ihr. Das steht vielleicht nicht in ihren Briefen, aber es war so, und ich hatte Angst, daß man sie in jeder Hinsicht übervorteilen würde. Ich gab den Leuten Hausverbot, was jeder Mann mit Verantwortungsgefühl getan hätte.«

Er schluckte hart und beherrschte sich mühsam. Die Erinnerung an das Entsetzliche, das er damals erlebt hatte, übermannte ihn beinahe.

»Ich habe sie falsch beurteilt. Sie war den Überredungskünsten dieser Gauner gegenüber anfälliger, als ich geglaubt hatte, und außerdem bei schwacher Gesundheit, was auch ihren Geist beeinträchtigte. Heute weiß ich, daß ich sie rechtzeitig in ärztliche Obhut hätte geben müssen. Ich hielt sie für trotzig, doch in Wirklichkeit litt sie an Fieberwahn und unter der Dominanz ränkevoller Leute. Ich bedaure meine Taten; ich kann Ihnen nicht sagen, wie sehr ich sie bedaure, und wie ich in all den Jahren darunter gelitten habe.«

Charlotte spürte, daß ihre Überlegenheit zerrann; irgendwie drehte der Mann um, was sie gesagt hatte. »Aber Sie hatten kein Recht, ihr vorzuschreiben, was sie glauben sollte!« rief sie. »Dieses Recht hat niemand. Wie konnten Sie das wagen? Das hat nichts mit Beschützen zu tun. Es ist... es ist...« Sie suchte nach dem passenden Ausdruck. »Es ist beherrschende Gewalt.«

»Es ist die Pflicht der Starken und Fähigen, die Schwachen zu beschützen, Madam, vor allem diejenigen, für die man die Verantwortung trägt. Sie werden feststellen, daß die Gesellschaft es Ihnen wenig danken wird, wenn Sie Vorteile aus dem Unglück meiner Familie ziehen wollen.«

»Und was ist mit Elsie Draper? Mit ihrem Leben? Sie haben sie in einem Irrenhaus eingesperrt.«

Der Hauch eines Lächelns umspielte seine Lippen.

»Wollen Sie behaupten, Madam, daß sie nicht verrückt war?«

»Sie war es nicht, als Sie sie wegbringen ließen.« Charlotte verlor ihre Partie, das konnte sie von seinem Gesicht ablesen und aus dem Ton seiner Stimme heraushören.

»Es wäre am besten, wenn Sie jetzt gehen würden! Falls Sie Ihr Buch schreiben und den Namen meiner Familie erwähnen, werde ich Sie wegen Verleumdung anzeigen, und die Gesellschaft wird Sie meiden – als die billige Abenteurerin, die Sie sind! Guten Abend. Mein Diener bringt Sie zur Tür.«

Fünf Minuten später saß Charlotte wieder in der Kutsche. Die Pferde trotteten den Weg zurück durch den eisigen Nebel. Charlotte hatte versagt. Sie hatte Garnets Selbstzufriedenheit nur für kurze Augenblicke erschüttert, dann war alles wieder gewesen wie zuvor. Er fühlte sich mächtig, ehrenhaft und sicher. Und Angst hätte sie auch keine zu haben brauchen – er hatte sie ohne irgendeine Regung – abgesehen von Widerwillen – verabschiedet. Er hatte nicht einmal um die Briefe gebeten!

Inzwischen hatten die Pferde die Westminster Brücke erreicht. Der Nebel war sehr dicht, und das Pflaster unter den Hufen der Tiere glatt von Eis.

Plötzlich hielt die Kutsche an.

Forbes öffnete die Tür. »Madam, hier ist ein Herr, der mit Ihnen sprechen möchte.«

»Ein Herr?«

»Ja. Er sagt, es sei vertraulich, und ob Sie einen Moment aussteigen möchten – das sei schicklicher, als wenn er zu Ihnen in den Wagen käme.«

»Wer ist es?«

»Ich weiß es nicht, Madam. Ich kenne ihn nicht. Aber ich bin hier, direkt in Ihrer Nähe. Er sagt, es ginge um ein neues Gesetz, das die Freiheit des Gewissens garantieren soll.«

Die Freiheit des Gewissens? Konnte irgend etwas, das sie vorgebracht hatte, Royce schließlich doch noch berührt haben?

Sie ergriff Forbes' Hand und stieg vorsichtig aus, um auf dem Eis nicht den Halt zu verlieren. Ein paar Meter von ihr entfernt stand Garnet Royce. Im Nebel waren nur sein Gesicht und seine dunkelgraue Pelerine zu erkennen. Er mußte ihr gleich gefolgt sein, nachdem sie sein Haus verlassen hatte.

»Ich entschuldige mich«, sagte er sofort. »Ich habe erkannt, daß ich Sie falsch eingeschätzt habe. Ihre Motive waren nicht egoistisch... Darf ich Sie einen Moment stören?« Er trat einen Schritt von der Droschke zurück, damit Forbes und der Kutscher ihn nicht hören konnten.

Charlotte ging ihm nach. Sie konnte seinen Wunsch nach einem Gespräch unter vier Augen verstehen. Die Angelegenheit war tatsächlich höchst heikel.

»Ich war meiner Frau gegenüber zu streng, das gebe ich zu. Ich habe sie wie ein Kind behandelt. Sie haben recht. Eine erwachsene Person, ob verheiratet oder ledig, sollte die Freiheit haben, nach ihrem Gewissen zu handeln.«

»Sie haben ein Gesetz erwähnt?« Konnte es sein, daß aus all dem Schrecklichen noch etwas Gutes erwachsen würde? »Wäre bezüglich der Freiheit des Gewissens ein Gesetz möglich?«

»Ich weiß es nicht«, erwiderte er so leise, daß sie näherrücken mußte, um ihn zu verstehen. »Aber ich bekleide ein Amt, das mir den Spielraum gibt herauszufinden, was man in dieser Sache tun könnte. Wenn Sie mir Ihre Gedanken darüber mitteilen wollten, wäre das von Nutzen für alle Frauen. Natürlich müßte die Ordnung gewahrt bleiben, und die Schwachen und Unwissenden müßten vor Ausbeuterei geschützt sein – das ist nicht so einfach.«

Sie dachte nach und versuchte krampfhaft, mit vernünftigen Vorschlägen aufzuwarten. Eine gesetzliche Regelung hatte sie nie in Betracht gezogen. Und doch meinte Garnet es ernst. Seine Augen mit ihrer klaren silberblauen Iris leuchteten im Schein der dreifachen Lampen, obwohl der Nebel so dicht war, daß Charlotte den Umriß der Kutsche kaum wahrnehmen konnte.

Plötzlich veränderte sich Garnets Gesichtsausdruck. Seine Züge wirkten verändert, leidenschaftlich, und er entblößte die hell glänzende Reihe seiner Zähne. Sein Arm schoß nach vorn, und eine handschuhbedeckte Hand legte sich auf Charlottes Mund, ehe sie schreien konnte. Sie würde rückwärts gegen das Treppengeländer gedrängt.

Sie trat wild um sich, doch es war sinnlos. Sie versuchte zu beißen und verletzte sich nur die Lippen. Das Geländer bohrte sich in ihren Rücken. Gleich würde sie darübergestoßen werden und in die Tiefe stürzen. Das eiskalte Wasser würde sich schwarz über ihr schließen und ihre Lungen zum Bersten füllen. In dieser Nacht konnte kein Mensch den Fluß überleben.

Charlotte stieß die rechte Hand vor und stach mit den ausgestreckten Fingern in Garnets Augen. Ein erstickter Schmerzensschrei ertönte, den der Nebel zu verschlucken schien. Garnet wollte Charlotte schlagen, doch er rutschte auf dem vereisten Pflaster aus. Eine Sekunde hing er über dem Geländer, dann flog er wie ei verletzter Vogel in den dunklen Abgrund der Nacht und des Flusses. Charlotte hörte nicht einmal das Aufklatschen seines Körpers – der Nebel ertränkte das Geräusch in unheimlicher Stille.

Charlotte stand an das Geländer gelehnt. Ihr war übel, und sie zitterte. Die Schweißperlen auf ihrer Stirn schienen sich in Eiskörner zu verwandeln. Angst und Schuldgefühle schnürten ihr die Kehle zu.

»Madam!«

Sie stand reglos und atmete kaum.

»Madam! Ist alles in Ordnung?«

Forbes tauchte aus den Nebelschwaden auf.

»Ja.« Ihre Stimme klang dünn und verzerrt.

»Wirklich, Madam? Sie sehen... schlecht aus. Hat der Herr Sie... belästigt?«

»Nein!« Sie schluckte mühsam. In ihrem Hals schien ein Kloß zu sitzen, und ihre Knie schlotterten. Wie konnte sie erklären, was geschehen war? Würde man denken, sie hätte Garnet hinabgestoßen, ihn ermordet? Wer würde ihr glauben?

»Madam, vergeben Sie mir, aber ich denke, Sie sollten in die Kutsche einsteigen und mir gestatten, Sie zu Lady Cumming-Gould zurückzubringen.«

»Nein... nein, danke, Forbes. Würden Sie mich bitte zum Polizeirevier in der Bow Street fahren? Ich habe einen... einen Vorfall zu melden.«

»Ja, Madam, wie Sie wünschen.«

Dankbar nahm sie seinen Arm und ließ sich dann in der Droschke schwer auf den Sitz fallen. Sie zitterte, während ihr Gefährt die kurze Strecke über die Brücke und die Nordseite entlang zur Bow Street zurücklegte.

Forbes half ihr wieder beim Aussteigen. Er machte sich Sorgen um sie und begleitete sie bis in Drummonds Büro.

Der Polizeichef sah sie beunruhigt an und befahl dann Forbes, sofort Kommissar Pitt zu holen.

Der Diener gehorchte wortlos und rannte fast aus dem Raum.

»Setzen Sie sich, Mrs. Pitt.« Drummond führte Charlotte zu seinem eigenen Stuhl. »Erzählen Sie mir jetzt, was passiert ist. Sind Sie krank?«

Sie hatte nur einen Wunsch: von Thomas' starkem Arm gehalten zu werden, sich auszuweinen und zu schlafen – doch zuerst mußte sie eine Erklärung abgeben, ehe Thomas kam. Sie hatte einen Fehler begangen, nicht ihr Mann, und zumindest schuldete sie ihm, ihn nicht in die Blamage mit hineinzuziehen und ihm die Peinlichkeit ihrer Beichte zu ersparen.

Langsam und zögernd, zwischen Schlucken von Brandy, der schrecklich schmeckte, und den Blick auf Micah Drummonds gütiges Gesicht geheftet, berichtete sie, was geschehen war.

Sie stockte, als sie beschrieb, wie Royce auf dem Eis ausgeglitten und über das Geländer in den Fluß gestürzt war. Mühsam fand sie die Worte, die ihr Entsetzen und ihre Schuldgefühle beschreiben konnten. Sie schämte sich und hatte Angst, was Drummond nun mit ihr machen würde.

Der Polizeichef hielt ihre beiden Hände.

»Es besteht kein Zweifel, daß Royce tot ist«, sagte er ruhig. »Bei dieser Kälte ist ein Überleben in dem Eiswasser ausgeschlossen. Die Flußpolizei wird seine Leiche in den nächsten Tagen finden. Es hängt von der Flut ab, wann das sein wird. Die Beamten können dann drei Schlüsse ziehen: Selbstmord, Unfall oder Mord. Sie sind die letzte bekannte Person, die ihn lebend gesehen hat, also wird man Sie befragen.«

Charlotte wollte sich dazu äußern, aber ihr versagte die Stimme. Es war ja noch schlimmer, als sie gedacht hatte!

Der Druck seiner Hände verstärkte sich. »Es war ein Unfall als Folge eines Mordversuchs. Anscheinend fürchtete Royce einen Skandal so sehr, daß er bereit war zu töten, um seine Position zu halten. Aber wir können das nicht beweisen, und es wäre klüger, es gar nicht erst zu versuchen. Es würde seine Familie unglücklich machen und nichts bewirken. Ich denke, es wird das beste sein, wenn ich zur Flußpolizei gehe und sie informiere, daß Royce Briefe zugespielt bekam, die seine verstorbene Frau geschrieben hat. Ich sage, das habe ihn zutiefst bekümmert und sein geistiges Gleichgewicht gestört, was absolut der Wahrheit entspricht. Die Beamten können dann schlußfolgern, was sie wollen, doch ich vermute, daß sie Selbstmord annehmen werden. Das wäre unter den gegebenen Umständen die ideale Lösung. Es ist nicht nötig, Royces Namen mit Anschuldigungen zu beflecken, die niemand beweisen kann.«

Charlotte forschte in Drummonds Zügen und fand nur Güte darin. Die Erleichterung war so heftig wie das schmerzvolle und zugleich wohltuende Nachlassen eines Krampfes. Tränen rannen über Charlottes Gesicht, sie vergrub den Kopf in den Händen und schluchzte vor Mitleid, Erschöpfung und überwältigender, niederschmetternder Dankbarkeit.

Sie sah nicht wie Thomas Pitt mit fahlem Gesicht hereinkam, aber sie spürte, wie seine Arme sie umfingen, und atmete den vertrauten Geruch seines Mantels ein, dessen Stoff sich an ihre Wange schmiegte.

Ellis Peters

Spannende und unterhaltsame Mittelalter-Krimis mit Bruder Cadfael, dem Detektiv in der Mönchskutte.

»Ellis Peters bietet Krimi pur.« Neue Züricher Zeitung

01/8669

Außerdem erschienen:

Ein Leichnam zuviel 01/6523

Die Jungfrau im Eis 01/6629

Das Mönchskraut 01/6702

Der Aufstand auf dem Jahrmarkt 01/6820

Der Hochzeitsmord 01/6908

Zuflucht im Kloster 01/7617

Des Teufels Novize 01/7710

Lösegeld für einen Toten
01/7823

Ein ganz besonderer Fall
01/8004

Mörderische Weihnacht
01/8103

Der Rosenmord 01/8188

Der geheimnisvolle Eremit
01/8230

Pilger des Hasses 01/8382

Wilhelm Heyne Verlag
München

Mary Higgins Clark

Ihre psychologischen Spannungsromane sind ein exquisites Lesevergnügen. »Eine meisterhafte Erzählerin.«

Sidney Sheldon

Schrei in der Nacht
01/6826

Das Haus am Potomac
01/7602

Wintersturm
01/7649

Die Gnadenfrist
01/7734

Schlangen im Paradies
01/7969

Doppelschatten
Vier Erzählungen
01/8053

Das Anastasia-Syndrom
01/8141

Wo waren Sie, Dr. Highley?
01/8391

Schlaf wohl, mein süßes Kind
01/8434

Mary Higgins Clark (Hrsg.)
Tödliche Fesseln
Vierzehn mörderische Geschichten
01/8622

Wilhelm Heyne Verlag
München

Haffmans Kriminalromane im Heyne-Taschenbuch

Tödliche Ladies

Sie sind die Enkelinnen von Miss Marple und Philip Marlowe: V. I. Warshawski in Chicago, Kat Colorado in Sacramento und Laura Di Palma in San Francisco. Sie setzen sich in einer Männerwelt mit List und Härte durch und liefern Hochspannung – nicht nur für Frauen.

Anabel Donald
Smile, Honey
Kriminalroman
05/15

Karen Kijewski
Ein Fall für Kat
Ein Kriminalroman mit Kat Colorado
05/32

Edith Kneifl
In der Stille des Tages
Kriminalroman
05/4

Lia Matera
Altlasten
Kriminalroman mit Willa Jansson
05/8

Der aufrechte Gang
Ein Laura Di Palma-Kriminalroman
05/31

Sara Paretsky
Deadlock
Fromme Wünsche
2 Kriminalromane mit V. I. Warshawski
05/6

Regula Venske
Schief gewickelt
Psychothriller
05/3

Marilyn Wallace (Hrsg.)
Tödliche Schwestern
05/34

Wilhelm Heyne Verlag
München

Haffmans Kriminalromane im Heyne-Taschenbuch

Klassiker

Sie liefern den Beweis, daß die »gute alte Zeit« nur eine Mär ist, denn die zwanziger Jahre (George Baxt), die dreißiger Jahre (James M. Cain) und die fünfziger Jahre (Bill S. Ballinger) waren genauso mörderisch und gefährlich wie die heutige Zeit.

Bill S. Ballinger
Die längste Sekunde
Kriminalroman
05/28

George Baxt
Mordfall für Alfred Hitchcock
Kriminalroman
05/18

Mordfall für Dorothy Parker
Kriminalroman
05/42

James M. Cain
Wenn der Postmann zweimal klingelt
Kriminalroman
05/27

Wilhelm Heyne Verlag
München

Haffmans Kriminalromane im Heyne-Taschenbuch

Lia Matera

Mit Elan und Sprachwitz stürzen sich die beiden Heldinnen, Laura Di Palma und Willa Jansson, in ihre lebensgefährlichen Abenteuer. Lia Matera beweist, daß sie eine legitime Enkelin von Agatha Christie und Patricia Highsmith ist.

Altlasten
Kriminalroman mit Willa Jansson
05/8

Der aufrechte Gang
Ein Laura di Palma-Kriminalroman
05/31

Wilhelm Heyne Verlag
München

Gwen Bristow

Dramatische und farbenprächtige historische Romane in der Tradition des Jahrhundertbestsellers »Vom Winde verweht«

01/8161

Außerdem lieferbar:

Morgen ist die Ewigkeit
01/6410

Am Ufer des Ruhmes
01/6761

Alles Gold der Erde
01/6878

Wilhelm Heyne Verlag
München